Grisélidis Réal

Le noir est une couleur

Gallimard

Cet ouvrage a paru initialement
aux Éditions Balland en 1974,
aux Éditions d'En bas en 1989,
et aux Éditions Verticales en 2005.

Née à Lausanne en 1929, Grisélidis Réal a passé son enfance en Égypte et en Grèce, avant d'entreprendre des études aux Arts décoratifs de Zurich. Bientôt mère de quatre enfants, elle se prostitue en Allemagne au début des années soixante, puis devient la fameuse « catin révolutionnaire » des mouvements de prostituées durant la décennie suivante et la cofondatrice d'une association d'aide aux prostituées (ASPASIE). Elle est morte le 31 mai 2005.

Cette histoire est écrite à la mémoire et à la gloire de Rodwell, mon amant noir qui vit à Chicago dans la Michigan Avenue, au quartier nègre.

— En Amérique, dit Rodwell, on tue nos âmes.

La paix soit à son corps, et que l'épargne au sein des émeutes le délire imbécile et jaloux des Blancs à tête de singe.

Que son grand sexe velouté, que j'ai tenu dans mes mains blanches, pareil à un lys noir tressaillant, fasse crier d'amour les négresses luisantes, et qu'il dresse leurs seins comme des lunes de bronze.

Car je marcherais pieds nus à travers toute la terre, je sentirais avec délice les épines s'enfoncer dans ma chair, les sables me brûler et les cristaux de neige m'écorcher comme des couteaux, si je pouvais sentir encore en moi sa tige de feu me défoncer le ventre, tornade brûlante de l'amour noir.

Oui, nous nous sommes aimés, nous nous sommes drogués, nous nous sommes anéantis dans les cris rauques du jazz.

Je suis vide. Ton absence m'est la plus précieuse.

Ta chair bleuit le soir à ma fenêtre et s'assombrit tout entière, refermant sur moi sa coupole constellée de sueurs d'or.

Je suis toi. Je n'ai pas d'autre chant que ton nom sur mes lèvres.

BILL

J'ai toujours aimé les Noirs.

Le noir, couleur du mystère, s'inscrit dans l'ombre de toutes choses et les pénètre comme un philtre, les ramenant à la grande nuit des origines. La race noire est bénie, elle exalte sur le poli de ses corps de basalte le renoncement à la lumière et la chaleur nocturne où toutes les souffrances viennent s'anéantir.

La couleur noire n'existe pas.

La puissance de sa négation confond toutes les existences et les absorbe en elle plus sûrement que le jour.

Moi, je suis de race gitane. J'aime la nuit et son haleine invisible qui donne à l'univers son espace sans limites. À six ans, on m'assit sur les genoux d'un infirmier noir, dans un hôpital d'Alexandrie. Un médecin allemand m'enleva une partie des amygdales sous une légère anesthésie. Le visage du Noir immobile scintillait au-dessus de sa blouse blanche et la grande douceur de ses mains posées sur moi m'enleva la douleur.

Mon premier amant noir, je ne l'ai connu qu'à vingt-sept ans, dans cette ville maudite où l'enseignement d'un prophète impuissant a desséché les esprits et les sexes, et faussé l'amour jusqu'à en faire une parodie mécanique et obscène privée de passion : ce qu'on nomme « érotisme » dans notre Europe dégénérée.

À trente-deux ans, je me suis enfuie de cette ville frigide avec un autre Noir, un fou que j'avais tiré d'une clinique psychiatrique, et mes deux enfants illégitimes arrachés aux griffes d'une tutelle. Je partais, je rejoignais le grand troupeau des nomades en transhumance, et dans le taxi qui nous emportait, serrés parmi les valises et les animaux en peluche, je voyais le crâne énorme du Noir se détacher sur l'orange du soleil couchant comme un phallus. C'était l'obscurcissement préfiguré de toute ma vie. Le Noir, le Noir sacré s'emparait du soleil et me plongeait dans les entrailles de la nuit pour toujours.

Bill était un sphinx de granit noir à tête de dogue.

Il m'avait fascinée, quand, au terme d'une marche épuisante le long d'une avenue interminable, j'étais allée le retrouver à la maison de santé. Il était venu en pantoufles, hautain ; son esprit détaché de son corps survolait un tronc vide, embaumé dans un étrange pyjama à rayures. Quelques paroles parfois descellaient ses épaisses lèvres ; les globes jaunes de ses yeux s'injectaient de rage silencieuse.

Il se retranchait dans une jungle intérieure où il déchirait et broyait ses bourreaux de son énorme mâchoire carrée. Ma pitié pour lui grandissait à la mesure de ces hauts bâtiments jaunis aux fenêtres à barreaux.

Le faire sortir, l'arracher à son emmurement devinrent mon obsession et ma propre folie. Trois mois de démarches forcenées, de supplications, de menaces, de longues conférences avec les médecins, qui restaient muets sur le motif de son internement, amenèrent sa libération ; à la condition que je m'en occupe et lui fasse quitter le pays dans les quarante-huit heures. Il fallait fuir, on m'avait avertie la veille et je n'avais pas un sou.

Persuader une Américaine un peu cinglée, mais bonne, de prendre l'appartement et de me payer six mois d'avance, faire les bagages en une heure au nez et à la barbe du tuteur venu nous rendre visite par une fatalité incroyable le même après-midi, c'était de la haute voltige. Le tuteur, cynique crapaud à lunettes, complexé à l'extrême (il voyait des symboles sexuels partout, jusque dans les dragons et les serpents que j'avais peints sur les vitraux de la cuisine), interrogeait ma gosse sur ses progrès à l'école.

Dans des montagnes de vêtements, de souliers, de paperasses et de jouets répandus sur le plancher, ma fille, une belle petite brune de six ans que j'avais kidnappée quelques mois auparavant chez sa grand-mère (elle se l'était adjugée en profitant de mon séjour dans un sanatorium), assise par terre et refusant de regarder le tuteur, répondait d'une voix aiguë :

— Non, je veux plus aller à l'école, et puis on va partir en voyage avec Maman et Billy !

À cette réponse surprenante, il se retourna vers moi avec la vive joie du minus qui a pris au piège une victime plus forte que lui (trop content de se venger car il n'avait pu me reprendre l'enfant lors de son enlèvement) :

— Comment, qu'est-ce que j'apprends ? La petite me dit que vous partez en voyage ?

J'avais poussé du pied les valises sous la table et j'épluchais fébrilement des patates dont je n'avais nul besoin, pour me donner une contenance.

— Mais pas du tout, monsieur. J'ai seulement promis que nous partirions en vacances. Les gosses adorent les voyages et moi aussi, mais pour l'instant il n'en est pas question.

— Ah bon.

Et la conversation reprit, s'allongeant à n'en plus finir sur des banalités, la santé, le travail, la peinture. Le temps pressait, j'étais sur des braises. Ce salaud allait tout faire rater. Il fallait aller chercher Bill à six heures et, avant tout, courir chez l'Américaine demander de l'argent.

Enfin, l'individu se leva et prit congé. Il redescendit l'escalier comme un cafard.

Oui, on s'en va, pauvre sot, on fout le camp ! Plus de surveillance, fini les grimaces et la morale des tutelles. On part avec un homme, un Noir, un fou, et on vivra notre vie ! Et quand vous reviendrez avec la police, on vous répondra : elle est partie ! Quel choc pour votre conscience professionnelle, hein, quelle descente de votre estomac dans vos couilles plates ! Ah puisses-tu en perdre ta place, mon pauvre petit asexué !

Et voilà. Les valises étaient bourrées à crever. Seul abandon, regret immense qui assombrit tout le voyage : les gros ours en peluche n'y avaient pas trouvé place et les enfants les ont pleurés longtemps. C'est la seule chose qui me causa vraiment de la peine, de laisser là ces deux grosses bêtes velues, un blond et un brun, tristement appuyés contre l'armoire.

Pour le reste, mes disques, mon piano, mes bouquins vendus, mes habits sacrifiés, mes manuscrits, mes poèmes répandus dans le fatras général et que je n'ai jamais retrouvés, je m'en foutais.

C'est avec une jubilation sauvage que j'abandonnais tout : la petite vie triste et tranquille ; les séances de pose chez les peintres, la furtive misère au jour le jour : pas de viande, tout pour les gosses, un rôti de cheval le dimanche et pour moi les trois assiettes de maïs qui refroidissaient à la cuisine, une le matin, une à midi, une le soir.

Et un appartement pisseux, jamais de soleil. Des émanations de gaz carbonique à vous faire tomber raide l'hiver, refoulées dans les cheminées fissurées. Pas de feu, pas d'eau chaude, les langes claquant aux courants d'air dans la cuisine, la tuberculose, un an de sanatorium.

Et toujours la visite des tutelles, chaque mois, fidèles, et la convocation officielle dans leurs bureaux.

Assise, tremblante, larmes rentrées, pendant que le doigt d'une vieille carne qui n'a jamais eu de gosse, dont le vagin est desséché comme son cœur, feuillette mon dossier, et d'une voix chevrotante et doucement haineuse :

— Vous comprenez, ça ne va pas, ça ne peut plus aller, madame, vous n'avez pas assez d'argent pour vivre, vous ne travaillez pas ? (éclair vengeur des yeux gris derrière les lunettes). N'est-ce pas, vous ne travaillez pas, et puis... à ce qu'il paraît – oh nous sommes très bien renseignés ! (gloussement) – vous sortez beaucoup le soir...

— Mais non, je vous assure...

— Oh ce n'est pas la peine de nier, nous puisons nos renseignements à des sources sûres. (Claquement sec du dossier refermé.) Eh bien, puisque c'est ainsi, nous allons être obligés de vous enlever les enfants pour les placer ailleurs. Au revoir, madame, et à bientôt.

Ah celle-là, elle a de la chance d'avoir été mise à la retraite (définitive maintenant sans doute : à la tombe !).

Car longtemps je n'ai eu qu'une envie, une idée fixe : l'attendre à la sortie du bureau, la suivre en douce, et lui sauter dessus au premier escalier un peu sombre.

Pour étrangler, tordre, faire rendre son âme gluante à son vieux cou plissé de tortue. C'est une chance pour elle qu'elle n'ait pas eu le temps de me prendre les enfants avant sa mise au rancart. Elle serait passée directement de son bureau dans l'autre monde !

Oui, j'ai bouffé du maïs, j'ai été battue par un fou toutes les nuits, il m'a envoyée sur le trottoir, on était pris à la gorge par l'été, l'hiver, à la prison allemande. Mais j'ai aimé, moi, vieille larve, j'ai aimé ! Et toujours j'ai senti, même dans la pire merde, les bras des enfants serrés autour de mon cou comme un collier d'or pur ! Et toi, desséchée dans tes draps jaunis puant la moisissure et la pisse, tu as claqué, vieille chenille, écrasée de solitude et d'envie !

Il est à moi maintenant, le gros Bill arraché à la seringue des docteurs, avec ses yeux bruns ensanglantés, ses pupilles de lynx énormes et fixes troublées par la folie, son grand corps de taureau, ses pieds larges et plats.

Le soleil couchant lentement s'éteint, les gosses s'endorment, le taxi fonce et cahote dans les ornières de la nuit et toujours se détache sur la vitre, dans l'éclat jaune des réverbères, le sphinx noir au mufle camus, immobile, mythique.

Quinze jours de silence, d'attente, de piétinements, se passent dans un petit hôtel. La patronne nous suit d'un œil dur, elle n'a pas confiance en ce troupeau bizarre formé d'un nègre, d'une Blanche et de deux enfants blancs parqués tous ensemble dans sa chambre la moins chère, dans un seul grand lit.

J'ai acheté un réchaud à alcool, je fais la cuisine dans le bidet de la salle de bains que les enfants ensuite remplissent d'eau pour y faire naviguer des bateaux de papier.

Bill reste pendant des heures, des journées entières, en méditation, immobile sur une chaise, absent de lui-même et du monde, les cheveux passés à la pommade et recouverts d'un mouchoir.

Je suis fascinée par son silence. Mais c'est mon homme, mon gros tigre noir à la peau douce comme du velours. Je ne suis plus seule, nous formons une vraie famille, aussi étrange soit-elle.

Le soir, la salle de bains s'allume comme une chapelle ; dans ses vitres flamboient les mille yeux rouge et or de la ville. Chaque nuit, nos corps s'accordent comme des guitares aux cordes invisibles, presque sans un geste, dans la respiration des enfants endormis à chaque coin du lit.

Une grande enfance nous tient tous les quatre serrés, en sursis dans un monde de lois qui ne nous concerne pas.

Le jour, les enfants restent seuls au parc, ils y font ce qu'ils veulent et il ne leur arrive rien de mal. Le soir, ils dessinent des trains, des maisons, et nous quatre, avec de belles couleurs.

Je cache la nourriture dans l'armoire et nous descendons les épluchures dans des cornets dissimulés sous nos manteaux, pour aller les vider au coin d'une rue. L'œil de la patronne se fait toujours plus soupçonneux, car je n'ai pas payé depuis une semaine : j'attends le reste de l'argent de l'Américaine. Il arrive enfin. On en était déjà aux macaronis et à l'eau. Le jour même nous prenons le train pour l'Allemagne, arrivant le soir à Erlangen, la ville du Désir, celle où Bill a décidé de terminer ses études de médecine.

Il pleut, nous sommes épuisés et sans un sou. C'est moi qui ai tout payé, le voyage, les dettes du fou, sur la grandiose promesse qu'il m'avait faite un jour de grand vent, en me prenant dans ses bras au milieu d'un pont :

— Je travaillerai comme un taureau pour toi et les enfants.

Nous avons échoué sur un banc dans le hall de la gare. Cela fait des heures que Bill est parti à la recherche d'une chambre. Les gosses s'énervent et font le tour du banc à quatre pattes, sous le regard indifférent des Allemands.

Notre première nuit se passe dans un dortoir d'école. C'est Pâques, les vacances, tout est vide et les rangées de lits blancs superposés mettent les enfants en joie. Ils grimpent à l'étage et sont bientôt endormis. Je suis couchée avec Bill dans le plumard d'en dessous, la gorge serrée : je sais qu'il ne nous reste plus que deux marks cinquante, le prix de cet unique lit à deux étages. Le lendemain matin, pour le petit déjeuner des enfants, je mélange dans un gobelet en plastique les derniers flocons d'avoine à du sucre, de l'eau froide et les morceaux d'une ultime orange. Après, c'est la faim et la rue.

C'est aussi, derrière la porte anonyme et traître d'un petit bureau, le premier sourire, découvrant ses dents de loup, d'un flic allemand à la férocité à peine déguisée :

— Madame, dit-il d'une voix que je sens, sous une apparence de politesse, aussi dure qu'un filon de granit, j'attire votre attention sur le fait que vous n'avez pas le droit, venue en touriste, de rester en Allemagne sans argent ni d'y travailler. Je pourrais, je *devrais* vous mettre immédiatement en prison (il s'arrête, pour laisser à ce mot le temps de me foudroyer), mais je ne le ferai pas, par égard pour vos enfants. Je vous ordonne de quitter l'Allemagne immédiatement, aujourd'hui même. Si demain un de mes agents vous voit dans cette ville, il aura l'ordre de vous emprisonner. D'ailleurs votre passeport est périmé depuis cinq ans, ce fait seul rend impossible votre séjour ici.

C'est clair, on ne veut pas de nous. L'heure a sonné de prendre l'allure furtive et traquée des parias. La vue d'un flic, même un de ces inoffensifs pantins qui gesticulent aux carrefours, un déclic nous fera lui tourner le dos et presser le pas dans la direction opposée, avec une hâte savamment calculée. Les enfants, qui ont des yeux perçants, me les signalent du plus loin qu'ils les voient :

— Maman, un flic !

Et si le petit frère se trompe et parle de police, il se fait gronder par sa sœur : « Maman a dit de dire flic. » C'est un mot que personne ici ne comprend, mais « police » sonne pareil dans les deux langues, et crié avec insolence, il est trop synonyme de « salaud » pour ne pas attirer des suspicions.

Inutile de songer au retour, nous n'avons pas de billet. Bill, lui, est étudiant, il a officiellement le droit de rester en Allemagne. Bien sûr, personne ne sait que c'est grâce à moi qu'il est miraculeusement passé d'une chambre commune à barreaux à la liberté, au féroce soleil de cette matinée allemande.

Bill, inconscient de notre disgrâce, parle devant le bureau fatal d'où je ressors effondrée. Toutes les espérances que j'avais follement accrochées à ce terrible écriteau, *Police des étrangers,* se sont changées en de venimeuses araignées.

Dehors, le soleil, les dernières flaques de neige, les vieux pavés gluants des restes de l'hiver ne nous trahiront pas. À l'air libre, on a l'air normal, on est un simple cloporte humain regagnant son trou ; on a quand même le droit de marcher sur la terre.

Personne ne sait qu'on a le ventre vide, qu'on vient de loin, qu'on ne sait où aller, et qu'on s'est fait chasser d'une ville dans laquelle on n'avait pas encore pénétré. Dehors le soleil donne généreusement une ombre à tout le monde, il n'y a pas de proscrits.

Notre petit troupeau insolite se met en marche. Bill va devant, son large manteau d'hiver flottant au vent, son pantalon bleu fripé battant ses immenses souliers jaunes. De temps en temps il se baisse pour ramasser un mégot qu'il allume sans s'arrêter ni se retourner. Les enfants courent et se poursuivent autour de nous. Je viens derrière, mes longs cheveux en désordre sur ma vieille veste de loutre noire mitée, achetée au marché aux puces il y a des années, en pantalon dans de pauvres bottes souffreteuses. Les gens se retournent sur nous.

Dans cette petite ville d'Allemagne, encore moyenâgeuse, les maisons sont basses et de grandes enseignes enluminées pendent au-dessus des portes des restaurants et des échoppes. Les fenêtres aux rideaux blancs sont toutes ornées de fleurs.

Nulle part il n'y a de chambres libres. Les patronnes des hôtels regardent avec méfiance cet assemblage d'un grand Noir mal rasé et d'une Blanche aux yeux brillants de faim, avec deux enfants poussiéreux, surexcités par le voyage. Une foire annuelle sévit à Nuremberg, la ville voisine, et les visiteurs occupent jusqu'à la moindre mansarde.

Midi. On traverse un grand parc magnifique, éclatant de buissons de fleurs, avec des bassins d'eau verte bordés de pierres rouges, et de hauts bâtiments blancs.

— C'est ici l'université où je vais étudier, dit Bill.

Les enfants ont faim. Nous marchons toujours, très loin de la ville. Il est trois heures de l'après-midi ; épuisés, écrasés par le soleil, nous nous traînons dans un pré interminable encore recouvert de neige. Je hais Bill. Sa marche impitoyable d'automate le lance en avant à grandes foulées, nous le suivons avec peine. Il reste muet, ne se retourne pas, ne répond pas à nos plaintes. Je dois tirer par la main les enfants qui n'en peuvent plus. À l'horizon de ce cauchemar se dressent des cabanes en bois entourées de boue et de fondrières.

Un soldat noir et sa famille nous offrent l'hospitalité. Notre désespoir se réconforte d'un café sans sucre et d'une unique pomme partagée entre les gosses. Aucune possibilité de loger là, dans ces deux pièces encombrées de linge d'enfant, aux murs humides léchés par la misère. Il faut repartir.

Nous marchons maintenant comme en rêve, ivres d'une ivresse muette, sourds aux supplications des mômes.

Ah si j'osais, si la peur d'aller en prison ne me retenait ! Je volerais ces fruits qui nous narguent aux devantures des épiceries, ces boulangeries qui regorgent de gâteaux ! Ils nous attirent comme des aimants. Mais les tas de sable, les cailloux au bord de la route, l'herbe aussi nous appellent, comme des nourritures.

Une faim féroce nous pousse, vannés, le long d'une haie, au bord d'un grand carrefour d'autoroutes. Et là, sous un buisson, j'aperçois un miracle : dans un papier sale, un reste de fruit rongé et une barre de chocolat écrasée. Nous nous jetons dessus en nous bousculant. Bill nous l'arrache des mains, renifle, les laisse tomber à terre. Furtivement, je les ramasse et nous les dévorons derrière son dos.

À cinq heures du soir, nous avons perdu tout espoir de trouver un logement, échoués dans un champ, sous la pluie, devant une immense forêt. Bill s'est arrêté, portant dans ses bras mon fils qui geint, secoué de fièvre. À l'horizon boueux, des flaques de ciel jaune s'éteignent devant la nuit.

À cette minute, tout est bien foutu, et ce gros nègre immobile dans l'herbe trempée ne peut rien pour nous. Qu'il reste là. Moi je vais reprendre mes gosses, et rentrer en stop sans nos valises, restées à la consigne. Je lui crie :

— Donne-moi le gosse, j'en ai assez ! Je vais retourner chez nous. Je t'écrirai, tu nous enverras nos valises.

— Comme tu veux.

Il pose l'enfant à terre et nous nous embrassons, mêlant nos joues mouillées de pluie et de mes larmes.

— Eh bien adieu, bonne chance, dit-il.

Et il se détourne pour s'en aller.

Pendant que je m'approche de la route en levant le bras, dans l'espoir d'arrêter une voiture, l'envoyé du destin, un petit vieux barbu, casqué et fumant la pipe, venant à toute vitesse de la ville en motocyclette, stoppe devant nous et, s'essuyant le visage :

— C'est bien vous qui cherchez un logement depuis ce matin ? Bon, prenez ce papier, c'est l'adresse d'un appartement. Allez-y vite, c'est encore libre. Il vous faut rentrer en ville.

Tard dans la nuit, on nous conduit mystérieusement à deux petites pièces au fond d'une cour. J'entrevois contre un mur dans l'ombre une cage métallique, où rayonnent des grappes de pigeons endormis dans la neige de leurs plumes.

Pigeons blancs enfermés dans votre prison, vous qui roucoulez le jour au soleil, en faisant la roue de votre queue déployée comme un précieux éventail, et posée sur votre tête, une couronne de plumes immaculées, pigeons, nous sommes vos frères voyageurs, captifs avec vous de cette étroite cour où nous crevons de faim.

Le propriétaire a vu le passeport de Bill, et sur la promesse qu'il va être payé dès qu'un mandat sera arrivé d'Amérique, le vieil Allemand rusé feint de ne pas s'apercevoir de notre présence. Chose inconcevable dans ce pays, il n'est pas allé nous dénoncer à la police.

C'est à cette époque qu'ont lieu les épisodes les plus grotesques de notre vie de fugitifs : les quelques essais que j'ai tentés pour trouver du secours auprès des religieuses et des assistantes sociales. Fiascos et humiliations, je ne crois pas avoir éprouvé semblable honte ensuite quand j'ai fait la putain. La charité chrétienne putréfiée, celle qui se cache sous de lourds voiles d'étoffes amidonnées, ces petits yeux perçants remplis jusqu'au bord de haine refoulée !

Bouches serrées comme celles des morts, mains osseuses, corps jaunis et flétris, peau cireuse, transparente, de vieilles chouettes embaumées et plumées ! Aucune caresse, aucune langueur ne les a jamais parcourues, et l'on entend cliqueter leur squelette à l'intérieur de leur momie desséchée.

Je m'engouffre dans l'immense mausolée de blancheur de la Mission catholique, où vivent ces larves religieuses frigorifiées.

Dans un salon puant la prière, le renoncement, les saintetés poussiéreuses, se tient la Mère supérieure. Au terme d'un long interrogatoire (quel crime d'oser dire « j'ai faim » !), on se voit adjuger une soupe, quelques litres d'eau tiède, véritable aquarium de lavasse où nagent des tranches de pain. Dans le corridor, comme les pauvres, sous un grand crucifix de bois noir.

Nous sommes remplis de glouglous, c'est le déluge intérieur. Nous jutons de partout, nous voici réhydratés, mais la belle faim tient le coup, elle nous mord, nous tenaille encore, il faut partir en remerciant, un océan dans l'estomac.

Et je m'en vais avec les gosses, on secoue la neige de nos bottes (les miennes sont crevées) sur le seuil peu hospitalier de cette Mission catholique.

Essayons la protestante.

Après avoir erré tout l'après-midi et pissé toute notre soupe au coin des haies, nous arrivons enfin dans un bureau social où deux femmes très propres, souriantes, nous accueillent. On a faim, toujours plus faim. Les enfants demandent à boire ; ils croient peut-être, les pauvres, que c'en est fait de toute nourriture solide, que nous sommes voués à la liquéfaction définitive.

Les femmes s'effrayent un peu de voir les enfants, suspendus au robinet, s'arracher un gobelet en plastique. Ils boivent, ils s'aspergent d'eau, ils s'en mettent partout, c'est un délire de résurrection liquide.

On va chercher pour nous dans la réserve « américaine » quelques échantillons de la bouffe des armées. On s'excuse : la farine est mitée, le fromage a séché, la graisse est rance, le riz a des grains minuscules. C'est pour ça qu'on nous les offre, avec la promesse que nous pourrons revenir en chercher tant que nous serons « dans le besoin ». Il s'agit de déchets « spéciaux » réservés pour les dons aux familles.

Quelle aubaine ! Et je suis revenue souvent, puis de moins en moins souvent. Puis plus du tout. J'avais trouvé un moyen « malhonnête » de vivre et de gagner de l'argent. Mon honnêteté a quand même résisté trois mois, trois terribles mois de famine, de farine grillée au beurre rance et de riz à l'eau.

Ce même soir, Bill rentre le ventre bien rempli ; il s'est débrouillé pour se faire offrir à manger par un étudiant, un « beefsteak-pommes frites ». La schizophrénie n'a pas de cœur, mais elle soigne son estomac. Il faut des forces pour étudier la médecine !

Le lendemain, je trouve du travail. C'est dans une autre Mission protestante, une agglomération de pieuserie, avec église « évangélique », dortoirs pour étudiants, école et crèche.

On m'offre, si je travaille, de me garder les gosses à moitié prix. Je suis engagée comme *Putzfrau*, un agréable métier me dit-on, pas de durs travaux. Le salaire, repas de midi compris, est de treize marks par jour. On commence à huit heures du matin. On a bien voulu m'engager en douce, sans permis de travail, par une faveur toute spéciale.

La journée d'une *Putzfrau* en Allemagne, dans une Mission protestante, ce n'est pas de la tarte !

Je commence par récurer à coups de brosse, à grand renfort de poudre et de savon noir, un interminable couloir et deux escaliers. Puis, après séchage et essuyage, on me fait balayer, épousseter et ranger vingt-huit chambres. Ça finit par des douches, des toilettes et de longues rangées de lavabos à nettoyer.

La journée est coupée en deux par la pause de midi. Je suis alors présentée à mes « collègues », les *Putzfrau* officielles. De grandes et fortes femmes aux corps de pachydermes, aux bras comme des troncs d'arbres, fagotées de vastes tabliers de cérémonie à carreaux bleus et blancs. Solennelles, sans parler, elles mâchent méthodiquement les pommes de terre à l'eau et les nouilles piquetées de minuscules miettes de cervelas. Les minutes sont comptées. Le repas s'achève par une tasse de tisane sans sucre qu'elles boivent religieusement.

Une demi-heure s'étant écoulée, elles se lèvent d'un seul bloc, essuient leurs gros doigts rouges à leurs tabliers et, saisissant leurs balais, leurs brosses et leurs seaux, elles repartent au travail, lourdes et résignées.

Je suis pliée en deux, cassée, démantibulée par les mouvements de la poutze, la cicatrice de mon poumon me cuit, j'avance presque à quatre pattes et mets trois jours à me redresser. Je renonce après cette journée au grand métier de *Putzfrau*.

— C'est bien la peine de trouver une place, si tu n'es même pas capable de travailler ! hurle Bill, le lendemain matin, quand je refuse de me lever.

Suit un long discours sur la valeur de l'argent. C'est curieux comme les Américains, même fous, sont portés sur le fric. Pour eux, c'est le but, la valeur essentielle de l'existence. Il faut « faire de l'argent, me dit Bill, c'est la seule chose qui compte. Si on n'a pas de *money*, on n'est rien dans la vie ».

C'est sans doute par dignité, pour ne pas se diminuer, qu'il ne nous en donne pas, bien qu'il reçoive par la poste une fois par mois un mandat de cent dollars. Tout le monde n'a pas la chance d'être américain, schizophrène, et entretenu par ses parents à quarante ans !

Quelques jours plus tard, je pars en auto-stop pour Nuremberg, où l'on m'a signalé une académie de peinture dans la forêt. J'espère être engagée comme modèle, bien qu'une certaine maigreur me nuise. Hélas, nous sommes à la saison des vacances de Pâques, l'académie est fermée pour un mois.

Au retour, je suis prise en voiture par un type des plus étranges. Encore aujourd'hui, je n'arrive pas à savoir s'il était fou, ou si j'ai échappé par miracle à la traite des Blanches.

Un énorme bonhomme bien habillé, dans une immense voiture noire, poli mais baveux, avec des yeux troubles.

Je lui raconte ma misère.

— Écoutez, dit-il, je peux vous aider. Si vous êtes docile, si vous n'avez pas peur de moi et si vous me faites confiance, vous pouvez gagner vingt marks et je vous offrirai à dîner. Mais il faut me promettre le secret ; je tiens à une discrétion absolue et il faudra m'obéir en tout ce que je vous commanderai. Me faites-vous confiance ?

Il sort un portefeuille gonflé de billets. Eh, ce n'est pas à lui que je fais confiance, non, c'est au billet de vingt marks tout neuf qu'il tient dans la main ; pouvoir manger enfin, acheter de la viande ! Mon estomac se crispe ! Encore hier, j'ai porté à une sorte de fripier découvert par hasard ma seule paire de souliers neufs, en daim bleu, et il me les a refusés sous prétexte que ce n'est pas la mode.

Mes gosses sont à la crèche à crédit. J'ai toute la journée devant moi, il est onze heures du matin et je n'ai rien mangé. J'accepte le mystérieux marché, et le bonhomme a une lueur d'incendie dans ses yeux troubles.

La grande voiture noire bondit, nous filons à cent à l'heure sur une autoroute déserte à travers la forêt. Le billet de vingt marks est passé dans mon sac.

L'auto bifurque et stoppe au pied d'un arbre. Le gros bonhomme est comme un porc reniflant de plaisir, tout humide de joie. Il sort de la voiture et vient m'ouvrir la portière.

— Et voilà, dit-il, nous sommes arrivés. Il faut que je vous soumette à une petite épreuve mais soyez tranquille, il ne vous arrivera rien de mal. Pouvez-vous supporter quelques coups légers de cette corde sur votre dos nu ? Et pour bien me prouver votre confiance, me laisserez-vous vous bander les yeux et vous attacher à cet arbre, les mains liées derrière le dos ? Vous voyez, je vous le demande, je suis correct. Je ne vous force à rien si vous n'êtes pas d'accord. Moi aussi, j'ai eu confiance en vous, puisque je vous ai remis les vingt marks.

Je dis oui.

Il s'épanouit et prend dans la voiture un sac rempli d'objets étranges. De petites coquilles de plastique noir, ovales, reliées deux par deux, des cordelettes, des voiles de gaze. Il m'explique :

— Les coquilles s'adaptent aux yeux qu'elles recouvrent hermétiquement, attachées derrière la tête par un élastique. Par-dessus, il nouera gracieusement un des voiles de gaze, bleu, rose ou mauve.

— Choisissez, me dit-il, la couleur qui vous plaît.

Je choisis le mauve, dont la nuance délicate et mélancolique s'accorde avec le mystère de ces épreuves : tant d'angoisses, tant de gestes bizarres et inexplicables qui doivent me conduire à quelque nourriture, moi et les enfants.

— Et c'est avec cette corde, dit-il encore en déroulant comme un serpent un cordage dur et large, que je vous battrai. J'aimerais vous marquer, mais pas profondément. Quand vous aurez mal, criez et je cesserai. Voulez-vous maintenant vous déshabiller jusqu'au ventre ? dit-il d'une voix rude.

Troncs argentés, écailles rugueuses des écorces, feuillages vert tendre dans la lumière de ce midi de printemps, vous m'enveloppez de votre ombre tiède. Tu me protèges, arbre où je devrai m'appuyer sans défense, attachée comme une bête.

À quelle révolte, à quelle lointaine enfance humiliée remontent ces gestes de destruction, ce harnachement cruel ? La race allemande garde ses monstres, mâles impuissants bouffis de graisse, blindés comme des rhinocéros.

Il est midi. Je suis nue jusqu'à la ceinture, et le soleil brûle mes seins. Je suis liée, appuyée contre l'arbre qui m'écorche la peau. Mes bras sont tordus en arrière, la rude corde m'enserre les poignets. Mon visage est voilé de mauve, mes yeux sont scellés sous la gaze par les coquilles opaques.

Oui frappe, déchire, mords, cordage manipulé par un démon obèse ! Qu'il pisse dans sa culotte et suinte par tous les pores, ce vieux sagouin branleur !

De cette poupée inerte fabriquée de toutes pièces, de toutes ces effigies de moi qu'on a battues, affamées, souillées, je ne me souviens pas.

Les coups ne m'atteignaient pas, ne m'atteindront jamais. Ils se sont perdus dans l'espace, et se répercuteront sur quelque nébuleuse de caoutchouc s'enfonçant dans le vide.

Au profond de moi, je suis vierge. Je glisse comme une bulle fermée à l'intérieur de vos songes, échappant à vos gestes, à vos langues, à vos griffes.

Ce qu'il fouette, c'est son désir, sa pauvre verge molle érigée en totem. Il se fustige sur moi, il se punit en vain ! J'ai crié, gémi peut-être, dans une absence totale de mon être. J'ai ordonné à cette larve de me détacher. Il est contrit, s'excuse en bredouillant, agité d'un tremblement gélatineux. Ses mains molles et blanches montent et descendent comme des araignées le long de la corde qu'il enroule.

C'est moi qui le domine maintenant, et toute sa pauvre comédie se brise aux éclats de mon rire !

Je me prête aux caprices de ce gros coléoptère paralytique, mais chaque simulacre, chaque parodie de l'amour qu'il m'impose l'enfoncent plus sûrement dans son marais de sanie sexuelle, définitivement réduit à n'être plus qu'une méduse échouée, liquéfiée, sur le rivage où j'ai pris la dimension de la mer. Je l'ai vomi, rejeté, recraché loin du monde et hors de lui-même.

J'ai traversé des villages en voiture, aveuglée et voilée, les mains liées encore, dévêtue jusqu'au soutien-gorge. Voilée toujours, j'ai gravi d'interminables marches d'escalier, traversé un jardin, franchi un seuil et de profondes salles où mon bourreau me guidait parmi d'invisibles meubles. On m'enlève le voile et les coquilles des yeux.

Je suis assise dans une salle d'auberge de village, perdue au milieu d'une forêt. Il n'y a personne, sinon une hôtesse qui me fixe de ses yeux étranges, bleus comme des lames. Elle s'enquiert de nos désirs. À cette heure, dit-elle, on ne peut nous servir qu'un plat froid. J'ai si faim que j'acquiesce. Une horloge contre le mur sonne trois heures de l'après-midi. La salle est fraîche, poussiéreuse, comme si elle ne servait jamais. Les rideaux des fenêtres sont fermés.

On me rebouche les yeux, on me voile et on me rattache. Et c'est morceau par morceau qu'on glisse dans ma gorge des bouchées de pain étouffantes et énormes, mêlées d'une matière glacée et ferme qui ressemble à du lard et que je ne peux mâcher, on ne m'en laisse pas le temps.

Après chaque bouchée on me force à boire de grosses gorgées d'eau froide. À peine a-t-elle eu le temps de descendre et d'entraîner le reste, que déjà on enfourne dans ma bouche un nouveau morceau de cette monstrueuse nourriture.

Je crie grâce.

— C'est bon, dit la voix rude à côté de moi. Puisque vous avez assez mangé, je vais vous ramener chez vous.

Et il me découvre les yeux.

Il paie l'hôtesse qui le remercie, avec un sourire glacial sur son visage impénétrable. Pourtant elle m'a vue entrer, attachée et voilée, dans son auberge silencieuse. Elle m'a vue traverser les salles, entraînée par ce gros porc haletant. Elle était devant moi lorsqu'on m'a ouvert les yeux. Et quand elle a apporté le plat avec les « sandwiches », j'étais retournée à l'ombre sous mon voile.

Qui est cette femme, quel rôle joue-t-elle dans ces comédies perverses, quelle est cette incroyable auberge truquée ? C'est un des mystères de l'Allemagne. Je n'ai pas pu l'élucider, et si j'ai échappé par la suite à cette bande de tortionnaires, je le dois à un déclic qui s'est fait dans ma tête, un son magique qui s'est déclenché à un instant crucial, lancé par l'instinct de conservation.

Nous roulons en voiture à travers les rues de Nuremberg, le long de façades en briques rouges sans fin. La voiture s'arrête.

35

— Attendez-moi là, dit le vieux. Il faut que je passe à mon bureau pour prendre de l'argent, une forte somme que j'ai gagnée par un travail dangereux. J'occupe un poste de confiance, vous savez. Regardez, voici ma carte d'identité.

Sur sa photo je retrouve la même mâchoire de dogue, le front fuyant et les yeux cruels des assassins nazis, tels qu'on nous les montre dans les journaux lorsqu'ils paraissent devant leurs juges. Cette photo me glace. Lorsqu'il revient, étalant triomphalement une liasse de billets qui débordent de son portefeuille, il me semble que cet homme pue le crime ; et que sa faiblesse même, ses yeux de chien battu, ses prières geignardes de tout à l'heure quand il me suppliait de l'aimer et que je refusais, sont payées dans un autre monde par des billets gluants de sang.

Je ne suis pas une putain, non, pas encore. Il ne m'a pas touchée, sinon d'une corde insensible. Je ne l'ai pas touché, éloignée de lui par l'horreur. J'ai pris le risque de souffrir, celui de perdre la vie, pour pouvoir me nourrir et nourrir mes enfants.

Il me promet d'autres « promenades », où il paiera ma compagnie du même prix. Il me fixe rendez-vous pour le lendemain dans un petit bar du voisinage où on le connaît bien.

— Nous y boirons ensemble, dit-il, une bouteille de Sekt (un infâme champagne allemand).

Je suis allée chercher les gosses à la crèche, je leur ai fait un bon souper. Ils sont couchés maintenant. Bill vient de rentrer du restaurant. Je lui

raconte que je ne peux pas travailler comme modèle, mais qu'un monsieur compatissant m'a ra-
menée en auto-stop et m'a fait cadeau de vingt
marks (je ne peux pas lui dire la vérité).

Au milieu de la nuit, une nausée atroce m'arrache de mon lit. Je bondis au lavabo où je vomis
par saccades d'énormes morceaux d'une matière étrange. Cela dure longtemps, j'étouffe
presque. Les morceaux me remontent violemment à la gorge et je les crache sans disconti-
nuer. Quand c'est fini, j'allume la lumière et je
contemple avec horreur un amoncellement de
choses rouges, gluantes et transparentes comme
du cartilage. Jamais je n'ai rien vu qui leur ressemble. Je suis obligée de les mettre à la poubelle
à la cuiller.

Je me recouche vidée, tremblante. A-t-on
voulu m'empoisonner ? Il me semble qu'on m'a
fait manger de la viande humaine. Je n'ai jamais
rien avalé d'aussi immonde que ces morceaux
sanglants, figés dans des convulsions mortes,
agglutinés comme des bêtes à ras bord de la
cuvette.

Le lendemain à onze heures du matin je suis
au rendez-vous dans un petit bar feutré. De
gros messieurs aux serviettes d'industriels ou de
voyageurs de commerce boivent l'apéritif, per-
chés sur de hauts tabourets. Une barmaid très
blonde les sert, derrière un bar de bois ciré.

Je suis malade de timidité et d'inquiétude. Le
gros cochon n'est pas encore arrivé, j'ai peur
qu'il ne me fasse faux bond et qu'il ne me faille

payer moi-même ma consommation. Il ne me reste plus que cinq marks. Pas très bien remise de mon malaise de la nuit, je commande un thé citron. Je suis si mal habillée, si miteuse, que personne ne me parle.

Le voilà, son gras corps mou sanglé dans le même costume gris, souriant.

— Bonjour, dit-il. Vous voyez, je suis venu au rendez-vous. Nous allons boire du champagne, ainsi que je vous l'avais promis. *Fräulein, eine Flasche Sekt bitte !*

Nous trinquons. La pisseuse limonade champagnisée m'écœure. Il se penche sur moi, très confidentiel.

— Aujourd'hui, j'ai une proposition sérieuse à vous faire. Viendrez-vous avec moi pour un petit tour en voiture ? Nous pourrons discuter en paix. Vous savez, j'ai beaucoup pensé à vous, j'ai parlé de vous à une personne très importante, une amie à moi qui habite un château. Elle est d'accord pour vous prendre chez elle sur ma recommandation, et pour vous donner du travail. Il s'agit toutefois, je tiens à vous le préciser, d'un travail très spécial. Venez, partons d'ici, je vous dirai tout en détail.

Nous roulons au soleil. La campagne se réchauffe, c'est le printemps. Au bord d'un champ, la voiture s'arrête sur un chemin de traverse.

— Nous sommes tranquilles. Voici de quoi il s'agit. Cette amie, comme je vous le disais tout à l'heure, est une femme très riche. Elle vous prendra dans son château, vous et vos enfants. Il y a un parc, une piscine, une école tout près. Quant à vous, voici ce qui vous sera demandé : tous les jours, à l'heure qui vous sera indiquée, vous aurez à comparaître devant la dame, nue, la tête voilée et les mains attachées comme hier. Vous serez liée à un poteau et battue. Vous gagnerez cinquante marks. Au centième coup, vous serez libérée, à moins que vous ne consentiez à vous laisser frapper encore. À chaque coup supplémentaire, vous recevrez dix marks. La dame sera présente, elle vous regardera sans vous toucher. Je serai là aussi, entièrement nu, c'est moi qui vous battrai, ça me fera jouir. Vous verrez, c'est une femme belle et riche, elle est si bonne pour moi. Tenez, regardez-la.

Sur un papier glacé, brillant comme de la neige, je vois se dresser une longue femme en robe noire. Son mince corps de vipère serré dans du velours, ses griffes peintes, le sourire cruel, soyeux, d'une bouche incroyablement perverse, sa tête triangulaire aux yeux obliques, sa chevelure de poupée, tout semble incarner en elle un vice raffiné.

Même ses bijoux, le collier de perles mordant son cou, une grande broche brillante enfonçant la pointe aiguë de ses feuillages dans son sein, ses boucles d'oreilles tranchantes comme de petits couteaux rehaussent son âme sanguinaire, la parent d'un éclat de meurtre.

Longtemps je ne peux détacher mes yeux du portrait de cette femelle inquiétante, de ce vampire transformé en dame.

— Elle est belle, n'est-ce pas, murmure le gros baveux. Dites oui, venez avec moi, nous serons ses esclaves. Venez, elle vous couvrira de bijoux, car elle aime l'élégance, c'est une reine !

Je ne dis rien. J'hésite. Les coups de fouet et cette étrange goule me font peur. Je finis par répondre oui. Nous convenons de nous retrouver le lendemain. Le matin à onze heures, il viendra me chercher et me conduira tout d'abord dans un grand magasin.

— Vous comprenez, je veux vous faire belle. Je vous emmènerai dans une maison de mode, voilée, les yeux bandés. Vous essayerez de la lingerie mauve, une robe neuve, des souliers.

C'est à ce moment-là que le déclic se fait dans ma tête comme une stridente sonnette d'alarme. Je comprends que tout ça n'est peut-être qu'un abominable piège, d'où je ne reviendrai pas vivante. Oui, quand je serai nue, voilée et aveugle, ne va-t-on pas s'emparer de moi, me chloroformer, me mettre dans un avion pour m'emmener au Brésil ou à Tunis ? Qui m'aura vue, qui me reconnaîtra dans ma nouvelle robe ? Il n'y aura pas un indice pour me sauver, une fois prisonnière, arrachée aux enfants. Je tremble, sans le lui montrer, et je le laisse fixer ce rendez-vous où je n'irai pas.

Les enfants sont à la crèche et je suis encore au lit quand j'entends frapper à la porte, le lendemain vers midi. À travers l'œil-de-bœuf en verre dépoli, je reconnais l'ombre énorme de son visage. Il a dû m'attendre longtemps au rendez-vous manqué. Puis il est venu, il s'est fait ouvrir la porte de la cour, indiquer mon logement. J'entends le souffle rapide de son désir. Elle est collée à ma porte, la grosse sangsue blafarde, toute suintante d'espoir et de déconvenue.

Je ne bouge pas. Longtemps, il reste là, obstruant le soleil, crachant de colère contenue, frappant de ses poings énormes. Puis il s'en va, le bruit dur de ses pas décroît sur le pavé de la cour, la porte claque. Je ne l'ai jamais revu.

Je pense qu'il hante toujours les forêts avec sa grosse voiture meurtrière, où il promène ses victimes affamées aux mains liées, voilées de gaze. Peut-être quelques-unes succombent-elles à ses ruses. Peut-être qu'une fois il se fera lacérer, dépecer, déchiqueter à coups de griffes ou de ciseaux par une femme hystérique. Je le lui souhaite. Que sa vie se crache goutte à goutte, bue par la mousse, hors de son corps gluant comme un gros ver blanc qui se dégonfle. Que longuement, minutieusement, des phalanges d'insectes le sucent, le rongent, le grignotent et qu'il pourrisse, verdâtre, décomposé, gonflé d'eau et de gaz, comme un vieux champignon violet.

Par un après-midi éclatant de soleil, je vais mettre une annonce dans un journal de Nuremberg pour poser comme modèle.

Les réponses ne se font pas attendre. Mais c'est un drôle de modèle qu'on cherche. Pour des promenades en bateau, en avion, en voiture de course et en voilier ! Pour meubler une solitude, dans un chalet au bord d'un lac. Pour un riche industriel, jeune, sportif, trente-cinq ans, de toute moralité. Ces gens-là n'ont sûrement pas fait d'études à l'académie !

Tout de même, un seul peintre, un vrai, enfin il le dit. Il me convoque dans son village, à des heures de train dans la neige.

Sur le quai de la gare, un long jeune homme blond et frileux m'embarque à motocyclette. On cahote, zigzague parmi les fermes et les étables, et on s'arrête devant une usine désaffectée.

Dans un grand hall glacé, les machines sont recouvertes de housses noires. Pas de feu. Un escalier en colimaçon jusqu'au grenier.

— Déshabillez-vous.

Silence. Des heures d'immobilité. Petit grignotement du crayon sur le papier. Le jeune homme soupire. Je claque des dents. Enfin :

— *Es ist fertig.*

Il pose son crayon, sort son portefeuille.

— Ça va comme ça ?

Il me tend quinze marks. Je n'ose rien dire. En avançant la main, je jette un coup d'œil sur son œuvre. Au centre de l'immense feuille blanche, une toute petite silhouette, maladroite, enfantine. Et il a mis des heures pour faire ça !

Un photographe me répond de Nuremberg. À midi, j'aborde enfin son atelier, ivre de faim et de fatigue.

— Dépêchez-vous, je suis pressé ! On m'attend pour dîner.

Je dévoile ma maigre anatomie.

— Nous allons faire des photos d'essai. Trouvez une pose.

Flageolante contre un grand mur blanc, j'exécute un ballet muet. Je m'agenouille, me relève, me plie, me déplie.

— Bon, ça suffit. Rhabillez-vous, je vous écrirai.

Il ne m'a pas payée, et n'a jamais écrit.

Je suis repartie le ventre vide, aveuglée de larmes, dans Nuremberg. L'atroce soleil d'avril chauffe les façades en ruine, restes de la guerre. Je marche dans leurs ombres, leurs squelettiques ombres dont je suis.

Un unique après-midi, j'ai rencontré dans les rues de Nuremberg un grand vieillard à barbe blanche, prophète biblique et végétarien, croisé sous la pluie.

En revenant de je ne sais quel rendez-vous fictif, je bute contre lui et soudain deux yeux bleus fixent les miens avec la pureté d'un ciel au-dessus du désert. Comment a-t-il deviné ma détresse, dans ces quelques mots maladroits que je lui jette ? Il ne me répond qu'une seule phrase :

— Suivez-moi, nous allons manger.

Et c'est de joie maintenant que je pleure, mes larmes ruissellent, mélangées à la pluie.

Les gens se retournent sur moi, on me demande :

— Vous avez besoin d'aide ?

Non, ce qui me fait mal, ce n'est plus la faim, mais l'idée de la nourriture, d'un apaisement trop violent.

Le grand vieillard marche toujours, il fend la foule comme un mage, guidé par une étoile invisible. Nous montons dans une tour. Au troisième étage, il y a un restaurant naturiste.

À bout de forces, je me laisse tomber à une table. Je reçois des laitages, des fruits dans de l'avoine, des myrtilles arrosées de crème.

C'est la cène judaïque. Je mange avec le Christ. La nourriture descend comme une manne, les yeux bleus du vieillard étincellent dans son visage de cire orné de neige.

Je mâche avec ravissement, pendant qu'il me regarde, avec ses yeux et son sourire d'icône.

Je ne l'ai revu qu'une fois. Il est venu dans notre cour, nous apporter des œufs pour Pâques. Avec les enfants, on les a peints aux crayons de couleur, ça nous a fait un magnifique repas.

Dans la cour aux pigeons, ce n'est pas tous les jours fête. On vit avec vingt marks par semaine. C'est ce que Bill nous donne.

Les enfants passent des heures juchés sur les motocyclettes alignées contre les murs. C'est interdit, mais ils le font quand même. Cramponnés aux vieilles ferrailles démantibulées, imitant le bruit du moteur, ils partent pour de longs voyages, sous l'œil apathique des pigeons transis dans leur cage.

Un après-midi de soleil, on décide avec les enfants de les laisser s'ébattre un peu en liberté.

La cage est ouverte. Dans un cyclone de plumes éblouissantes, des vagues de pigeons se répandent, et s'élèvent dans la cour, criant et volant, essayant de franchir le mur. Les enfants leur donnent la chasse, c'est une belle efferves- cence de coups d'aile et de piaulements aigus qui attire le propriétaire. Sa rage touche au délire !

Pauvres bestioles ! Si joyeuses, si lumineuses dans le soleil, il les fait rentrer une à une dans leur trou d'ombre, l'aile triste. Elles retournent se blottir sur les perchoirs gluants et reprennent leurs litanies étouffées, tandis que le vieux me- nace de nous flanquer à la porte.

Bill étudie à l'université. Le matin il se rase debout, devant un antique lavabo branlant, qui s'est un jour écroulé presque sur mes pieds.

Nu et noir, il marche dans la chambre, la taille cambrée comme sur les lithographies de Rouault, soutenue par des cuisses énormes, sur de massifs pieds plats aux ongles jaunes.

Sa tête avance sur son cou de dogue, il tient longuement ses lèvres gonflées avec sa langue.

Les enfants s'approchent et touchent inno- cemment son corps. Je vois son sexe se redresser comme un serpent au contact de leurs mains et ils rient aux éclats, pendant qu'il fait semblant de se fâcher. Ils lui demandent de se laisser em- brasser sur ses grosses lèvres.

Avec moi aussi il est tendre et quand les gosses sont dehors, il ferme la porte à clé et revient vers moi dans le lit. Ce sont nos uniques moments de bonheur.

Ah si la vie n'avait pas été si dure, j'aurais vu le Paradis avec un grand nègre fou, roulée dans les vagues de ses bras, tanguant sur son ventre et ses cuisses, et son grand sexe chaud planté en moi, me remplissant de bouillonnante liqueur d'amour, ma bouche enfouie dans ses lèvres.

Mais tout a été si terrible en ce temps-là, et plus encore après, qu'il m'en reste bien peu de chose, de ce paradis.

L'académie de Nuremberg rouvre ses portes. Coiffée, maquillée, habillée de rouge et de noir, je m'y présente et on m'engage pour poser.

Les enfants jouent dans la forêt toute proche.

Je pose pour une classe de sculpture, nue, debout sur une planche à même le ciment. Quelques jours, et je prends froid au ventre. C'est fini, je ne poserai plus jamais sans tomber malade, les cystites me poursuivent comme des harpies.

Bill me voit gémissante, recroquevillée. Dans sa grosse tête se rallume la folie. Il me viole, il aime mes cris, ses mains aux doigts de singe trouvent des caresses qui déchirent. Mes souffrances l'excitent.

Il est comme un fauve mis en appétit par les convulsions d'une antilope. Pour le calmer je fais la morte, je cesse de me débattre, jusqu'à ce qu'il me laisse tranquille.

Oui sa folie revient, elle chauffe ses veines, elle rougit les globes jaunâtres de ses yeux, elle tourne en lui, cherchant une issue. Un beau soir elle explose à la table du souper.

Nous sommes tous là, après l'éternelle marmite de nouilles, à attendre le dessert : ma dernière découverte, un amalgame bizarre emballé de cellophane, des sortes de limaces noirâtres couvertes de sucre. Des bananes séchées, elles ne coûtent presque rien.

Bill mastique, silencieux. Tout à coup il crache, et d'une voix menaçante :

— Qu'as-tu mis là-dedans ? C'est du poison, hein ? Tu veux me tuer ?

Il se lève, furieux, et sort sans dire où il va. Au moins, j'ai la paix. Il ne me touche plus, le temps de sa colère.

Un autre soir, dans un moment de bonne humeur, il m'invite à sortir avec lui :

— Prépare-toi, ce soir je te présente à des amis. La fille est du même pays que toi, elle vit avec un étudiant noir. Nous avons rendez-vous dans un café.

Très émue, je m'habille de mon unique belle robe de velours noir, je laisse mes cheveux défaits. La nuit, on ne voit pas que ma veste de fourrure tombe en loques.

Je suspends à mes oreilles mes plus belles boucles en verroterie, celles que j'appelle les diamants roses du désert.

Depuis toujours, les boucles d'oreilles sont ma seule consolation. Celles que j'avais à l'époque venaient toutes du marché aux puces, d'un banc tenu par une petite vieille qui déclarait les tenir de Bohème.

Maintenant, j'en ai d'autres, de vrais faux bijoux fantaisie, très chers. Dans mon armoire, je m'en suis fait une grotte toute tapissée d'étincelles.

Les diamants roses du désert étaient d'une couleur de chair irisée, ils pendeloquaient autour d'un vitrail en caramel de verre rehaussé de faux or. J'y tenais beaucoup. J'avais aussi les « Cimetières espagnols », de lourdes fleurs de rêve en verre noir, gris et jaune avec de faux brillants, qui se balançaient jusqu'au milieu du cou. Les plus petites, c'étaient les « Gouttes de sang », deux perles rouges enneigées de strass.

J'en porte tous les jours et j'en change aussi souvent que cela me plaît ; c'est la race tzigane qui veut ça.

Les enfants sont couchés et endormis dans leur unique lit de bois jaune.

Bill enfile son manteau blanc. Il sort à grandes enjambées et je le suis en fermant toutes les portes à clé. Dans leur cage, les pigeons dorment sans un frisson de plumes, frigorifiés sur leurs perchoirs.

Nous traversons Erlangen assoupie, sous un ciel de premier printemps aux étoiles gelées. Par terre, la neige fondue reflète la nuit comme un diamant obscur.

Au bout d'une rue déserte, je vois briller une enseigne vieillotte, à l'auberge de la Lune d'Argent.

Bill pousse une profonde porte cochère, et le bruit, la musique et les visages luisants d'un café plein de nègres nous sautent à la gorge. J'entre là-dedans comme dans un océan frénétique.

Mes Noirs, mes Dieux noirs, je vous ai vus cette nuit pour la première fois ! Je rêve aujourd'hui à vos corps glorieux secoués par les vagues du rock, à vos torses d'écume moirée dévorant la lumière électrique ! Je rêve à vos visages de sombres soleils, à vos magnifiques mains posées comme des palmes sur les épaules des femmes blanches. Entre vos bras, elles sont envoûtées par l'odeur de cannelle et d'encens venue du fond de vos ventres.

Je traverse, accrochée à Bill, cette marée de lianes humaines.

Au fond de la salle, nous rejoignons ses amis. La jeune femme est rousse et blanche. Elle s'appelle Rose, elle a une chair fondante d'abricot. Son fiancé noir, à côté d'elle, luit comme une châtaigne fraîche. Elle me sourit, nous nous parlons en français. Bill commande de la bière dorée dans de grands verres.

Un immense nègre en maillot rayé s'approche et m'invite à danser. Je regarde Bill. Il me fait signe d'y aller.

Je me lève, il me prend dans ses bras qui m'écrasent, s'enroulent autour de moi comme deux pythons satinés.

Je danse, balancée contre le Noir qui tangue dans les blues comme un palmier dans le vent.

Bill s'est dressé, fou de rage. Il me regarde, collée au Noir, mes yeux dans les siens, et sur mon visage un sourire qu'il ne m'a jamais vu.

Il m'arrache à lui, et me jette contre une table. J'attrape un verre et le lui lance à la gueule.

Inondé de bière, hurlant des jurons en anglais, le gros Bill fond sur moi et me fait voler à travers la salle.

Je quitte le café, vacillante, aveuglée de larmes, soutenue par deux petits soldats noirs aux voix très douces, qui me proposent de m'emmener chez eux, mais je refuse et rentre me coucher auprès des gosses.

La nuit suivante, je sors seule, l'estomac vide, parée et maquillée. Bill est parti de son côté, comme d'habitude. J'ai décidé de me venger.

Maintenant les rues m'attirent, avec leurs cafés et leurs musiques. La faim a pris un air de bal.

Dans un bar flamboyant comme un aquarium rouge, je bois un verre de vin, juchée sur un haut tabouret. À ma droite, une sorte d'Oriental huileux me regarde. Il se rapproche tout doucement, il va me parler, je le sens. Tant pis. J'ai trop faim. S'il m'invite, j'accepte. Nous avons à peine échangé quelques paroles.

Dans l'obscurité de sa tanière d'étudiant, il m'installe sur un vieux divan et m'apporte des tartines sur une assiette. Je le laisse mettre un disque de musique arabe, je mange et je bois, pendant que sa main se promène un peu sur moi. Il ne m'aura pas. Je me débats longuement en silence, et je le quitte comme une voleuse sur une fausse promesse.

Je rentre à pas furtifs dans notre cour à quatre heures du matin.

Aussi doucement que j'ouvre la porte, Bill m'a entendue.

Immobile, sa tête de fauve repose sur l'oreiller, les yeux grands ouverts. Sa voix rauque monte du lit :

— D'où viens-tu ?

— J'ai été invitée.

Je me glisse à côté de lui. Il a un recul brusque.

— Ne me touche pas ! Tu m'as trompé, je sens sur toi l'odeur d'un autre homme.

— Je n'ai rien fait, je te jure ! Personne ne m'a touchée !

Pauvres mots qui s'effondrent. Bill ne parle plus. Il dort, tourné contre le mur. Je comprends que tout est inutile et je pleure sans bruit. Les dernières larmes qui me brûlent les yeux sèchent à l'aube.

Dans le silence ouaté, Bill se lève, sans me regarder, sans un mot, il s'habille et sort.

L'après-midi, je m'en vais seule à Nuremberg dans un autobus vert.

Je pose chez un photographe du dimanche, dans un appartement asphyxié de rideaux à fleurs, de fauteuils en peluche, de couvre-lits en soie artificielle. Une tapisserie en velours frappé promène sur le mur une caravane de chameaux sur un ciel orange, entre des palmiers vert cru.

Nue, claquant des dents, dressée sur la pointe d'un pied, l'autre jambe repliée sur une chaise, je me force à sourire, les mains tendues dans un geste d'offrande, cambrée et rentrant le ventre de toutes mes forces.

Le photographe s'est mis nu, « parce que, dit-il, il se sent plus à l'aise ».

Il tourne autour de moi, s'accroupit, se relève, prend des photos dans l'éclair aveuglant
des flashes dont il rejette les ampoules grillées
tout autour de moi en jurant lorsque les photos
sont ratées.

Il s'énerve. La sueur lui coule des aisselles et
son sexe à moitié raidi ballotte sur ses cuisses
d'insecte. L'odeur aigrelette de sa chair de fromage blanc se mêle au relent poussiéreux des
tapis. Je suffoque, attentive à ne pas verser tout à
coup l'édifice de mon corps tendu qui vacille.

À quatre heures il s'adoucit et me sert du thé
et des biscuits sur un plateau. Il se gargarise de
compliments doucereux, et ses petits yeux enfoncés dans une face de souris au long nez fouineur se vrillent dans les miens.

Hein, si je voulais, si je le laissais faire ! Toute
sa longue carcasse d'araignée, les osselets débiles
de ses mains en tremblent !

Je le repousse sans ménagement. Il se confond
en excuses et se lamente sur la frigidité de sa
femme, qui travaille toute la journée comme
sommelière dans un bistrot et se refuse à lui tous
les soirs, ne se couchant à ses côtés que pour
dormir. Mais il reste avec elle, car la photographie coûte cher et il a besoin du salaire conjugal.
Le mobilier acheté à crédit n'est pas encore
payé.

Ce torse de fakir se prend pour un Don Juan
artiste, et se jette des coups d'œil admiratifs devant les miroirs tout en déplaçant les meubles
pour de nouvelles poses couchées sur le tapis.

Il s'aplatit, l'appareil de photo presque à ras du sol, et prend toujours des clichés dont la moitié ratent, jurant et jetant alentour les ampoules laiteuses qui lui brûlent les doigts.

Ces dures séances se terminent à six heures du soir, juste avant le retour de sa femme. Je touche royalement vingt marks pour l'après-midi.

Puis je m'engage comme entraîneuse dans une boîte de nuit. Sur les vitres, des sirènes horribles se tordent dans des convulsions. C'est l'Erotic-Bar, tenu par un Juif et sa femme, vieux serpent à lunettes au parfum doucereux.

On m'explique le travail. Il faut se tenir seule, bien habillée, d'un air modeste et humblement lubrique, assise à une table devant un verre de thé.

On me conseille de prendre un nom d'artiste. Après réflexion, je choisis « Mimi », réminiscence miséreuse de la vie de bohème.

Je m'assieds en tremblant, courtisane novice, et bois mon thé en silence. Le spectacle n'a pas encore commencé. Sur un signe de la patronne, je me laisse mener devant un monsieur qui désire de la compagnie.

Je demande un « cocktail au champagne », la boisson la plus chère. Si j'en bois dix, je toucherai dix marks de pourcentage. Le vieux me regarde ; je ne dis pas un mot. Pauvre Mimi, à la jupe noire bon marché fripée par un quart d'heure de chaise, à la minable blouse de velours déjà humide sous les bras !

En allant aux toilettes, je me fais gronder discrètement au passage.

— Il faut être aimable, me dit-on, se laisser caresser un peu, se faire toucher gentiment dans les limites du bon ton, et surtout : boire, *trinken, trinken ! Champagner-cocktail und Whisky !*

Je n'ai pas soif. Et puis ce vieux, je ne sais pas que lui dire. Il s'en va, et je reste seule.

Du coup, je m'arme de courage et vais résolument m'asseoir vers un gros rustique déjà muni d'une demoiselle blonde qui fait un peu « assistante sociale de dancing », la bouche pincée sous un chignon très distingué.

Dans ma naïveté, je pense qu'il sera content qu'on soit deux, on pourra se partager la besogne et les bénéfices, lui boire deux fois plus d'argent. Le gros paraît tout réjoui, mais la demoiselle grimace. Elle se lève, et s'en va brusquement. Moi qui venais si gentiment lui donner un coup de main !

Tout à coup, une voix bien huilée m'appelle dans le micro :

— *Fräulein Mimi, Telefon, bitte !*

Je sursaute. Moi, au téléphone ? Personne ne sait que je suis ici. Tout tourne dans ma tête en un carrousel d'enfants morts, de flics, d'ambulance. Notre logement a-t-il brûlé ?

Non, ce n'est rien. Le serpent à lunettes a trouvé ce moyen pour me faire venir à l'office et me verser une nouvelle ration d'engueulade, salée cette fois.

— Comment, vous prenez le client d'une autre ? Savez-vous que c'est défendu ! Elle a juré d'avoir votre peau !

Je dois présenter des excuses.

— Et surtout buvez, buvez donc, vous ne pouvez en rester à deux verres, il y a une heure que vous êtes là !

Je retourne vers le gros, et dans une euphorie désespérée, je commande une bouteille de rouge. Ça sera bien meilleur que leurs affreux « cocktails » anémiques, et au moins je pourrai noyer ma misère dans quelque chose de substantiel. On apporte une magnifique bouteille de vin français à dix-huit marks.

Je trinque, sans m'inquiéter des coups d'œil furibonds du garçon (on a dû lui dire que je ne poussais pas assez à la consommation, en osant me jeter sur un alcool prolétaire !).

À grands éclats de trombone, sur une piste au milieu du bar, la danseuse Inès apparaît, fouettée d'éclairs violets.

C'est une tigresse à crinière rousse, haut dressée sur de fins talons, autoritaire, plantureuse.

Sur un divan rouge foncé, elle se met à poil avec énergie, envoyant ses habits aux quatre coins du bar, s'étirant comme une chatte en colère.

Elle ondule en mesure, dans les miaulements aigus des saxophones, et puis retombe, disloquée, en écrasant le vieux divan.

De minces Walkyries en manteau de cuir, solennelles, se déshabillent dans une lumière verte, une jeune hussarde cuirassée d'argent danse une valse militaire.

On valse, nous aussi. Je suis ivre, je navigue dans un brouillard, collée au vieil éléphant qui m'écrase les pieds.

Nous en sommes à la troisième bouteille. La patronne-serpent derrière le bar me fait des sourires d'encouragement.

Il est trois heures du matin. La musique s'arrête, les danseuses ont disparu. Je titube vers la cuisine pour réclamer mon salaire.

— Repassez demain, me dit-on d'une voix sèche.

Je sors dans la nuit du petit matin, grelottant sous la pluie.

J'ai juste l'argent pour le premier train à quatre heures.

Dans la salle d'attente bourrée de vieilles femmes jacassantes sous leurs laines, au milieu de cabas et de sacoches, que des religieuses emmènent en excursion, je me laisse tomber sur un banc.

L'asphalte du quai prend des teintes violacées, une cloche tinte aigrement.

Un désespoir sans nom me serre la gorge, à la pensée de cette nuit perdue ; il faudra me lever à sept heures pour mener les enfants à la crèche, et mon porte-monnaie est vide.

Le soir Bill rentre de l'université. À peine arrivé, il lave sa grosse tête crépue, frotte sa laine à la pommade et la recouvre d'un mouchoir noué aux quatre coins. Assis sur notre lit dans la cuisine, il fume, contemplatif. Sa présence parmi nous n'a rien d'humain. C'est un robot à côté duquel nous vivons, nous jouons, nous dormons sans qu'il s'en aperçoive.

Une nuit, il me dit tout à coup :

— Tu devrais gagner de l'argent avec les hommes, tu es faite pour ça. Va à l'hôtel et demande-leur vingt-cinq dollars. Et surtout, n'oublie pas de te laver. Si tu ramènes une maladie, je te tue.

À Nuremberg, le soir, les vitrines sont des autels éblouissants.

Je marche dans les rues. Je ne suis plus seule. À mes côtés surgissent des femmes parées et fardées pour une fête inconnue.

Elles glissent furtivement dans la foule et se tiennent debout au coin des trottoirs avec l'indifférence des statues. Tacitement, nous sommes complices.

Un vieux monsieur aux tempes grises me suit depuis un moment déjà. Il me rejoint, me sourit, il s'incline. Il me baise la main. Plus grandes seront les exigences, je le sens, quand elles sont précédées de telles civilités. Il m'a pris le bras, il ne me lâche pas, je ne peux plus lui échapper maintenant.

— *Na, und wohin gehen wir essen, schöne Frau* ?

Il m'a emmenée au restaurant chinois. Des nourritures délicates, presque trop belles, ont parfumé l'angoisse prochaine. Je bois du vin pour me donner du courage.

Et puis nous marchons côte à côte dans la rue, le ventre bien rempli.

J'ai froid.

Au septième étage d'une vieille maison sans ascenseur, sous les toits, il ouvre la porte d'une mansarde. C'est là. Il me tend un billet de cinquante marks, un misérable billet vert.

Il se met à quatre pattes sur un divan fleuri, entrouvre de grandes fesses velues :

— *Leck mein Arsch*, dit-il.

Oui, la voilà la porte secrète et humiliée du Paradis, celle qu'il faudra lécher et sucer comme une hostie nauséeuse, si on veut bouffer désormais.

Le gros Allemand vagit. Ce qu'il a dû en chier des billets déjà, à plat ventre, ce vieux poupon, croyant sentir encore le doigt si doux de celle qui le langeait autrefois ! C'est fini, il se relève et retrouve sa dignité avec sa cravate.

— *Gehen wir nun ein Gläschen trinken.*

Dans une petite salle d'auberge aux nappes rouges et blanches, éclairée par des lampes rustiques, nous buvons chacun un cognac. On dirait qu'il ne s'est rien passé. Et pourtant rien ne sera plus jamais comme avant. Je suis passée de l'autre côté, celui d'où l'on ne revient plus. C'est si peu, et c'est si grand.

À quatre heures du matin je me glisse chez nous. Bill se soulève :

— Tu as de l'argent ? Combien ?

— Cinquante marks.

— Montre-les-moi.

Je sors le billet.

— C'est bien. Viens dans mes bras.

Avant de m'endormir, une pauvre joie me donne des visions, tout ce qu'on va pouvoir s'acheter pour manger enfin à notre faim.

Le lendemain est un jour faste. Bill vient dîner avec nous. L'odeur glorieuse de la viande monte dans nos narines et nous redécouvrons la volupté de se remplir la panse.

Oui, c'est mon corps qu'on mange, ce sont ma chair, mes larmes qui ruissellent sur la table. L'âcreté de ma nuit sans sommeil parfume les plats. Mes enfants et mon nègre, tous communient en moi dans cette orgie affamée et joyeuse.

Bill met son beau veston clair et nous sortons nous promener au soleil. C'est presque l'été, les champs de blé flamboient le long de la rivière aux longues chevelures vertes. Le vent me purifie, je voudrais me rouler par terre, mordre l'herbe. Devenir comme une racine d'arbre.

Bill s'est assis à une terrasse. Au soleil, sa peau noire est plus sombre d'un feu rouge et la sueur luit sur ses tempes safranées. C'est ainsi, en été les nègres deviennent plus noirs et certains prennent des fulgurances cuivrées, d'autres sont bleus à force d'être brûlés.

Bill prend ma main dans la sienne à la paume ambrée, aux ongles à la bordure orange, d'un vieux rose de crevette grillée.

Nous restons sans parler comme des bouddhas au soleil. Bill boit une bière, les enfants et moi, on s'absorbe dans d'énormes glaces triangulaires, couronnées de biscuits roses.

Il y a trois mois que nous sommes dans la cour aux pigeons.

Un après-midi de lessive dans ma cuisine, je vois se profiler par la fenêtre deux silhouettes, qui se détachent avec une netteté implacable sur le mur blanc de soleil. Peu après on frappe brutalement à la porte.

Je me trouve face à face avec deux messieurs venus spécialement du consulat, à Munich, souriant d'une horrible grimace, démentie par leurs yeux avides qui fouillent partout. Ils ont été envoyés à notre recherche.

— Et vous ne savez pas quel mal nous avons eu à vous retrouver ! dit l'un d'eux qui paraît être le chef.

— Oui, le tuteur s'inquiète, on voudrait bien que vous rentriez au pays.

Ils regardent la cour, la cuisine humide, le lavabo délabré posé sur une chaise, les souliers monstrueux de Bill par terre. Dans l'autre chambre, l'unique lit des enfants, leur fenêtre cassée, la table, les deux chaises.

On lit dans leurs yeux un étonnement scandalisé, une certaine pitié, l'ennui de nous trouver dans une telle misère. L'image de Bill absent pèse plus lourdement que s'il était là. Ils n'osent pas s'asseoir.

Je pressens qu'ils savent tout : notre fuite, la faim, la folie de Bill.

Je parle, je parle, je mens, je dis n'importe quoi.

— Vous voyez, les enfants sont à la crèche, mon fiancé étudie, bientôt nous allons nous marier. Il n'y a pas beaucoup de confort ici, mais ça ne fait rien, nous y sommes habitués.

Sceptiques, faussement bienveillants, ils m'écoutent et jettent des regards de vautours sur nos pauvres objets, la vaisselle ébréchée, le linge déchiré que je raccommode mal, les taches de moisi sur les murs.

Enfin ils s'en vont, après m'avoir arraché la promesse que j'irai montrer mon passeport à la police et m'inscrire avec les enfants comme touristes, car, disent-ils :

— Vous avez été d'une négligence incroyable et nous serions en droit de vous rapatrier si nous étions méchants.

Les conséquences de leur visite ne se font pas attendre. Le soir même, Bill est appelé dans la cour par le propriétaire. Un moment après, il revient dans la cuisine où je prépare le souper.

— Vous devez partir d'ici, les enfants et toi. On vous chasse, le propriétaire ne veut pas d'ennuis avec la police. Fais tes valises, vous partirez demain.

Je chiale en emballant nos affaires, en rangeant dans l'armoire les chaussettes de Bill qui restent solitaires sur les rayons presque vides. C'est la fin de notre vie ensemble. Je ne sais pas où aller, et j'aime encore Bill. Je m'arrache à cette chambre comme si on m'écartelait.

C'est la première fois qu'on nous chasse comme des bêtes :

— Allez vous faire foutre avec vos enfants, allez, troupeau misérable, on ne veut pas d'ennuis. Allez ailleurs, on se fiche que vous ne sachiez où.

La première mais pas la seule : elle a été suivie de cinq autres. La dernière, ce fut l'expulsion définitive.

Dans le petit matin bruineux, je prends le train pour Nuremberg avec les enfants et nos éternelles valises, deux ruines attachées par des ficelles.

Je me souviens qu'à l'époque où je posais à l'académie, un des élèves de sculpture m'avait parlé d'un petit pavillon de jardin appartenant à ses parents. C'est le seul espoir qui nous reste, avant de rentrer au pays et d'avouer ma défaite en laissant le tuteur me reprendre les gosses.

À l'académie des Beaux-Arts de Nuremberg, notre arrivée provoque un certain étonnement. L'élève de sculpture paraît épouvanté de notre audace. À force de supplier, j'obtiens qu'il téléphone à ses parents. Il leur arrache la permission de nous loger à condition de payer un loyer et de ne rien abîmer. Ils cultivent un jardin autour du pavillon et craignent pour leurs légumes.

Nous prenons l'autobus jusqu'au terminus, aux confins de la ville, dans un quartier d'usines.

Après un pont, il faut encore marcher longtemps dans un étroit sentier de terre, au milieu des prés.

D'un no man's land brumeux surgissent les pavillons comme des champignons lépreux, entourés de grillages. Pour atteindre le nôtre, on traverse un labyrinthe de jardinets ayant chacun sa cabane bâtarde, son chien aboyeur, ses petits vieux en salopette et en tablier, occupés à désherber ou à bêcher. Ils se redressent pour nous considérer avec curiosité.

Le jeune homme les salue, tout gêné. Il doit drôlement regretter de m'avoir parlé du pavillon ! Il a l'air de patronner une famille louche, miteuse, presque en loques. On détonne dans ces paysages bien ratissés de laitues et de maïs soigneusement alignés.

Il ouvre le portail du jardin, de « notre » jardin, puis la porte d'une cabane méticuleusement cirée. Une vraie maison, rien qu'à nous !

Deux petites piaules bien propres, au parquet lavé, aux lits recouverts d'une étole à carreaux. Pas d'eau, ni d'électricité. Mais c'est chez nous, enfin !

Le soir, je vais chercher de l'eau à un robinet très loin, tout au bord de la route, et pendant que j'appuie de toutes mes forces sur la poignée et que l'eau glougloute dans les seaux, je vois passer sur le ciel orangé de magiques voitures américaines bourrées de nègres. Par les fenêtres, leurs mains nous font signe dans le crépuscule comme des corbeaux nous appelant au voyage, au-delà des peupliers poussiéreux. Vers l'autre côté de la terre, en Amérique peut-être. Les gosses et moi, on agite nos mouchoirs.

Mais ils passent et disparaissent, le ciel noircit, il faut rentrer au bercail, alourdie de deux seaux à l'anse coupante qui m'écorchent les mains, dont l'eau se déverse et m'inonde à chaque pas.

Une maigre soupe d'avoine nous attend, cuisinée sur le réchaud entre les deux chambres, éclairée par une bougie.

Les gosses sont couchés. Je fais ma toilette à la lueur mouvante de la chandelle, un miroir cassé à la main.

Longuement, je repasse du noir sur mes cils et je cerne mes yeux d'un trait sombre, j'argente mes paupières. Oui, on mine sournoisement ma jeunesse, ma santé, mais je veux garder mon éclat. Que mon angoisse soit étincelante !

Je sors dans la nuit comme on se jette à l'eau, les dents serrées, dans l'herbe jusqu'aux genoux. C'est l'été, les insectes grignotent l'ombre de leur stridulation intense.

Devant chaque cabane, les chiens aboient sur mon passage, mes talons s'enfoncent dans la terre. Il faut faire vite, disparaître avant que les gens se réveillent.

Quand j'aborde la route après un long cheminement dans les prairies gorgées de nuit, je reprends mon souffle, je me durcis de toutes mes forces.

Je marche droit devant moi, frôlée par les phares des voitures, ces prunelles aux aguets. Chaque fois que l'une d'elles s'arrête, la portière s'entrouvre, et une main me fait signe. Mon cœur s'arrête de battre.

Qui est là, qui m'attend à l'intérieur de cette voiture pleine de nuit ? Je suis clouée sur place. Défense de s'enfuir !

J'approche pas à pas, retenue par une corde invisible. Penchée, je regarde : cette seconde, c'est ma vie que je joue !

Cet homme, dont je devine dans la pénombre la silhouette maigre ou massive, est-ce un flic ? Un assassin ? Il faut que je voie ses yeux, une autre seconde aiguë et douloureuse, il faut que je me décide.

Vite, la voiture n'attend pas, d'autres suivent, on m'observe, on m'appelle. Je n'ai plus qu'à sauter, à me laisser emporter, à peine la portière refermée.

Combien de fois aussi suis-je tombée dans des pièges ! C'est la loterie de la nuit. Chaque aube est une délivrance, une résurrection ; on a échappé au pire.

Un soir de brouillard, je monte dans une camionnette dissimulée dans une ruelle. On part aux confins de la ville, pour stopper sur une place bordée de hangars et de terrains vagues. Pas un bruit. Une lueur tremblote au bord d'une lampe, éclairant l'herbe pelée.

Je déroule mon petit cinéma habituel, les gosses, le manque d'argent, l'impossibilité de travailler sans permis.

On s'attendrit. L'homme qui est assis au volant, lui aussi, a des enfants, il sait ce que c'est, ça coûte cher à nourrir.

— Je vous donnerai un beau cadeau si vous êtes gentille.

Il écarte un rideau à l'arrière. Un amas de vieux chiffons apparaît. Deux bras m'encerclent, nous tanguons dans les détritus, une odeur de poubelle, de moisi s'en dégage.

Submergée de guenilles puantes, je n'arrive pas à retrouver mes habits qu'il est déjà sur son siège, rajusté, reboutonné, et remet la camionnette en marche. Je hurle :

— Mon cadeau !

— Tout de suite !

Nous virons de bord et brusquement il s'arrête devant une vitrine éclairée.

— Tenez, dit-il, me tendant la main, voilà de l'argent. Ayez la gentillesse de me prendre un paquet de cigarettes, là devant vous, au distributeur automatique.

À peine suis-je descendue que la portière claque, la camionnette démarre et disparaît fantomatique dans le brouillard. Je regarde dans ma main : une pièce de cinquante pfennigs, c'est tout.

Il pleut de fines gouttes de brouillard, la nuit est glacée. Pas un souffle, toutes les maisons dorment. Je marche sans savoir où je vais, j'enfile une rue au hasard. Il n'y a plus d'heure, le brouillard a tout rongé.

Je ne sais pas par quel miracle une voiture surgie tout à coup m'a ramassée. Elle roule vers la ville, je retrouve le pont, les baraques et les sentiers qui mènent vers mes enfants.

Bourreaux des nuits de Nuremberg, vous m'avez sacrée chatte sauvage et mère de mes petits. Je vous rends grâce, salauds, on a toujours eu à manger !

Nuit après nuit, j'ai raclé des miettes à vos dentiers pourris !

Nuit après nuit je me suis durcie, redressée, remplumée, les flics ne nous ont pas trouvés !

Le jour, on vit, on marche au soleil. Chaque matin, je vais à l'épicerie où les billets arrachés aux trémolos de vos tripes se changent en nourritures miraculeuses !

Oubliées, vos chambres capitonnées comme des cercueils, les contorsions de vos flasques pelures, la dureté des sièges d'auto, la gifle des vents glacés quand vous me jetez dehors à quatre heures du matin !

Le jour est à nous ! On rit, on bouffe, on se promène, on s'achète même des jouets. On vit comme des vrais Tziganes !

Au cœur de la vieille ville de Nuremberg, la nuit, nous sommes nombreuses à tourner dans les rues comme des libellules frémissantes. Nos talons sonnent sur les pavés. Englués dans un silence d'étoffes, des cristaux, des bijoux, des fleurs féeriques étincellent dans de hautes vitrines allumées.

Il fait froid, c'est minuit, la ville se fend sous le silence. Un vieillard furtif à l'allure de corbeau vient de me harponner le bras. Il tremble, son visage est humide d'une rosée de vieillesse blanchâtre. Ses lèvres minces découvrent une sombre corolle de gencives sans dents.

Ses mains arachnéennes agrippées à mon épaule, il hausse jusqu'à mon oreille des susurrements :

— *Liebe Frau, schöne Frau, bitte kommen Sie mit mir ! Ich gebe dreißig Mark, aber ich zahle das Hotel !*

Il me laisse à l'entrée et monte prestement un escalier.

Je m'écrase contre le mur.

Mais quand il redescend tout guilleret, le petit corbeau rachitique, un préservatif soigneusement enveloppé de cellophane à la main, au même moment une voix terrifiante m'assaille :

— Mais qu'est-ce vous faites là ?

C'est le monsieur de mon premier soir, celui du restaurant chinois. Il m'entraîne, je n'ose pas lui résister, et encore moins me retourner pour voir l'air déconfit du corbeau qui reste tout seul sur le trottoir, son préservatif à la main.

Partons vite, loin d'ici. Le coin est bourré de flics en civil, tout à l'heure un type louche nous a suivis, le corbeau et moi, plusieurs fois le long des mêmes rues. Dans la vieille ville, le pavé est brûlant.

Oui, c'est bien le même, sanglé dans son costume gris. Ses mains gantées de daim ouvrent une portière de voiture. Je reconnais le grand catafalque nickelé.

Cette fois, pas de repas chinois, pas de mansarde, pas de galanteries. Il est pressé, on stoppe dans un chemin sombre entre deux villas. Il presse sur un bouton et les sièges s'allongent en couchettes.

Il se déshabille en ahanant, et sur les coussins de cuir noir, comme un monstrueux clair de lune, son vieux cul flasque apparaît.

Il me le tend, saisit ma tête à pleines mains et m'enfonce dans ses replis. Tout en dirigeant la manœuvre d'une poigne rude, il gémit comme un petit enfant. Au bout de longues minutes, à moitié étranglée, suffocante et pleine de larmes, j'ai tout reçu dans la bouche.

En sifflotant, il remet la voiture en marche pendant que je me rhabille. J'ai cinquante marks dans mon sac comme l'autre fois, qu'il m'a donnés sans que je lui demande. Il pousse la gentillesse jusqu'à me ramener tout près de ma cabane.

C'est la dernière fois que je l'ai vu. J'ai regardé sa voiture disparaître, comme un gros bourdon noir au ras du champ, j'ai respiré une grande gorgée de nuit, et j'ai couru, mon sac serré entre mes mains, vers la petite maison paisible où mes enfants sont endormis, l'un contre l'autre dans leur unique lit.

Dans mes pérégrinations nocturnes, j'ai découvert, au carrefour de routes noires et désertes, un nouveau cratère brûlant, un petit bistrot rempli de musique et de lampions rongés par la fumée, où les soldats nègres vont danser.

Un invisible aimant m'a attirée, m'a fait monter dans un tramway qui me secoue et grince dans la campagne comme un vieux chat pelé.

C'est un long voyage, collée à la vitre où s'écrase la nuit, serrant sur mes genoux un sac en plastique brun tout déchiqueté dont la poignée tient par du papier collant.

Je mets de côté chaque nuit les quelques marks nécessaires.

Vêtue de l'éternel et mince tailleur noir, je n'ai pour toute parure que mes diamants roses du désert.

Parfois je me trompe de station. Je marche longtemps, tournant dans les rues vides, égarée par de fausses lanternes, et tout semble se dissoudre dans la terre des jardins fouettés par le vent.

Et tout à coup, au moment où tout semble perdu, jaillit de l'ombre une floraison de lampes vertes et rouges, une étoile éclatante secouée de rock and roll entre les maisons mortes. Le bistrot tant cherché bourdonne devant moi comme une abeille mystérieuse.

J'ouvre la porte.

Reflétés par l'eau trouble des miroirs, les nègres sont agglutinés autour des tables comme des grappes de raisin noir. Leur odeur est un vin longtemps vieilli au fond d'une outre de cuir.

Immobiles, leurs visages à la peau satinée, aux dents de neige, sont enchâssés dans les boiseries couleur de miel. Ils rient, ils boivent du gin et du cognac, dans leurs uniformes verdis.

Je me glisse dans cette jungle au chaud humus noir irisé de sueur, je disparais dans la houle des danses.

Ils tiennent chacun une femme, une Allemande blonde et nacrée. C'est miraculeux de voir leurs mains sombres jouer sur des nuques et des épaules de lait, leur peau de ténèbres mêlée aux épis clairs des chevelures, et les bouches fardées de rose posées sur d'énormes lèvres bleutées. On entend hurler une voix rauque hors du juke-box, du fond des blues gorgés de tripes et de désespoir.

À l'aube je rentre en taxi, ballottée, serrée contre un Noir, jamais le même, enfouie dans les plis de sa veste kaki.

Au long des sentiers de terre où nous titubons ensemble, les chiens excités par cette odeur nouvelle aboient furieusement, arc-boutés sur leurs chaînes.

J'ai su plus tard que j'étais observée, avec quel étonnement, quel dégoût, et peut-être quelle envie secrète refoulée tout au fond de leur sèche âme allemande, par toute sorte de vieilles femelles aux yeux torves, embusquées derrière leurs volets.

Moi je m'en fous, ouvrant avec une éclatante jubilation intérieure la porte de notre cabane. Le doigt sur la bouche, je montre au Noir les petites têtes endormies sur le même oreiller.

Dans l'autre chambre, un grand lit fruste, recouvert de deux couvertures au poil rude, nous attend. Jamais on ne m'a refusé de cadeau, même s'il n'était pas très grand. Car l'âme noire est intimement liée à celle des enfants, et c'est pour eux qu'elle donne.

Même avec une femme de passage, même avec la plus laide des vieilles putains allemandes édentées, quand un Noir fait l'amour, c'est comme avec sa femme.

Ah mouvements doux, sûrs et puissants de fauve honorant sa femelle !

Dans sa brutalité, c'est amoureusement que frappe sa grande lame fumante !

Soumise, écrasée et baisée, je me venge des Blancs, de leurs petits cœurs secs terminés en sexes débiles.

Leur érotisme, triste geste dont ils masquent leur impuissance ! Petits garçons pissant dans leur lit et se masturbant en cachette : refusés, re-tranchés, mort-nés !

Je vous crache à la gueule et je piétine vos couilles dérisoires ! Figues sèches qu'il faut pi-quer d'aiguilles et de brosses, lacérer, fouetter, battre à coups de cravache, de gants à clous et de talons pointus pour en faire sortir un jus mort !

Buvez votre pisse, bouffez votre merde, et que jamais le mot « amour » ne franchisse vos gueules !

En quelques nuits, j'ai vengé toutes les femmes privées d'amant de notre famille : celles qui furent frigides, celles qui n'ont aimé qu'une fois, celles qui sont mortes vierges du cancer à soixante-quinze ans, celle qui criait sur son lit d'agonie, les boyaux déjà pourrissants :

— Je n'ai jamais connu l'amour !

Dormez en paix, l'amour a explosé. Il me ronge le ventre. Que son sperme brûlant retombe sur vos cendres, qu'il foute le feu à vos squelettes !

Je veux finir ma vie dans un vieux quartier noir, à Chicago ou à San Francisco, usée et pauvre, mais heureuse, entourée de musique, de danses et de caresses.

Je veux devenir noire, revêtue de nuit. J'ai tant marché dans son ombre que je serai comme elle, veloutée et presque invisible.

C'est le temps des nègres.

Obscurs météores, ils sillonnent les forêts d'Allemagne dans leurs grandes voitures aux noms somptueux : Cadillac blanches, Chevrolet noires, Buick rouges poussiéreuses au sourd ronronnement de panthère.

Assise à l'avant d'un de ces grands coléoptères aux ailes fulgurantes, aux côtés d'un Noir, je fends les arbres invisibles.

Soudé à l'ombre, ses longues mains sur le volant, il se laisse dénuder sa belle tige brune et lisse, je la caresse et je la lèche avec amour.

La sève laiteuse jaillit, elle féconde la nuit, la campagne, le vent. Nous sommes lancés sur la route à la vitesse d'un orgasme.

Nègre, tu n'as pas faibli, tes larges prunelles ouvertes, tes mains n'ont pas frémi !

Tu t'es raidi dans ta volupté magnifique, sans un sourire, le regard fixé au loin.

Tu es le Prince de cette nuit.

Un autre Noir est venu comme un tigre, à minuit dans les herbes, secouer la barrière du jardin.

Il porte sur son bras deux couvertures de l'armée, en poil de chameau, pour envelopper nos ébats. Je les ai gardées longtemps. Elles me suivaient de gîte en gîte.

Un matin, j'y ai vu des traînées rouges. Je suis malade, une saloperie inconnue m'a mis le ventre en feu. Les lèpres de l'amour sont terribles ! Mon vagin se décompose, il bave du sang.

J'ai trouvé une doctoresse un peu louche, la seule qui ne m'ait pas refusée. Je n'ai pas pu la payer, ni le tram, ni les médicaments.

On s'est traînés à pied dans toute la ville pour aborder enfin, à trois heures de l'après-midi, une salle d'attente bourrée de femmes muettes, repliées sur leurs maux.

Des cris traversant la porte. Une infirmière paraît, portant une cuvette de linges ensanglantés. C'est mon tour. La doctoresse a des gestes doux.

— Vous reviendrez demain me payer les dix marks.

Je vois dans ses yeux qu'elle sait que je ne reviendrai pas.

Cette nuit sera dure. Il faudra bien trouver l'argent pour les ovules guérisseurs.

À Nuremberg, ville de remparts en pierres rouges, les bistrots allemands vomissent toutes les nuits des hurlements.

Aujourd'hui, c'est une femme tombée que j'entends appeler sur le trottoir :

— *Hilfe ! Hilfe !*

Je m'approche ; elle est soûle, elle sanglote et s'accroche à moi.

Je la relève couverte de terre.

Elle est écorchée au visage, sa robe même est déchirée. Elle a peut-être vingt ans. Sa voix est rauque à force d'alcool et de malheur.

Des hommes l'ont battue, elle s'est sauvée, ils l'ont jetée à terre et laissée comme ça, au bord de la route. Elle n'est pas belle, non. Un visage taillé au couteau. Elle me secoue et fait des embardées hystériques. Elle braille à ameuter toute la ville.

Je la raccompagne chez elle, suspendue à moi de tout son poids, boitant et reniflant. Elle habite chez sa tante, à quelques cabanes de la nôtre, dans un petit pavillon coquet, presque du luxe. Il y a des rideaux aux fenêtres.

La tante a un regard justicier. Elle doit se rendre compte, bien que je lui ramène sa nièce, qui s'écroule ivre morte sur un lit, que je ne dois pas être toute blanche non plus. Les femmes honnêtes ne traînent pas seules la nuit à des heures pareilles. Elle m'invite pour le lendemain, pour le « thé ».

Ah si j'avais su ce qui m'attendait, je n'y serais pas retournée, voir cette pocharde épileptique ! J'aurais dû la laisser baver sur son trottoir, hurler tout son soûl, sans m'approcher.

Mais j'ai pris la morveuse dessoûlée, le lendemain, chez moi ! La tante a été enchantée de s'en débarrasser à si bon compte. Dans sa joie, elle nous a bourrées de gâteaux et de sirop. Elle ne fêtera jamais assez le départ de sa fameuse nièce ! Et sa tranquillité retrouvée ! Un beau cadeau qu'elle m'a fait là !

J'enlève un des lits jumeaux de ma chambre et j'émigre chez les gosses. La créature s'installe. Son bavardage intarissable m'épuise. Elle parle de se trouver du travail à l'usine, de tricoter des pulls pour les enfants, de nous cuisiner des saucisses et de la choucroute, de se teindre les cheveux en noir et de se raccommoder avec son frère qui est en cavale comme elle d'une « maison », et qu'elle n'a plus revu depuis la dernière dispute familiale.

Elle a soi-disant, comme moi, du sang tzigane. Mais elle alors, c'est du tzigane taré, pourri, du *Zigeuner-Blut* allemand. Une Judas des rues toute prête à nous vendre.

L'après-midi, elle disparaît pour se trouver du travail, et revient à cinq heures, munie d'une grande saucisse fade et rance, et précédée de forts relents d'alcool. Elle exige que je lui fasse à souper.

Je ne dis rien, mais je commence à en avoir marre. Plus tard, nouvelle sortie, retour vers les neuf heures du soir accompagnée d'un jeune homme mal dégrossi, un Allemand un peu demeuré, qu'elle me présente, les larmes aux yeux, comme son frère enfin retrouvé.

Les enfants sont couchés et je me maquille dans l'autre chambre, où le frère et la sœur, elle

76

prétextant une immense fatigue, se mettent au lit.

Je leur tourne le dos. Des roucoulements étouffés sortent du lit. Elle surtout parle de sa voix rauque, enrouée :

— *Du bist mein Bruder... Ich liebe dich... Aber es ist Blutschande... Ja !* crie-t-elle tout à coup, en se dressant comme une sauvage. C'est mon frère ! C'est la honte du sang ! Notre amour est maudit !

Je m'en vais, les laissant à leurs étranges ébats. Moi, je vais danser chez mes Noirs.

Le lendemain, le village des cabanes est en révolution. Les voisins s'engueulent, le mot *Polizei* vole dangereusement de bouche en bouche, ponctué de coups de bêche et de râteau.

C'est interdit, *verboten*, de loger quelqu'un dans une cabane. Et c'est encore plus verboten de loger un jeune homme la nuit ! *Polizei ! Polizei !*

La fausse Tzigane s'est tirée avec son frère dès le matin pour courir les bistrots. C'est sur moi que déferlent les menaces, les *Polizei* écumants. Je tremble et je me tais en faisant semblant de ne pas comprendre.

Vers le soir, tout se gâte, et c'est la catastrophe finale. La folle a encore amené un « frère », un Italien cette fois, ils sont même plusieurs à festoyer devant des bouteilles, l'après-midi en mon absence. Le voisin ne se tient plus de rage. Je suis obligée, pour éviter le pire, de la flanquer à la porte.

— Retourne chez ta tante !

— Salope, putain, pourrie ! Tu verras, je me vengerai !

Comme elle refuse de s'en aller, le voisin la saisit à bras-le-corps et la lance par terre dans une plantation de haricots, où il la bourre de coups de pied d'une brutalité inouïe. Elle se relève en chancelant et disparaît, pliée en deux, le long des barrières.

Nous sommes un samedi soir et Bill viendra nous retrouver pour le week-end, comme il en a pris l'habitude. Pour lui, personne ne me dit rien. Les Noirs ici sont tabous. Les Allemands en ont peur, ou alors ils ne les voient pas, quand ils viennent fondus à la nuit, et repartent avant l'aube. Ils croient peut-être que c'est toujours le même, qui grandit et qui rapetisse !

Au milieu de la nuit, je suis déjà couchée et j'attends Bill, en laissant comme d'habitude le portail du jardin ouvert.

Tout à coup le silence est rompu par des hurlements sauvages, des cris de bête qu'on égorge. La tête de Bill passe à toute vitesse devant la fenêtre, il entre dans notre cabane et je cours en chemise de nuit refermer le portail.

Tous les jardins sont en effervescence. On entend des appels, des aboiements, la voix furieuse du voisin, et toujours les hululements de la folle, qui s'est fait coincer par la police à l'entrée du jardin, et qu'on traîne tout le long des chemins de terre, jusqu'à une voiture.

Malheur, elle nous a dénoncés.

Au matin, nous ne sommes pas encore levés qu'apparaissent déjà, blancs comme des masques, le vieux et la vieille du pavillon, les parents du jeune homme de l'académie.

— *Raus ! Raus ! Raus !*

On nous chasse. Le jeune homme, caché derrière ses parents, est cramoisi. La vieille pleurniche. Elle m'aide à faire les valises, elle me donne un petit tablier à fleurs qu'elle a cousu pour sa gosse. Quelques larmes lui coulent sur le menton.

— *Schnell, schnell !* dit le vieux.

Nous voilà prêts. On n'a pas pris le temps de déjeuner. On se serre la main :

— *Auf Wiedersehen !*

Notre petit troupeau misérable s'éloigne encore un fois, cahotant sur l'herbe, sans savoir où aller.

— Je ne vous laisserai pas, dit Bill, magnanime. Je vous emmène à Munich.

Ce nom immense, inconnu, se lève sur nous comme un nouveau soleil.

Je rassemble les gosses. Bill soulève les deux valises ballonnées, prêtes à rendre l'âme. Nous prenons le tram jusqu'à la gare.

Va, vieux tram vert, fais grincer ta tristesse et ta rouille sur les avenues, dans la petite aube anémique, conduis-nous vers un enfer neuf, plus vaste, plus rutilant, plus substantiel !

Ne serons-nous jamais arrivés nulle part ? Munich, resplendis à nos yeux affamés !

Nous sommes assis à une terrasse de café sur la Leopoldstraße, bordée de façades blanches et roses, aux vitres endiamantées par le soleil.

Le fleuve des voitures roule à l'infini, passant sous un arc de triomphe ébréché, le long des pelouses agonisantes sous la poussière.

Nous cherchons une chambre. Dans une pension vieillotte tenue par un couple de momies en pantoufles, on nous demande en nous dévisageant :

— Vous êtes mariés ? Autrement ce n'est pas la peine de vous inscrire chez nous.

— Voyons, répond à sa femme le vieux appuyé sur ses cannes, ils sont mariés, tu le vois bien, puisqu'ils ont deux enfants. De toute façon, nous n'avons plus de chambre.

Je souris en douce dans l'ombre du couloir. Ils n'ont pas vu que les enfants sont blancs !

Finalement on trouve un gîte dans un hôtel bourgeois, presque luxueux. Les lavabos ont l'eau chaude et l'eau froide. On n'y reste qu'une nuit, Bill n'a plus d'argent. Il nous a payé le voyage. Je me suis inscrite sous un faux nom à particule que j'ai inventé. On n'a rien à manger, et c'est le ventre vide qu'on se couche.

Toute la nuit, je me suis battue en sourdine avec Bill. Le matin ma chemise de nuit est en loques. C'est ma cystite qui est revenue, et Bill n'a rien voulu entendre. Cette nuit-là, j'ai eu envie de le tuer.

Le lendemain, puisqu'on n'a plus rien à perdre, on va se mettre dans un autre hôtel à crédit. Un studio moderne, à deux lits, avec une salle de bains, au septième étage d'un immeuble très chic. Le portier est vêtu d'un uniforme en grosse étoffe verte à boutons dorés. Il nous salue jusqu'à terre.

Ce soir, il n'a déjà plus pour moi qu'un sourire goguenard. Il a remarqué que Monsieur et Madame ne sortent pas ensemble et ne rentrent pas aux mêmes heures. Et il me le dit en me tendant la clé.

Cette immense ville m'engloutit comme un océan. Pour ne pas me perdre, je regarde exactement où je passe.

Tout le monde est dehors sur les terrasses, jusque sur les pelouses au ras de l'avenue. Le bruit, la lumière, les grosses musiques qui sortent des cafés m'étourdissent. Dans la foule qui marche sur les trottoirs, des groupes d'étudiants et de soldats noirs font des trouées mystérieuses.

La ville appareille pour la nuit, soulevée jusqu'aux arbres, ses lampes claquant dans le vent.

Dans un jardin public où rôdent comme des loups d'inquiétants personnages, je me fais empaler traîtreusement par-derrière, à quatre pattes comme une bête, dans une rocaille japonaise.

Puis on va s'asseoir sous les feuillages d'un restaurant, aux sons d'un orchestre champêtre, on mange sous les lampions une tranche de gâteau à la crème.

En me quittant, on me baise la main, on glisse sous mon sac un billet rose de dix marks.

Demain il sera dépensé au restaurant, une *Wirtschaft* bien propre aux rideaux blancs.

Il suffira pour deux menus assez chiches, pommes de terre et ragoût de porc. Bill mange le sien, les enfants auront l'autre et je tremperai mon pain dans la sauce, comme dans la chanson.

Munich n'a guère de cœur. Elle abrite dans ses flancs de gros dinosaures ventrus, qui ne pensent qu'à bouffer, boire et piner, comme aux premiers jours du monde, et en musique, valses militaires et polkas arrosées de *Münchner Bier*.

Le deuxième soir, pour échapper au jardin japonais, je prends résolument la direction opposée. Je passe sous l'arc de triomphe, vers les bâtiments de l'université ornés chacun, de côté et d'autre de l'avenue, de grands jets d'eau illuminés. À l'angle d'un mur, sur une sinistre tranche de briques rouges, je vois une inscription gravée sur une plaque de fer :

« Ici tombèrent sous les balles des nazis Untel, Untel et Untel, étudiants. »

Leur sang s'évapora sur le trottoir, il prit racine dans les fentes du mur. Il vogue maintenant, métamorphosé en nuages rosés dans le ciel de cette soirée d'été. Il retombe en gouttelettes de diamant, mêlé aux jets d'eau. Il creuse de sombres rigoles dans la terre, sous nos pieds. Son fade parfum évanoui a noirci les pavés et brûlé les cœurs allemands d'un acide qui ne pourra plus jamais disparaître.

L'Allemagne tout entière est rongée par leur sang ! Il doit hurler parfois, s'exaspérer dans les beuveries et dans la voix éraillée de quelques ivrognes, vomissant leur bière dans les flaques d'urine gorgées de mégots !

Je marche. Une petite crevure efflanquée me suit déjà, langue pendante et moustache au vent, en reniflant d'espoir.

Il me prend le bras, sûr de son fait. Je ne lui échapperai pas, il le sent.

Il se réchauffe déjà à mon malheur, il hume la faim qui me tord l'estomac. Il flaire une humilité bien soumise en échange de quelques marks. Il me plume déjà du regard, sa mâchoire cliquette de gourmandise.

Pouilleux voyage de noces, en tram, où il prend de l'avance, en m'écorchant de quelques baisers aux poils durs, de vieux fox-terrier mal rasé, à l'haleine faisandée.

Dix heures du soir. Terminus dans la banlieue rongée d'ombre. On descend, enlacés, on chaloupe jusqu'à sa turne de vieux garçon tout en haut d'un escalier de bois. Il me fait les honneurs d'un canapé jauni.

— Je veux manger d'abord, s'il vous plaît, monsieur.

Il sort de l'armoire du pain, du fromage et trois tomates qu'il dépose parcimonieusement sur une table, pas trop près.

Je n'y aurai droit qu'après une séance sur la peluche crasseuse, à poil. Eh bien non, je me rebiffe !

— Ah c'est comme ça ! On ne veut pas m'aimer ? Tant pis pour vous !

Les rustiques nourritures à peine entrevues retournent à l'armoire soigneusement refermée.

— Et *raus* ! *Hinaus* ! Voilà cinq marks et foutez-moi le camp !

Je dégringole l'escalier, aidée par un coup de pied vengeur.

La nuit est tombée et je claque des dents sous la pluie. Personne dans les rues.

Je marche, je prends d'instinct la rue la plus large et lentement je me retrouve au cœur de la ville, sur la grande avenue noyée de brouillard.

Dans ces nappes de pluie qui me font marcher pliée en deux, j'entends tout à coup le moteur assourdi d'une voiture.

C'est une longue Cadillac bleu ciel.

Elle ronronne et s'arrête, et dans l'ombre marine des vitres vertes, je vois un visage de Noir qui me regarde. La porte s'ouvre.

Encore aujourd'hui, je revis cette minute sacrée. J'entends le doux bruit du moteur, je sens la chaleur m'envahir, la musique d'une petite radio, les gouttes de pluie ruissellent sur la vitre bleu-vert, à l'abri de laquelle aucun mal ne peut plus m'atteindre.

Ah s'il y a un au-delà, faites que ce soit l'intérieur d'une très vieille Cadillac au ras d'un trottoir, à la carrosserie bleu délavé, faites que j'y sois assise pour l'éternité sur des coussins de cuir.

Faites qu'à mon côté étincelle le visage d'un dieu noir au fin profil, aux yeux énigmatiques, au menton aristocratique fendu d'un coup de couteau.

Faites que l'odeur de son corps soit celle de l'orchis vanillé. Faites qu'il me sourie, comme autrefois, et qu'il murmure, comme autrefois, d'une voix au timbre voilé :

— *You trouble me.*

Ah s'il y a un au-delà, faites qu'il soit une vieille Cadillac remplie d'amour !

Où que tu sois, Noir merveilleux surgi de la nuit des temps, où que tu sois, n'oublie pas que tu m'as ramassée sous les couteaux de la pluie, à Munich sur la Leopoldstraße à quatre heures du matin !

Tout le mal qu'on m'a fait, la faim, les coups, la tôle, tout ca, je m'en fous ! Je ne verserai pas une larme sur la merde passée !

Mais sur toi ce soir je verse des larmes d'amour, Noir qui m'as sauvée, qui m'as aimée, nourrie, caressée.

Mes enfants aujourd'hui encore se souviennent de toi, et je pleure quand je pense à tes bras. Où que tu sois, sache que tu es toujours dans mon cœur, assis à la place royale, tu es intact sous l'écorchure du temps.

— *What are you doing so late ?* disais-tu de ta voix musicale.

Et moi je te réponds comme autrefois :

— *Nothing, I'm walking.*

C'est vrai. La vie est une promenade. Dans ta Cadillac céleste, je suis une princesse en voyage, assise à côté de toi. C'est chez nous, c'est notre royaume. La minute d'avant, où je me traînais comme un chien dans la boue, n'existe plus.

En silence, nous roulions sous la pluie. Tu me regardais à la dérobée. J'essuyais mes joues trempées, je te souriais. Je m'ébrouais dans ma vieille peau de loutre mitée. J'étais en sécurité pour la première fois.

Quelque chose était dérangé dans le moteur. Nous nous sommes arrêtés devant un garage de nuit. Avant de descendre, tu t'es tourné vers moi et tu m'as demandé :

— *Kiss me.*

J'ai posé très doucement mes lèvres sur toi. Tu m'as dit :

— *Thank you.*

On a bu tous les deux à une bouteille de vodka, il y en avait une cachée sous ton siège.

Tu étais toujours magnifiquement ivre jour et nuit, en ce temps-là. L'ivresse veloutait ta voix, donnait à tes yeux cerclés de rouge un éclat étrange. Tu te drapais de ton ivresse comme d'une magie.

Ta beauté était surhumaine alors, ta maigreur extatique, ton sourire affamé de douceur, ta voix profonde et triste, comme brisée.

Quelle nuit nous avons passée !

La Cadillac a roulé jusqu'au matin. Je t'ai tout raconté. Notre fuite, les enfants, Bill, les coups.

Tu m'as écoutée sans rien dire. De temps en temps, on s'embrassait, ou bien on buvait une gorgée de ta vodka magique.

Le ciel a blanchi, le soleil est monté du sol comme une immense fleur rouge, il a illuminé les champs. Un chat a jailli de dessous les feuilles. Il venait vers nous, tout seul, saluer le jour, devant la Cadillac arrêtée.

Ivres de sommeil, on lui a répondu. On n'avait plus la force de sortir, recroquevillés dans la Cadillac embuée.

Et puis on a ri, on est repartis comme des fous vers la ville, tu m'as emmenée dans un petit café près des casernes. Le patron, un gros homme en tablier, m'a dit en te montrant du doigt :

— Voici mon meilleur ami, et celui qui le touche aura affaire à moi !

On a mangé du jambon et des œufs, à l'américaine, et bu de la bière fraîche. C'était divin !

Ce petit bistrot près des casernes, que je n'ai jamais retrouvé, ah je l'ai tant cherché !

C'est celui-là même, j'en suis sûre, que j'ai revu deux ans plus tard, agrippée aux barreaux de ma cellule de prison, debout sur une vieille valise.

C'est ce petit café perdu que j'ai contemplé avec désespoir pendant cinq mois, vissée à un souffle d'air, à une gorgée d'été derrière les barreaux à cinq heures du matin, quand l'aube se déchirait sous les sonneries de trompette de la caserne américaine !

Mais aujourd'hui, en ce matin de soleil, nous sommes assis tous deux dans l'ombre de la salle, on prend le petit déjeuner des amants, après une nuit de voyage.

Tu m'as promis que tu viendras me chercher à onze heures, avec les enfants, sur un banc qui borde la pelouse, dans la grande avenue où tu m'as rencontrée.

— Celui-là. À onze heures. Vous m'attendrez. J'ai dit oui.

Nous nous quittons maintenant, près de l'hôtel où j'ai laissé les enfants et Bill endormis. Je cours, je danse de joie dans la rue.

Toi, tu es retourné à ta caserne, pour l'appel, car tu es sergent dans l'armée américaine, sans doute le plus mauvais et le plus aimé qu'ils aient jamais eu !

À la première boulangerie venue, j'achète des petits pains et du lait pour les enfants avec les cinq marks rescapés de la nuit.

Dans la chambre, ils sont déjà réveillés. Bill a sa gueule des grandes colères. Avant qu'il n'explose, je dis très vite :

— On s'en va.

— De toute façon, je vous chasse de l'hôtel, dit Bill. J'en ai assez de vous. Et dépêchez ! Hein ! Je vous ai assez vus !

On déjeunera dehors. Les valises sont vite bouclées. Les enfants, très excités, m'assaillent de questions. Je leur répondrai après. Bill ne doit pas savoir. Le pire, c'est que je lui laisse la chambre à payer. Ça, il ne l'encaissera jamais. Des années après, il me le reprochera encore.

Nous sommes assis sur le banc dans l'avenue. Il y a plus d'une heure qu'on attend. Les enfants font la navette entre moi et le bord de la route. À chaque voiture bleue un peu grande qui passe, ils crient en agitant les mains :

— Voilà l'ami noir dans la Cadillac bleue !

Mais ce n'est jamais elle.

Je suis soûle de sommeil et je commence à croire que j'ai rêvé, que la Cadillac ne viendra pas. Nous allons rester seuls sur ce banc, avec nos deux valises crevées, sans argent, une fois de plus, sans savoir où aller.

Toujours les voitures défilent, par vagues pressées, le soleil est déjà haut dans le ciel. Les petits pains sont mangés, le lait bu depuis long-temps. Et tout à coup les enfants crient très fort :

— La voilà ! La voilà !

Et c'est vrai. La grande chose d'un bleu si doux s'est arrêtée au bord de la route un peu plus loin, elle étincelle au soleil. Les enfants sont déjà à l'intérieur sur les genoux de l'ami noir. Ils l'étourdissent de leurs cris et de leurs caresses et il sauve de justesse ses lunettes de soleil de la casse !

Il sourit adorablement, sans rien comprendre de tout ce qu'ils lui disent en français. Il se présente :

— Robert Benson.

Et il leur tend la main.

La Cadillac est si large qu'on peut se mettre à trois devant. C'est la bagarre pour savoir qui va s'asseoir à côté du Noir. On décide de le faire à tour de rôle.

Voilà. On part. Fini, la vie d'hôtel avec Bill, les vieux dans les parcs, la faim !

On roule à une allure majestueuse dans la Cadillac ventrue comme un navire, elle nous emporte, et avec nous ce Noir merveilleux qui est venu nous arracher au malheur.

— Où allons-nous ? dit-il.

Je réfléchis. Nom d'un chien, c'est que je ne sais pas du tout ! Je pense à ce que ma mère m'a dit une fois : que nous avons du sang tzigane, un souffle de nomade dans nos veines.

— Existe-t-il des Tziganes à Munich ou dans les environs ?

— Oui, il y a un camp tzigane quelque part sur l'autoroute de Nuremberg. Mais pourquoi voulez-vous y aller ?

— Parce que nous aussi, nous sommes tziganes.

— OK.

Il sourit doucement.

Un passant nous indique la route.

Cette route, depuis, je l'ai faite des centaines de fois. Il faut passer par la place de la Liberté, suivre longuement les rails du tram, par une avenue toute droite, jusqu'aux quartiers d'usine hors de la ville. On passe sous un croisement d'autoroutes.

Puis une autre route très droite, bordée de villages de vacances, de centaines de petits pavillons en bois clair.

On tourne à gauche et on longe une montagne étrange, nue, puante. Quelqu'un que j'ai connu plus tard l'avait surnommée la « Montagne Chanel », à cause de l'odeur effroyable qui s'en dégage. Ce sont les ordures de la ville, elles montent jusqu'au ciel.

L'odeur atteint son apogée les jours d'orage, après la pluie. Sa chaude puanteur prend alors une ampleur si énorme, qu'il n'y a plus de place pour rien d'autre autour d'elle. Elle étouffe les sons, les couleurs, les pensées, on est abruti, dévoré par elle. C'est une odeur d'une telle force qu'elle nous ferait rentrer dans le ventre de nos mères !

Au bout de cette funeste montagne, on tourne à droite. Il y a encore quelques bicoques à la lisière d'un champ, dont les chiens enragés à la chaîne aboient nuit et jour. Des troupeaux d'oies et de poules crottées s'enfuient.

On continue, la route est surélevée, bordée des deux côtés par des talus très raides. Tout à coup, sur la droite, une prairie apparaît, recouverte d'engins hallucinants : vieux autobus défoncés, peinturlurés, rouillés, voitures américaines à l'agonie ou déjà en pièces détachées, caravanes, roulottes, de la plus misérable en bois pourri jusqu'à de grands boudins de luxe en tôle, avec antenne de télévision, entrée circulaire sous un store de toile orange, aux fenêtres fleuries de géraniums.

Partout des cordes à linge couvertes de culottes et de chemises ballottant au vent, des draps, des langes de bébés.

Il y a même dans les coins les plus reculés des sortes de boîtes de conserve géantes, habitées, il en sort un tuyau et de la fumée. Les autobus aussi sont occupés, il y a du linge aux fenêtres. C'est bourré partout de petits chiens méchants qui glapissent à en perdre la langue, et de nuées de gosses qui courent pieds nus dans la poussière.

La Cadillac ralentit. Au milieu du camp, il y a un chemin d'entrée qui descend à pic dans le fossé et passe entre les roulottes.

De loin, je vois sur le talus au bord de la route toute une famille d'enfants tziganes qui nous font signe en agitant frénétiquement les bras et en criant du plus loin qu'ils peuvent :

— *Kommt ! Kommt ! Kommt !*

Nous sommes penchés à la fenêtre. La Cadillac vire de bord, plonge dans le fossé tout en douceur et s'arrête à l'entrée du camp.

Les gosses tziganes nous conduisent à la première roulotte sur la droite, un vieux wagon délabré et poussiéreux, jaune et brun avec des roues en bois et une petite échelle devant la porte.

La mère tzigane vient sur le seuil. Sonja, mère de onze enfants, rescapée de cinq ans de camp de concentration. C'est la femme que j'aime le plus au monde. En écrivant son nom, de mes yeux jaillissent des larmes.

Décrire cette femme, la beauté de son grand front, de son regard qui a vu les nazis écraser des nouveau-nés contre les murs, est impossible. Sa bouche est serrée par l'angoisse quotidienne, il en surgit parfois un sourire d'enfant.

Tzigane hongroise et allemande, au visage creusé et boursouflé par les douleurs, les attentes, la faim et la peur, au visage battu et giflé, ouvert comme une fleur, au regard de dix-huit ans éternels rempli d'une seule passion pour son homme, Tata, et pour ses enfants. Amoureuse, donnée, sacrifiée.

Sonja, le son de ta voix rocailleuse résonne à mon oreille, ton sourire est en moi, il m'habite.

Ton ventre tant de fois gonflé et brûlé par les maternités et les maladies, sous son petit tablier, c'est le ventre de toutes les femmes tziganes déportées dont les noms oubliés sont chuchotés aux portes des anciens camps, sur les chardons, les pierres et les vieux barbelés enfoncés dans le sol des terrains vagues, les soirs de grand vent.

Ton nom, Sonja, c'est celui d'une sainte, d'une amante, d'un océan de profondes brûlures au fond de mille ventres.

Les mains ouvertes, tendues vers nous, elle nous invite à monter sur l'escalier de bois.

On entre chez elle, dans sa roulotte obscure encombrée d'enfants sur des divans usés, on s'assied à leur table où se tient Tata, le chef de tribu, mon père tzigane, celui qui a dit une fois aux flics dans un jour de douleur, en mettant la main sur mon épaule :

— C'est ma fille.

Ils nous accueillent dans leur pauvreté, comme leurs propres frères et sœurs. Ils sourient, ils nous interrogent :

— D'où venez-vous ? Où allez-vous ?

On nous donne à boire.

— Voulez-vous manger ?

L'ami noir est assis près de moi.

— Si vous voulez, dit Sonja, vous pourrez rester avec nous, nous avons là une vieille roulotte inhabitée. Il faut simplement que j'y mette de l'ordre, elle est très sale. Si vous n'avez pas d'argent, ça ne fait rien.

Nous dégringolons l'échelle, pour aller voir notre future roulotte. Sa porte se ferme avec une ficelle, il lui manque une roue, le toit est troué. Qu'importe, elle m'apparaît miraculeuse.

La mère tzigane et ses deux grandes filles Nina et Bertha commencent à la nettoyer, elles en sortent des monceaux d'habits sales qu'elles enfournent dans une petite caravane délabrée, sous un large lit qui la remplit toute, le lit des jeunes filles.

Tout à coup, nous voyons sortir de notre roulotte un petit chat abandonné ; il vivait là caché dans le linge.

Nous dormirons ici ce soir. Les Tziganes promettent de tout ranger.

L'ami noir nous emmène, la Cadillac repart sur une route brûlante de poussière, jusqu'à une épicerie rustique où il nous achète un tas de provisions, il y en a plein le coffre.

Aujourd'hui, c'est la fête ! On mange, on boit des limonades bien fraîches, et on repart dans la forêt striée d'ombres, où les enfants se mettent nus et partent jouer dans les fourrés.

Sur le sol de mousse tendre, mon nouvel amant noir déplie deux couvertures et nous nous y ensevelissons, bercés par des murmures d'insectes, sous les chaudes taches de soleil entre les branches, dans l'odeur de forêt et de terre.

Je t'ai aimé, mon amant nègre, jusqu'au coucher du soleil, sur ce sol rude qui nous blesse. Nus tous les deux, t'en souviens-tu, dans les rugueuses couvertures, et dans l'odeur poivrée de ta peau noire, nous avons sommeillé, protégés par les arbres.

Le soir vient. Le camp est fantomatique au clair de lune. Toutes les fenêtres sont allumées et de partout sortent des fumées des vieux toits édentés.

Les filles tziganes viennent, comme des chattes, surveiller notre installation dans la roulotte. Nina et Anita parlent un peu français.

L'amant noir reviendra cette nuit, échappé pour quelques heures de sa caserne, il frappera trois coups très doux à la fenêtre.

Les parois de notre logis sont en bois, de grands trous sont recouverts de carton. J'y suspends mes bijoux, mes boucles d'oreilles gitanes, mes bracelets. Mon plus beau collier en verre de Venise, en fleurs blanches laiteuses, j'en fais cadeau à Sonja. Les jeunes filles le lui portent dans l'autre roulotte. Elles reviennent avec un présent pour moi, un autre collier d'étranges boules opaques roses et violettes comme des bonbons d'église. Je l'ai toujours. Il est là, posé sur ma table et je le regarde, Sonja, en pensant à toi.

Il n'y a qu'un seul lit étroit pour nous quatre, contre la paroi du fond, couverte d'un papier doré en lambeaux.

La roulotte est si basse qu'on peut à peine se tenir debout dans le milieu. J'ai posé mon minuscule réchaud à alcool sur le buffet démantibulé, rongé par les souris.

À la place de la roue qui manque, un grand trou perce le plancher à la tête du lit, on voit la terre à travers.

Au milieu de la nuit, serrée dans le lit avec les enfants, des coups légers frappés à la vitre me réveillent.

Je vais ouvrir en déroulant la ficelle qui maintient la porte fermée par deux clous, et je vois par la fenêtre la tête de mon amant noir émerger mystérieusement au clair de lune.

Il repartira avant l'aube pour réintégrer sa caserne, s'il manque l'appel, c'est grave, il risque la prison.

Le matin, il a plu, la moitié du lit est trempée. Il faudra le changer de place. Il y a des flaques sur le plancher.

Lors des grandes pluies, on pose des boîtes de conserve vides sous les trous, et pendant des jours, on est bercé par la musique des gouttes remplissant les boîtes.

Les parents tziganes sont partis très tôt pour colporter, *hausieren*. Sonja a dans son sac des savons, des tubes de dentifrice, des peignes et des barrettes pour les cheveux. Je pense avec tendresse et douleur à ce grand sac si lourd qu'elle traîne le long d'interminables escaliers, ses deux plus petites gosses suspendues à elle.

Tata cache dans le coffre de sa voiture des cartouches de cigarettes américaines, des bouteilles de whisky interdites, qu'il vend très cher au péril de sa liberté, aux riches des grands immeubles.

Ah Tzigane, homme merveilleux au visage de violoniste tchèque, aux yeux bleus nostalgiques !

Tata blanchi, Tata magnifique à la petite moustache teinte en noir pour l'amour de sa femme !

— *Ich bin der schönste Mann*, dit-il. Et c'est vrai. Auschwitz et Dachau t'ont oint d'une majesté qui nous rend silencieux, devant ton rire féroce, et la tendresse avec laquelle tu berces tes deux petites filles, Emmi et Yulishka, sur tes genoux.

Tata tuberculeux, Tata à la respiration qui siffle, Tata au vieux cœur fendu et chaleureux. Toi dont le métier est comme un coup de cymbales : artiste ! Toi dont la race est contenue dans ce mot immense : apatride.

Les Allemands t'ont blanchi, ils ont foré ton vieux cœur, vidé tes poumons, brûlé ta première femme et tes huit premiers enfants dans leurs chaudières d'assassins.

Tata, quand tu es ivre, tu gueules un amour terrible, l'amour des morts, l'amour des Juifs et des Tziganes : à travers tes rugissements les déportés hurlent encore.

Oui, que je sois maudite si je t'oublie ! Si je te laisse avoir faim, toi qui m'as nourrie et recueillie ! Que je perde mes yeux, mes dents et mes cheveux, si, avant qu'elles ne se ferment pour toujours, je ne revenais pas baiser tes paupières !

Les filles tziganes sont belles comme des fruits au soleil. Leurs longs cheveux noirs, qu'elles peignent et caressent, leur tombent comme des fleuves sur les épaules. La toute petite Yulishka de quatre ans est un démon. Elle danse le twist pieds nus, plantée sur le capot de l'antique voiture des Tziganes, ses mains potelées minuscules agrippées à sa robe, toute pleine de cris, ses yeux noirs embrasés d'éclairs.

Son père l'a surnommée : la Russe.

Les deux garçons, Peppi et Willy, sont toujours en maraude et reviennent furtifs se cacher dans la roulotte. Tous les jours elle est secouée par leurs cris, quand la mère tzigane se fâche et que la cuiller de bois à long manche, le *Kochlöffel*, se déchaîne à deux doigts de leurs fesses. Elle fait semblant de les frapper et ils hurlent à pleins poumons pour sauver la face.

Les parents ne reviennent qu'à trois heures de l'après-midi.

Sonja déballe des nourritures, du pain, du sucre, de la farine, et sort subrepticement une poule d'une poche d'étoffe noire dissimulée sous ses jupes.

— *Der Tata hat es organisiert,* dit-elle.

Une ferme est veuve, quelque part, d'une de ses volailles !

Elle va cuire maintenant, mijoter longuement avec des *Knödel* tchèques, et atterrir dans le ventre joyeux des enfants tziganes.

— *Happa, happa,* dit en langue secrète de sa race la mère tzigane, qui distribue d'un plat unique une cuillerée à tour de rôle à chacun des plus petits assis autour d'elle.

Les bouches s'ouvrent, ou refusent d'enfourner, il y a des cris perçants. Le *Kochlöffel* volette dans l'air et menace furieusement.

Nous aussi nous avons droit à une grande assiette de *Knödel* fumants dans la sauce, accompagnés aux jours fastes d'une blanche cuisse de poule volée. Sonja vient elle-même nous l'apporter ; tenant le plat des deux mains, elle se hisse dans notre roulotte qui n'a pas d'escalier.

J'ai balayé et mis de l'ordre, nous avons un deuxième lit, on nous apporte des étoffes pour mettre aux fenêtres. Elles seront très utiles les jours de visite de la police, quand il faudra se cacher, se terrer sous la table avec les enfants, tous rideaux tirés, en retenant notre souffle, pour leur faire croire que la roulotte est vide, la porte fermée par la ficelle.

Flics allemands, votre dureté étincelle dans un après-midi brûlant. On a entendu des cris, des hurlements de bête sauvage blessée, la foule en loques est amassée autour d'une roulotte qui tremble. On en expulse une femme malade qui n'a pas payé son loyer.

Sept voitures de flics sont parquées autour d'elle. Sept petits coléoptères venimeux blindés de vert, aux flancs desquels est gravé ce crachat : *Polizei.*

Les cris percent les minces parois et la roulotte est secouée, ravagée, vidée. La femme est brutalement lancée dehors, on lui casse le bras.

Ce soir, en rentrant de l'usine, sa fille de quinze ans trouvera sur un matelas, sur la place vide de l'ancien campement, sa mère inerte entourée de tous les ustensiles de cuisine.

J'ai tout vu, dissimulée avec les enfants derrière la foule.

Camp tzigane, tu es le berceau des douleurs !

Des enfants rôdent pieds nus, mendiant du pain. Leurs parents boivent au bistrot, se battent au couteau, s'entre-tuent.

Un vieillard mystérieux vit tout seul dans une petite roulotte peinte en noir, avec une bicyclette et des inscriptions rouges : *Moulo, Moulo, Moulo,* gravées en lettres de différentes tailles, sur les parois carbonisées. Cela veut dire Démon.

Un matin on le trouvera mort, ratatiné dans un fossé, à côté de sa bicyclette, son chapeau sur la tête. Dans sa dernière soûlerie, il a voulu être bercé par le vent dans les grandes herbes. La roulotte est restée vide depuis, fermée à clef.

Une autre roulotte grise est recouverte de fines broderies et surmontée de trois petites croix : c'est l'église russe.

Au milieu de la place, un grand autobus écarlate attend depuis des années d'être transformé en école. Il rouille inutilement.

Les cabinets en ciment sont des nids. Il s'y donne des baisers d'enfants amoureux, dans les mouches et l'odeur, sous les réservoirs d'eau taris.

Au bout du camp, contre les barbelés qui le séparent de champs arides, il y a des espaces réservés aux Tziganes nomades, ceux qui ne restent pas longtemps. J'y ai vu des Tziganes polonais. L'après-midi, avec mes gosses, nous allons leur rendre visite. Une femme sort de sous une tente, elle a des cheveux blonds comme la paille et je vois à l'intérieur deux petites filles de douze ans, frêles comme des bouleaux, parées de bijoux, qui dansent pieds nus sur la terre dans de longues jupes, les yeux fardés et la bouche peinte en rouge.

Fumant sous le soleil, la montagne d'ordures toute proche nous entoure de son immense odeur. Il y a beaucoup de Tziganes et de pauvres gens qui travaillent là, pour quelques marks, à trier les immondices.

La mère tzigane a un beau jupon de nylon tout neuf qui vient de là-haut, et moi une robe à volants, à rayures bleues et blanches. Un jour, on a tous failli crever dans des coliques surnaturelles, pour avoir mangé des anchois et des pruneaux en conserve, rapportés en cachette dans des boîtes rouillées, par les deux fils tziganes. Ils partent tous les jours à la chasse dans la montagne d'ordures, où ils enfoncent jusqu'aux genoux, et en reviennent avec des choses funestes.

Le soir, les queues de femmes et d'enfants s'allongent devant les robinets d'eau. On se lave, on se cherche les poux, on fait la lessive sur les escaliers des roulottes.

Sonja et les trois grandes filles ont passé un jour entier, pliées en deux, dans les cargaisons de linge sale qu'elles ont retiré de la caravane des jeunes filles. Les cuvettes et les marmites chauffent sur de grands feux.

Ce soir, la brise gonfle sur un ciel orange les belles robes à fleurs, les draps de neige, et les serviettes bleues sur un lacis de cordes entre les trois roulottes. Tout leur trésor, donné par les familles chez qui Sonja va colporter, Emmi et Yulishka accrochées à sa jupe.

Mon fils Boris a mordu et griffé Sonja, un jour que je suis descendue en ville avec ma gosse en auto-stop pour lui acheter des sandales. Il a hurlé et voulu se sauver, elle a dû l'enfermer dans la roulotte jusqu'à mon retour.

Mes gosses redeviennent sauvages. Ils jouent au soleil, et un jour qu'ils sont tout nus pendant que je lave leur unique culotte, une délégation de vieilles femmes tziganes vient dire à Sonja, dans plusieurs langues, avec des gestes indignés, de faire cesser ce scandale. Moi-même j'ai dû remettre une jupe, pour cacher un short à carreaux tout neuf hérité des ordures. Il y a des lois ici et personne n'a le droit de les enfreindre.

Tata a eu beaucoup d'enfants. Ses filles s'embrouillent dans le compte. Un après-midi que nous parlons ensemble, assises au soleil, elles cherchent dans leur mémoire et arrivent à vingt-quatre, en comptant les enfants qu'il a eus avec différentes femmes, toutes très belles et très aimées.

Quand Sonja l'a connu il était seul, sortant de prison, abandonné avec cinq petits enfants par une magnifique femme volage et adulée : Barka aux cheveux noirs. Elle s'était sauvée avec un autre Gitan. Tata fou de douleur l'avait cherchée dans toute l'Allemagne.

Sonja a bercé et langé les cinq gosses, elle en a refait d'autres, en plus des deux que les Allemands lui ont pris, malgré ses cris et ses supplications, pour les mettre dans un home. Ceux-là étaient d'un premier mari allemand alcoolique.

Parfois, quand nous sommes seules, Sonja et moi, en train d'essuyer la vaisselle, elle me parle à voix douce et légèrement rauque, les yeux transfigurés de bonheur, des premiers temps où Tata l'aimait : comment il remplissait la roulotte de fleurs et de cadeaux, et après l'avoir fermée à clef en éloignant les enfants, il la mettait nue pour l'adorer et la couvrir de baisers des pieds à la tête.

Elle me dit aussi comment c'était quand les Américains sont venus la délivrer à Dachau, au camp de concentration. Les prisonniers se

jetaient sur la nourriture, ils se battaient et man-
geaient des morceaux de pain ensanglantés, ils
avalaient tout ce qu'ils voyaient et mouraient ensuite dans des crampes atroces.

Sonja a survécu, elle avait dévoré un paquet de
cacao entier, et ça l'avait sauvée de la dysen-
terie. Elle avait dix-huit ans lorsqu'on l'a libérée
et qu'elle est venue à Munich, avec une somme
d'argent qu'on lui avait donnée.

Elle est allée boire et danser, tant qu'a duré
l'argent, et puis elle a fait le trottoir, comme moi,
quand elle n'a plus rien eu. En allemand, cela se
dit : *Auf den Strich gehen*. Exactement : « marcher
sur le trait ».

Un trait, une corde, une ligne de douleur qui
parcourt le monde et sur laquelle nous marchons
toutes. Une sorte d'équateur invisible, qui traverse la terre et nous écorche les pieds et l'âme.

Et puis elle a été amoureuse d'un Français.
Elle a eu la syphilis. Elle a épousé cet Allemand
brutal qui la battait, dont elle a eu les deux premiers enfants que le *Jugendamt* lui a pris.

Elle me fait ces confidences d'une voix douce,
dans la tiédeur de la roulotte où le feu chauffe
l'eau de vaisselle, pendant que le dernier-né,
Eugen, son petit visage encore fripé, dort dans
une corbeille.

Après la Libération, un jour qu'elle marchait
dans les rues de Munich, elle a rencontré un de
ces monstres femelles nazis, une ancienne sur-
veillante du camp qu'elle a reconnue.

— Oui, me dit-elle. C'était une de celles-là.
Elle a fait semblant de ne pas me reconnaître.
Mais je me suis approchée, je l'ai regardée dans
les yeux. Je lui ai dit : « Quelle surprise de vous
voir ici ! Venez donc boire un verre avec moi,
pour fêter notre rencontre. » L'autre n'a pas osé
refuser. Je l'ai emmenée dans un café tzigane que
je connaissais bien. La salope ne se doutait de
rien. J'ai parlé aux miens, en langue tzigane, elle
ne comprenait pas ce qu'on disait.

En quelques secondes, les Tziganes avaient
bloqué les portes, les fenêtres, on ne voyait plus
rien de l'extérieur. Nous nous sommes tous jetés
sur elle et nous l'avons tuée, assommée, déchi-
quetée à coups d'ongles, de lames de couteau, à
coups de pied. Elle est morte sur le plancher et
personne n'en a rien su. C'était la vengeance des
Tziganes.

L'ami noir vient me voir toutes les nuits. Je le
réveille avant l'aube. Il émerge des brumes de la
vodka, remet son uniforme kaki et retourne à la
caserne pour l'appel de cinq heures du matin.

Parfois aussi il a congé. Il reste avec nous, on
se lève tous ensemble le matin et on part en
voyage dans la Cadillac. Dans les petits chemins
entre les blés, la Cadillac tangue et zigzague à
la lisière des forêts, entre les arbres, sur les aiguilles de sapins. À travers ses vitres marines, le
paysage est toujours délicatement verdi, comme
si nous naviguions dans les grands fonds.

À midi, l'ami noir nous emmène dans une auberge de village. Les gosses jouent au chien. Ils demandent qu'on leur serve une assiette par terre, sur le gravier de la terrasse, et ils mangent des œufs à quatre pattes, en riant comme des fous.

Le sergent noir se fâche (je le soupçonne d'être un tout petit peu bourgeois dans le fond de son âme).

Ah mes gosses, jouez ! Poursuivez-vous entre les tables, criez, jetez-vous du gravier dans les cheveux, lapez chacun un verre d'eau avec d'adorables bruits de langue et soyez des chiens ou des chats ! Vous ne serez jamais de lugubres adultes en cravate !

J'ai découvert, de l'autre côté d'un pont qui passe par-dessus l'autoroute de Nuremberg, une grande prairie broutée par des moutons. On s'y aventure avec les enfants, jusqu'à la lisière d'un bois. Et l'on découvre des monstres si énormes, si luisants au soleil, crachant d'immenses bruits en broyant la terre et les arbustes, qu'il nous semble voir des bêtes préhistoriques aux premiers jours du monde. Aplatis dans l'herbe, on n'ose plus bouger. Les monstres se rapprochent et bientôt j'en vois un qui s'avance sur nous, une bête de fer géante, suivie de plusieurs autres.

Elles s'arrêtent, repartent, font machine arrière, et la terre et les feuilles giclent sous elles dans un bruit assourdissant de ferraille qui mastique. Ce sont des tanks américains à l'exercice, manœuvrés par des soldats invisibles.

L'amant noir ne vient plus tous les jours. La caserne ne le lâche pas comme ça. De nouveau, je n'ai plus d'argent.

Un soir, à la porte de la roulotte des Tziganes, je vois une grande femme fruste parée de bijoux criards. Son visage est partagé en deux par une énorme tache lie-de-vin qui lui en bouffe la moitié. Elle a une courte toison crépue.

— *Das ist Lucy, die Neger-Hure*, dit Tata.

Elle va danser dans ces petits bars près des casernes qui me sont interdits, tout enguirlandés de lampions de couleur. Ils sont dangereux à cause de la police.

Maria l'Autrichienne, une superbe femme aux cheveux rouges flamboyants, vient la rejoindre. Sa roulotte est une des plus jolies. Elle y vit avec Joseph, un sergent noir, dans une serre touffue de fleurs en plastique. Il y en a partout, elles se multiplient sur les rideaux, les couvre-lits, les coussins, les robes de Maria, qui est elle-même comme une grande orchidée un peu fanée, à la voix cassée par l'alcool.

Tous les soirs on va la regarder se maquiller et s'habiller. Dans un peignoir fleuri, tout en buvant une bière, elle se fait les yeux, la bouche et les joues, avec de mystérieuses poudres.

Je vais seule sur la route faire de l'auto-stop. Je descends à Schwabing, au quartier artiste. J'entre dans une boîte de jazz et je danse jusqu'au matin, pieds nus parmi les beatniks échevelés et les soldats noirs.

L'ami noir n'est plus venu. Longtemps après, j'ai su qu'il avait fait trois mois de prison militaire pour être resté endormi un matin. Je n'avais pu le réveiller. Je l'ai attendu, jour après jour, pendant des semaines.

La Cadillac est perdue pour nous, elle s'est envolée quelque part sur les routes d'Allemagne comme un grand ange bleu. Robert Benson, sergent du miracle, tu cuves amèrement notre amour et nos gorgées de vodka. C'est fini, la fête est bouclée.

Bill m'a retrouvée dans un local de Schwabing. Il a exigé de venir avec moi au camp tzigane. Je n'ai pas pu dire non, il a promis de nous donner à manger.

Il est venu cette nuit dans la roulotte. Le matin, je l'ai supplié de partir avant l'aube. Il a refusé, secouant comme autrefois sa tête de dogue gonflée de grognements. Quand les fenêtres ont blanchi, il s'est levé sur ses pieds plats, il a enfilé son pantalon, sa chemise, il a passé la tête par la fenêtre, pour demander l'heure à un Allemand. Juste ce qu'il ne fallait pas faire. Ça va mal aller pour nous après son départ.

Déjà, des roulottes voisines, de vieilles femmes vociférantes viennent se répandre sous nos fenêtres. On entend même des pierres voler contre les parois. Un petit roquet blanc s'acharne devant notre porte, il ne veut plus nous lâcher. Il gueule plus fort que les autres.

Sonja bouleversée vient nous dire qu'il faut qu'on s'en aille. Tata et elle sont menacés d'être dénoncés à la police comme proxénètes. Une coalition d'Allemands tziganes s'apprête à y aller. Nous, si on reste, on se fera coffrer aussi, c'est sûr.

Il faut quitter notre petite roulotte bien-aimée. Je refais les valises une fois de plus. Averti par téléphone, un jeune étudiant que je connais vient nous chercher, on attache les valises sur sa bicyclette. Nous descendons à pied avec les gosses jusqu'en ville, chez lui, où nous prenons un bain pour la première fois depuis des mois.

Frère, je ne sais plus ton nom. Merci de nous avoir sauvés. Tu vois, je n'ai rien oublié. Je me souviens de ce soir où tu nous as conduits au res-taurant, il ne nous restait plus de quoi nous payer une soupe, tu nous l'as offerte. Puis tu nous as menés dans une vieille pension surannée, Ohm-straße, la rue du Cafard, tu as payé dix marks pour notre première nuit, grâce à toi on a eu des lits. Tu n'es même pas resté. Tu étais trop géné-reux pour profiter de nous.

Notre nouvelle roulotte, maintenant, c'est cette chambre d'hôtel aux meubles branlants, aux rideaux étouffants, imbibés de tristesse. Elle se colle à nous de tous ses murs, elle ne nous lâ-chera plus. Le lendemain, Bill retrouvé par ha-sard sur un banc est venu en prendre possession. Tout a recommencé comme avant.

Cette chambre d'hôtel, elle sent le champignon moisi. Tout s'y déglingue, tout ne bat que d'une aile. Les lits sont fendus, de temps en temps une latte de bois se casse et rejoint le plancher. Le petit divan de secours est couvert de protubérances acérées, les ressorts foutus qui menacent de percer l'étoffe au moindre mouvement.

Deux antiques fauteuils de cuir vaseux, luisants de crasse, béants d'innombrables blessures, s'ouvrent comme des gueules d'hippopotames assoiffés et perdent leur crin de toutes parts.

La commode au marbre fissuré, rongé d'une lèpre poreuse, supporte deux lourdes cuvettes de porcelaine à fleurs. Il faut aller chercher de l'eau glacée au lavabo des toilettes, au bout du couloir, dans deux brocs émaillés criblés de rouille. La grande armoire nous servira de cachette, de cage, et de repaire dans les mauvais jours.

Nous sommes au rez-de-chaussée à l'angle de la maison. Deux fenêtres toujours voilées donnent sur l'Ohmstraße confite dans le sommeil et la désolation. La troisième s'ouvre sur la cour, sous un peuplier murmurant de feuilles vertes agitées jour et nuit. Une vieille voiture parquée en dessous contre le mur nous sert d'escalier, c'est facile d'entrer et de sortir par la fenêtre.

On n'a jamais vu nos voisins. Par une porte dans la paroi du fond, on entend tousser un jeune homme. De l'autre côté, dans une chambre aux rideaux tirés, agonise depuis des années un vieillard dont les crachotements et les gémissements n'arrivent à notre oreille que la nuit. C'est le père de la patronne de l'hôtel, une ancienne courtisane retraitée.

Elle, c'est une forte blonde à l'œil dur, on n'a jamais pu l'attendrir que par des billets de cent marks. Et encore ! Toutes les semaines, elle demande à Bill, qui s'est inscrit sous son nom, pourquoi je n'ai pas montré mon passeport. On trouve toujours une nouvelle excuse :

— J'ai été malade, le consulat est fermé, j'attends des papiers.

Elle rengaine son regard pour une semaine de plus.

Son bras droit, c'est « l'Intendante », « la Vieille », fouineuse comme une souris, toujours à nous épier, à passer la chambre au crible de ses minuscules yeux bleus de lavande fanée, pour y découvrir de nouveaux accrocs aux rideaux et de nouvelles taches au plancher et sur les murs. Elle vient à l'inspection tous les soirs.

Toc, toc, toc, elle frappe à la porte de son poing sec, elle entre sans qu'on lui ouvre et ricoche d'un coin à l'autre en glapissant :

— Les murs sont toujours plus sales ! Enlevez-moi ces dessins et ces punaises ! Quel désordre ! Et ça, ce sont des taches de café, ici, sur le plancher ? Elles n'y étaient pas hier. Si, si, j'en suis sûre ! Et cette déchirure à la dentelle du rideau ? Et ces chaussettes sur des ficelles ? *Mein Gott*, on se croirait chez des Tziganes ! Tendez-la au moins sur l'autre mur, qu'on ne la voie pas de la rue. Et tirez les rideaux ! Il ne faut pas que les gens puissent vous apercevoir !

Ce petit sketch se reproduit fidèlement tous les soirs à six heures. L'après-midi, ce sont les femmes de chambre, de braves rustaudes un peu gauches, qui se contentent de balayer sans rien dire. De toute façon on s'arrange pour n'être jamais là. Bill part le matin et revient le soir. Les enfants et moi, on va dans des parcs publics, je me couche sous un buisson enroulée dans une des couvertures américaines, et je dors tout l'après-midi pendant que les gosses s'amusent dans le sable.

Je fais la cuisine sur notre réchaud à alcool sur le marbre de la commode, en cachette de la vieille. Une fois, il s'est renversé sur le plancher, une gigantesque flamme à hauteur d'homme a jailli, à la joie des enfants. Heureusement, elle s'est éteinte d'elle-même. Un matin, je me trouve nez à nez avec la vieille en revenant de l'épicerie, un monumental chou-fleur sous le bras. Elle a un haut-le-corps, et pousse une clameur de désespoir :

— Comment, est-ce que vous faites aussi la cuisine dans la chambre ?

Je lui dis que non, qu'on mange des légumes crus, que c'est excellent pour la santé. Elle n'a pas l'air de me croire mais elle n'ajoute rien, les yeux navrés, fixés sur le chou-fleur qui s'éloigne sous mon bras triomphant.

Le dimanche, Bill, les gosses et moi, on va se promener dans un immense parc, l'Englischer Garten. Couchés sur un tas d'herbe fraîchement coupée, on somnole, pendant que les enfants sont allés fureter dans les buissons.

— Maman, regarde ce qu'on a trouvé !

Je vais voir. Dans l'ombre, à mes pieds, souillée de terre, une sacoche. Je l'ouvre. J'y trouve deux passeports allemands, un tube de rouge à lèvres foncé, deux alliances en or, des bas déchirés, un tablier, des lettres. La sacoche est un peu pourrie, elle bâille sur le sol ; rescapée de quel crime ? Où sont ses patrons assassinés, deux vieux colporteurs, un homme et une femme, dont les visages tristes me regardent à la troisième page de leurs passeports ? Ils disent :

— On est là ! On était vivants !

Leurs soupirs s'effilochent aux buissons alentour.

Et les alliances ? De quels doigts ont-elles été arrachées ?

Oui, cet endroit pue le vieux crime moisi. Il ne doit pas faire bon rôder dans ce parc la nuit. Le chuchotement d'un jet d'eau, tout près, a l'air maintenant de faire des confidences abominables, il ruisselle sans fin, comme pour effacer une tache, le soleil n'ose pas pénétrer sous les feuilles, là où la sacoche est collée au sol.

Je ne peux plus supporter le silence. Je me lève, comme poursuivie, je me précipite vers Bill. Les alliances, je les ai gardées. Le rouge à lèvres aussi, et le petit tablier rose imprimé d'une tête de chien, je l'ai lavé et donné à ma gosse. Plus tard, quand il a été trop petit, elle l'a mis à son ours en peluche.

Les lettres trouvées dans la sacoche sont illisibles. Bien sûr, je devrais tout apporter à la police. Mais c'est me livrer moi aussi et je ne peux

pas me le permettre. Le tuteur doit nous avoir si-
gnalés partout, il est même probable qu'on nous
cherche.

Bill ne s'est pas adouci depuis nos retrouvailles, au contraire, il boit plus qu'avant. Le
soir, on sort toujours chacun de son côté. Quand
je rentre au milieu de la nuit, j'ai beau ouvrir la
porte tout doucement, il m'entend chaque fois et
me force à venir dans son lit. Même dans la
journée, quand il est là, je ne lui échappe pas. Je
le hais maintenant de toutes mes forces. Je ne lui
cède qu'à coups de poing. De nos bagarres, de
nos étreintes, il sort griffé et entaillé. Je le mords,
je crie, il me déchire et m'arrache du corps mon
pauvre jupon usé et mon soutien-gorge. Sur le
plancher, je ne suis plus qu'une guenille secouée
de hurlements sous ses coups de pied. Attirés par
mes cris, les gosses entrent dans la chambre :

— Billy, arrête de taper sur maman !

Il n'ose pas continuer devant eux. J'en profite
pour lui échapper. Il paie la moitié de la
chambre, qui, toute vétuste qu'elle est, coûte
deux cent cinquante marks. À part ça, il ne nous
donne pas un sou. Quand on n'a plus rien, on lui
fait les poches le matin avant qu'il se réveille.

Un matin très tôt, ma gosse, Léonore, est
venue me chuchoter à l'oreille :

— Maman, j'ai mis un billet de dix marks
sous l'armoire.

Je me lève toute tremblante, je me glisse hors
du lit où Bill dort encore de son sommeil de
brute. Ce n'est pas possible, un billet de cette

importance, il s'en apercevrait. Il faut vite le remettre dans la poche de son pantalon. On se
contentera de deux marks, juste pour le pain et le
lait du déjeuner.

Après-midi brûlants de soleil où mes ongles
glissent sur le cuir huileux d'un nègre fou ! Ah le
tuer, le tuer par n'importe quel moyen ! Un couteau, un rasoir, du poison ! Il a vu qu'on le volait. Mais il n'a pas de preuves, ça le met hors de
lui. Un jour, je lui prends cinq marks dans son
portefeuille pendant qu'il est aux toilettes et que
les enfants sont à la crèche. Il me poursuit dans
la rue en pyjama, on tourne comme des dingues
autour d'un réverbère en bousculant les gens à
une station de tram.

Tout le monde nous regarde et s'écarte de
nous, on leur fait peur.

— Rends-moi ma pièce de cinq marks !

— Non !

Voilà le tram. J'ai juste le temps de sauter
dedans au moment où il redémarre. Sauvée, par
la fenêtre je vois Bill gesticuler sur le trottoir
dans son pyjama à rayures, sous les yeux des passants qui n'y comprennent rien. Il a beau faire, je
lui ai échappé.

Mais il se vengera quand je serai rentrée. Il
m'écrasera de tout son poids, dégoulinant de
sueur. Dans les craquements du lit, à bout de
forces, je lui crache à l'oreille :

— *Nigger, Nigger,* sale nègre, tu es croisé avec
un singe ! Et ça, le mot *Nigger* en anglais, c'est la
pire des insultes pour un Noir américain. Ça les

rend fous. Ils tuent pour ça, pour ce mot quand il vient frapper leur cervelle. Je serai couverte de bleus, le visage enflé, le vagin déchiré, mais lui c'est son âme qui aura bu mes mots.

— Fous le camp ! hurle-t-il. Mais va-t'en, prends tes gosses et va-t'en d'ici ! J'irai te dénoncer au consulat ! On vous expulsera ! Je prendrai une autre femme, je veux la chambre pour moi tout seul ! Fais tes bagages et pars !

Non, Bill. Je reste, je me fais toute petite. Je suis incrustée comme un cafard dans les rainures du plancher, je colle au lit, aux murs. Non, Bill. Hurle, bave, injecte tes yeux de sang jaune. Je ne m'en irai pas. Ici on est en sécurité, ici on est cachés, personne ne nous trouvera. Mon passeport, mon vieux passeport périmé depuis cinq ans, il est caché à Erlangen, chez Rose, dans un tiroir. Nous n'avons plus de nom, plus de papiers. Les gosses et moi, on va rester vissés à ta peau noire comme des sangsues !

Un autre après-midi, je rentre des commissions, je trouve Bill dans la chambre. Il tourne, il flaire, il renifle les draps, les couvertures.

— Qu'est-ce que tu cherches ?

Je m'approche de lui. Une immense gifle m'aplatit sur le plancher.

— Tu as couché avec un homme ! Je vois des traces, il y a une drôle d'odeur ici !

Les coups pleuvent. Je rampe jusqu'à la porte. Bien sûr que personne d'autre que lui n'a couché là. C'est sa folie, de nouveau, qui lui fait croire ça. Je sors à toute vitesse, Bill souffle dans mon dos, je lui échappe dans le couloir obscur.

Je reviens tout doucement par la fenêtre. Par la porte, il m'a vue, il revient dans la chambre, je n'ai que le temps de sauter dans la cour.

On joue à des cache-cache épuisants pendant des heures, et je capitule dans les draps mouillés de sueur, en silence, pour ne pas ameuter les enfants, les bonnes, et la vieille fouine qui rôde dans les couloirs.

Il y a des accalmies. On va s'asseoir au soleil sur les terrasses de Schwabing. Bill me présente à un copain, un flûtiste noir au corps onduleux de serpent. Il vit avec une jeune fille française à la peau de lait, aux grands cheveux couleur de feuille morte. Elle porte souvent des verres fumés pour cacher des traces de coups. Son fiancé la tabasse avec sa flûte traversière en argent, et aussi à coups de cravache. Elle est marbrée de meurtrissures bleues, et il l'a mise enceinte.

Nous sommes sœurs, elle et moi, on boit à la même coupe de gifles. On se comprend à demi-mot, d'un sourire, d'un regard à la dérobée, pendant que nos brutes discutent autour d'une bière, cigare au mufle.

Elle me parle à voix basse de Paris, d'un autre fiancé qu'elle avait, de l'amour qui la lie ici, enchaînée à la dure. Elle n'a souvent rien à manger. Il la boucle nue dans leur chambre, pendant qu'il va au conservatoire, pour être sûr qu'elle ne puisse pas le tromper. Elle n'en peut plus. Elle ne pense qu'à s'enfuir, après avoir fait passer l'enfant. Bill est d'accord pour l'aider, pour lui faire une « piqûre ». Il lui donne rendez-vous dans notre chambre. J'ai dû passer plusieurs heures dehors, pour lui laisser le temps de cette cérémonie à huis clos.

Quand je reviens, je trouve la porte fermée à clef.

— Ouvre, c'est moi.

La chambre est plongée dans l'obscurité, tous rideaux tirés. J'allume. Bill est debout contre l'armoire, immobile, il fume.

Par terre contre le mur je vois un amas souffreteux, traversé de gémissements et de soubresauts, à côté d'un seau sanglant. Il y a de la merde partout, sur le plancher, sur le divan, sur la Française recroquevillée, à demi inconsciente. Elle est glacée.

Bill, si jamais tu deviens médecin, si on te donne ton diplôme, alors je préfère crever que de retourner chez un toubib !

Les yeux vagues, il m'arrête d'un geste et il murmure d'une voix pleine de brouillard :

— Chut... Ne fais pas de bruit... Il ne faut pas la toucher, elle va mourir...

Je me précipite, j'essaie de relever le pauvre corps tout raide, je glisse un coussin sous la tête aux yeux fermés. Je la soulève, je la traîne jusqu'au divan, je l'enveloppe d'une couverture. Dans un hoquet, elle vomit un résidu visqueux. Plus tard, quand elle revient à elle, elle m'avouera à voix basse qu'il l'a violée en plus du reste.

L'enfant a tenu bon, elle a été obligée d'aller se le faire arracher à vif, à Augsbourg, chez une espèce de médecin qui ne fait pas de narcose. Après ça je ne l'ai plus revue. Pauvre chérie, sache que j'ai pensé à toi de toutes mes forces. Je n'aurais pas eu ton courage, je l'aurais gardé, ce petit enfant nègre, et je l'aurais aimé.

J'ai déniché un travail de figurante dans des films, grâce à la Française, qui avait doublé une vedette à l'époque dans une grande comédie sirupeuse intitulée *One, two, three*. Même le flûtiste noir y avait tenu un rôle tout à fait mineur, à rouler des hanches sur une échelle, une casquette à carreaux sur l'oreille.

On me convoque un matin à neuf heures devant le studio. Bill ayant refusé de garder les gosses, je les ai mis pour la journée chez de nouveaux amis, un infirme de guerre aveugle, paralytique et cancéreux qui n'a plus de nez, gardé par un ange secrétaire dans un hôtel voisin. Je vais parfois chez eux.

Le visage rongé, sans expression de l'infirme est abrité derrière de grandes lunettes foncées. L'ange est blonde, elle l'aime, lui tape son courrier, lui donne à manger à la cuiller, rédige des textes scientifiques, car il fait de la recherche, le cerveau est intact.

Les yeux clairs de l'ange voient pour deux, dans aucun regard je n'ai vu une aussi grande lumière. Elle irradie leur petite chambre, on dirait qu'il y a toujours du soleil.

C'est un jeune Yougoslave échappé de la zone communiste, rencontré un soir dans un bar, qui m'a amenée chez eux. D'ailleurs cette espèce de Slave, ce salaud, on aura plus tard l'occasion d'en reparler. Il avait, au moment où je l'ai connu, le teint particulièrement blafard et une drôle d'odeur dans la bouche.

À vrai dire, dans ce film où on m'a engagée, j'ai un rôle très effacé, dans une scène à flon-flons écossais censée se dérouler en Italie. Là, il y a de quoi se marrer. On nous amène en au-tocar dans la forêt, à Grünwald, dans la ban-lieue de Munich. D'abord on passe des heures à attendre, à musarder sous les arbres, car rien n'est jamais prêt. Tout à coup, au moment où on ne s'y attend plus, on nous appelle pour tourner une scène.

La féerie écossaise bat son plein. Un jeune Apollon germanique en jupette à carreaux, armé d'une cornemuse, saute d'un pied sur l'autre, mollets nus, aux sons d'un petit orchestre rus-tique. Chaque phrase est soulignée d'un lâcher de ballons de toutes les formes et de toutes les couleurs : sphériques, ovales, têtes de canards et de lapins, crocodiles, serpents, qui claquent au fur et à mesure. Une équipe d'opérateurs fébriles en gonfle d'autres au gaz en s'énervant tellement qu'il en claque déjà la moitié.

On recommence vingt-quatre fois la même scène. Le soir, fourbue, crevée et saturée de fumée et de marches écossaises, je remonte dans l'autobus qui nous dépose à minuit devant le bureau du producteur, trente-cinq marks en poche et rien dans le ventre depuis le sandwich de midi. Ça, on peut dire que faire du cinéma, c'est une vraie joie !

Je remonte de plusieurs crans dans l'estime des femmes de chambre de l'hôtel, qui m'ont vue dans un cinéma du quartier. Les pauvres, elles me prennent pour une vedette, et elles viennent me féliciter, les yeux humides !

Bill travaille maintenant, en plus de ses études de médecine, dans un grand magasin de l'armée américaine, un « PX ». Parfois, il nous apporte une boîte de conserve pour le souper. Un soir, même, un poulet congelé dans du plastique, je me sens défaillir en le voyant. Comment faire aussi pour le cuire ? Il n'entrera jamais dans notre petite casserole. Et le réchaud est devenu asthmatique, à force de chauffer nos repas, l'eau des lessives, celle pour se laver et pour raser Bill.

J'arrive à séduire la vieille, ce n'est pas une mince affaire. J'ai droit à un long discours sur mes enfants bruyants, mal tenus, sales, qui envahissent la cour de leurs cris. Pour finir, une réflexion apitoyée sur un gros bleu que j'ai sous l'œil gauche, cadeau de Bill.

— Car il vous bat, n'est-ce pas, pauvre madame ?

— Non, pas du tout, j'ai trébuché contre l'armoire.

Enfin, elle m'introduit dans la sacro-sainte cuisine de la pension où tout est rangé, « poutzé », enfermé à clef dans des placards.

On a rôti le poulet. Pendant qu'il mijote dans une antique cocotte en fonte, elle m'a raconté toute sa vie, son enfance à la campagne, sa jeunesse de servitude et de chasteté, employée dans des fermes chez des paysans très durs. Elle est fatiguée, elle n'en peut plus.

— Vous, me dit-elle, vous en avez de la chance, de voyager !

Tu parles ! Elle ne se doute de rien !

On se quitte bonnes amies, pour une fois. Je pose le poulet bien doré dans une assiette, sur la commode. J'attends Bill. Les enfants dorment déjà. Il rentre à minuit. Il fonce sur la commode.

— Tu as cuit le poulet ? OK. Laisse-moi en goûter un peu.

Il a tout mangé, rongé, fracassé entre ses grosses dents voraces, avant que j'aie eu le temps de faire un geste. Les larmes me sont venues aux yeux.

— *Good, very good !* dit-il en s'essuyant la bouche. Et maintenant chérie, allons au lit.

Le lendemain, le miroir de l'armoire à glace a été témoin de l'unique crise de folie que je me sois jamais payée de ma vie.

Une petite crise bien douce, en famille, à côté de mes gosses qui jouent sur le plancher et ne se sont aperçus de rien. Je ne sais pas ce qui m'a pris, la fatigue peut-être.

Debout devant le miroir, je suis en train de me coiffer, quand tout s'est brouillé subitement, le miroir s'est changé en nuit. J'entends le bruit de mes ongles qui griffent la glace, sans pouvoir se raccrocher à rien, et puis je glisse à terre, j'ai des convulsions, mes muscles et mes nerfs se bagarrent tout seuls, secoués d'une violence insolite. Je me laisse faire, inutile d'essayer d'arrêter ça. Ça a duré, duré, j'ai perdu conscience. Et tout est redevenu clair, je me suis retrouvée sur le plancher, j'ai entendu les rires et les voix des enfants, occupés à faire marcher leurs petites voitures. Ça n'a plus jamais recommencé.

Bill donne une petite soirée à la maison, il a invité deux jeunes étudiantes de ses amies. L'apéritif est servi sur les ressorts du canapé, des bouteilles de bière à boire au goulot, car nous n'avons pas de verres. Cigarettes et pain sec.

Les deux invitées, n'osant pas remuer de peur de se percer les fesses, restent bien sages, assises en face de Bill, auréolées de leurs nattes blondes, et l'écoutent parler de médecine.

C'est Bill qui boit presque toutes les bouteilles, la table en est couverte.

Je couche les gosses, les jeunes filles sont tout attendries, elles leur chantent des berceuses. Elles promettent de revenir jouer avec les *lieben Kinder*. Bill sort avec elles, moi je m'habille et me fais belle comme tous les autres soirs. Mon tailleur noir est à bout de souffle, il ressemble à un accordéon. Ce soir, je m'orne d'un somptueux collier de coquillages de Tahiti. Il pend jusqu'au milieu du ventre. En marchant, ça fait une petite musique.

Après avoir erré toute la nuit, je rentre au petit matin, un billet de cent marks dans mon sac, récolté au cours d'ébats houleux au creux d'une haie. Mon collier a perdu quelques coquillages.

J'ouvre la porte en retenant mon souffle. Bill dort dans notre lit, à côté de celui des gosses où les deux petites têtes sont côte à côte entre les singes en peluche.

J'allume tout doucement le réchaud pour faire ma toilette. J'approche du lit et je me déshabille en silence, en soupirant de lassitude, je surveille le visage de Bill. Pourvu qu'il ne se réveille pas !

Quand je suis prête, en jupon, ayant gardé mon collier, je me glisse dans le lit des gosses.

La voix de Bill gronde, assourdie :

— Viens ici ! Qu'est-ce que tu fais là-bas ?

Il me tire par les cheveux et je suis bien obligée de changer de lit. Une lutte presque immobile s'engage. Je n'en peux plus, je ne veux pas encore qu'il me touche avec ses grosses mains noires. Comme je me débats sans un cri, les dents serrées, il me bourre de coups, ses énormes poings s'abattent sur moi et m'écrasent la tête, les seins, le ventre, là où ça fait le plus mal. J'ai peur qu'il ne me tue. Alors j'ouvre la bouche, oui, il faut que je hurle, de toutes mes forces, il faudra bien qu'il s'arrête. Je retiens mes cris jusqu'à ce qu'ils jaillissent, je ne peux plus les empêcher. Ça y est, je hurle en mesure, mes cris percent les murs, à cinq heures du matin.

On entend un bruit précipité de pas, on frappe à la porte à coups redoublés. Un bruit de clef, la porte s'ouvre et la patronne apparaît.

On n'a pas de chance, cette nuit-là elle veillait son père dans la chambre à côté. Le vieux justement est très mal, il a besoin de repos.

Silence. On s'excuse tant qu'on peut. L'air hagard de Bill, mes cheveux emmêlés, mon jupon déchiré, les gosses qui pleurent dans leur lit parlent pour nous.

— Bon, ça suffit, ne recommencez plus.

Elle s'en va. Tout est trop calme tout à coup. Bill n'a rien dit, n'a plus bougé. Il se lève et se dirige vers la table, je le vois qui plonge la main dans mon sac. Ah non ! Pas mon argent, cet unique billet de cent marks si durement acquis ! Non ! Je bondis, je lui arrache le sac, je le jette au fond de l'armoire, j'enlève la clef.

Je suis soulevée et lancée dans la fenêtre par la poigne formidable de Bill. Pas le temps de crier, le fracas de la vitre brisée retentit.

La porte de la chambre s'ouvre à nouveau, la patronne reparaît, la vieille derrière elle, en robe de nuit, son chignon gris tout grelottant, précédée du chien-loup de la maison, une grande bête jaune qui vient flairer les éclats de verre, au risque de se couper les pattes.

Je suis appuyée au cadre vide. Les gosses pleurent, le chien-loup aboie, la patronne et la vieille glapissent. Mon collier a éclaté, il y a des coquillages dans toute la chambre. Je rentre dans le lit qui crisse d'escargots écrasés. La patronne ne dit qu'une chose en refermant la porte :

— Maintenant ça suffit, vous quittez la chambre aujourd'hui.

Bill commence à s'habiller. Il est six heures du matin, l'aube blanchit les rideaux. Il prend sa serviette et sort. Dans le petit jour maigre qui s'effiloche, je le vois passer dans la rue et tourner à l'angle de la dernière maison.

Je vais dans le bureau, tâcher d'attendrir la patronne. Elle ne veut rien entendre. Elle refuse de nous garder encore. Je lui jette, voletant sur son secrétaire, le dernier billet bleu, les cent marks.

Son regard a un éclair. Après un petit moment de silence, elle a dit oui.

Mais il a fallu promettre que Bill aurait quitté la chambre avant midi. Elle ne nous garde, les enfants et moi, qu'à cette seule condition.

Avec les gosses, on fait les valises de Bill. Cravates à pois, chemises blanches, livres, souliers, chaussettes, on les empile, on les écrase et, pour finir, on s'assied sur les valises pour les fermer. La patronne les a bouclées dans son bureau.

Voilà, Bill. Tu es parti, pliant sous tes valises, bientôt disparu au coin de l'avenue, tandis que les gosses et moi, on danse à la fenêtre.

Et on vivra, enfin, sans toi ! Cette fois, je n'ai pas pleuré !

On a couru dehors, tout était blanc, nettoyé, récuré, la malédiction avait foutu le camp.

Les enfants auront chacun leur lit, et j'y dormirai à tour de rôle.

J'ai trouvé une petite crèche catholique où je les mets l'après-midi. Je suis retournée aux Beaux-Arts, je pose comme modèle en sculpture et en peinture. Bientôt, ce sont les vacances d'été.

Le soir, la Leopoldstraße s'allume comme une cathédrale. Sur les gazons brûlent des bougies, éclairant des peintures et des dessins posés à même le sol, ou appuyés contre les arbres. Des beatniks assis sur l'herbe, tels des Christs à longs cheveux, méditent en buvant de la bière. Les passants leur jettent de la monnaie, sur de grandes fresques à la craie ornant le trottoir. Des guitares chantent dans l'avenue.

Partout des roses flamboient, rouge sang, orangées, jaune thé, blanches à la chair transparente. Les gosses montent la garde pendant que j'en cueille en cachette, pour mettre la nuit dans mes cheveux. Ces roses, ce sont mes plus beaux bijoux, elles m'accompagnent dans mes promenades nocturnes. Elles tiennent jusqu'à l'aube et le jour j'en vole d'autres. Elles me consolent et me protègent.

Je m'achète une robe, la première depuis un an. Elle est verte, tissée de fils d'or, une tunique de sirène humide que j'ai vue dans une vitrine de Schwabing. J'achète aussi de longues boucles d'oreilles au Woolworth, un magasin bon marché ; des anneaux en faux or scintillant tombant jusqu'aux épaules, et une petite amphore arabe au bout d'une chaîne.

Tous les soirs je vais danser dans les cafés de soldats noirs.

À moi les nègres ! À moi les peaux d'ébène si douces, au parfum d'épices ! À moi les boas souples de leurs bras noirs ! J'ai faim de leurs grands sexes lisses d'orchidée !

Chaque nuit, c'est toute une cérémonie pour faire entrer un Noir dans notre chambre en cachette de la vieille qui rôde dans les couloirs, une lampe de poche à la main.

Elle frôle les portes comme une hyène silencieuse, en pantoufles, fondue à l'ombre des corridors, et brusquement elle vous allume l'œil de sa lampe en pleine figure, en chuchotant un *gute Nacht* doucereux.

Je ne suis jamais tranquille. Je laisse le Noir dehors, aplati contre le mur à l'entrée de l'hôtel. Je monte seule, furtivement, l'escalier, j'ouvre la première porte. Je flaire le silence moite. Personne. Je cours chercher le Noir, je le prends par la main, il atterrit dans notre chambre à la vitesse d'une fusée et je donne deux tours de clef en la laissant dans la serrure.

Maintenant, tout se déroule dans le silence et la respiration des enfants endormis. J'allume une bougie sur la commode, je fais chauffer de l'eau sur le réchaud. Elle sera brûlante au moment qu'il faut.

À la lueur des flammes bleues de l'alcool, je regarde si les dollars qu'on m'a donnés sont bien justes. Je place une chaise devant les lits, pour cacher les deux petites têtes. J'étends une couverture de poil de chameau sur le divan aux ressorts foutus.

Les dollars sont cachés dans la fente du fauteuil, entre le siège et le dossier, pendant que je me déshabille.

L'uniforme américain et les rudes pelures du soldat tombent sur le sol, et sa nudité noire étincelante apparaît, il me saisit et m'emporte, et nos corps se mélangent sous la vieille couverture, pendant que la bougie fait trembler nos ombres au plafond.

Les ressorts nous mordent et se tordent, mais on n'y fait même plus attention. Le sommier tape à coups précipités contre le mur.

Au matin, le Noir s'est évaporé. Personne ne l'a aperçu, il s'est glissé dehors dans des restes de nuit, il a fondu dans la rue.

Il n'y a plus que le soleil, les enfants et moi dans la chambre. Le chocolat fume sur la table avec allégresse près des croissants chauds.

En septembre, le tuteur nous a délégué une assistante sociale par avion. J'ai été avertie par une lettre, et je tremble en allant l'attendre à la gare avec les enfants. En la voyant, je reprends courage. Cette douce jeune fille n'a pas de venin. Ça sera plus facile de lui mentir. Je lui fais miroiter des images de vie de famille humble et proprette dans une pension tenue par des vieilles dames. Bien sûr, elle ira se renseigner derrière notre dos à l'Institut français où vont les gosses le matin, on lui dira qu'ils ont parfois du retard. Maintenant que nous sommes seuls, j'ai retrouvé mon passeport et je l'ai montré à la patronne de l'hôtel. L'assistante s'en va rassurée, on ne lui a pas demandé d'argent. C'est l'essentiel.

Un matin, après avoir accompagné les enfants à l'école, je décide de faire un petit somme sur un banc, à l'Englischer Garten, tout près. Je m'étends, je ferme les yeux un instant. Un crissement de freins sur le gravier me fait sursauter. Deux flics en uniforme bondissent d'une de leurs petites VW vertes. Ils viennent droit sur moi.

Je me relève dare-dare. Ne perdons pas la face !

— Que faites-vous ici ?

— Vos papiers !

Dieu merci, j'ai mon vieux passeport dans mon sac. On me l'arrache des mains. Un des gaillards va téléphoner dans la VW. Il reste longtemps à l'écoute.

Il revient. On me demande rudement :

— Que faites-vous à Munich ?

À bout de forces, je murmure :

— Étudiante.

— Bon, ça va. Vous pouvez continuer votre sieste.

La VW s'éloigne. Tremblante, je m'allume une cigarette. Je me lève, il vaut mieux retourner à l'hôtel, c'est plus sûr. C'est la dernière fois que je me couche sur un de leurs bancs !

Sur la Leopoldstraße, en me promenant avec les enfants au soleil, un après-midi, on a rencontré un frère. Traqué, comme nous, il se cache, car il est déserteur de l'armée française. Il s'appelle Claude. Il a vingt ans.

Il est resté une semaine avec nous dans notre chambre, il a été adorable. Il s'est occupé des gosses, on se sentait protégés et aimés.

Le soir, comme au temps de Bill, on sort tous les deux pour aller à nos affaires. Je me trouve un Allemand ou un Noir pour un moment, et lui il va à la chasse dans les bars. Il y rencontre de vieux homosexuels et il leur fait les yeux doux. Une fois dans l'appartement, il attend que le vieux soit à poil, haletant dans les draps, et au lieu du baiser nuptial, c'est un grand coup de poing qu'il lui donne en pleine gueule.

Le vieux se met à genoux, en chialant, mais Claude est inflexible.

— *Ich bin ein Mörder !* dit-il d'une voix impitoyable.

Le vieux n'ose pas bouger, pendant que Claude fouille dans ses poches et rafle les bijoux qu'il a eu le malheur de laisser traîner à la salle de bains. Et Claude s'en va en vainqueur, laissant vert de peur sur sa descente de lit le vieux lézard nu et volé.

J'ai hérité de deux somptueuses bagues qui brillent, ornées de rubis et de topazes. Plus tard, je les ai vendues au mont-de-piété.

Claude est parti, il a pris le train de nuit pour Paris, en voyageant caché dans les toilettes. J'ai reçu une lettre, et puis plus rien, les flics l'ont pris et envoyé en Algérie, je ne l'ai su que sept ans plus tard.

L'automne a éclaté sur l'avenue. Tout est en flammes jaunes, les feuilles dansent dans le vent.

On a un autre frère, Jo de la Jamaïque. Notre frère nègre au visage de charbon, à la voix rocailleuse, aux mains râpeuses, au grand rire.

On l'invite souvent à souper. Un soir, nous sommes tous à table, quand tout à coup la vieille frappe à la porte. On se regarde épouvantés. Il ne faut pas qu'elle sache qu'on a une visite.

— *Telephon ! Kommen Sie sofort !*

Je crie : « *Ja !* » et je saute sur Jo, je l'enfourne dans l'armoire, je le colle derrière la porte en le suppliant du regard de ne pas bouger.

Je sors en fermant à clef et passe devant la vieille qui a un sourire triomphant. À peine j'ai tourné l'angle du couloir, elle entre dans notre chambre avec son propre trousseau qu'elle a toujours dans la poche. La voilà qui furète partout selon son habitude, et puis elle pousse un cri : elle a aperçu les pieds du Noir qui dépassent de la porte de l'armoire.

Jo sort en souriant, la vieille s'étrangle de peur et s'enfuit, aux grands éclats de rire des enfants.

Quand je reviens, ils rient encore, et Jo ruisselle de joie sur sa chaise, les oreilles rétrécies par un immense sourire.

Jo de la Jamaïque, tu es venu une nuit, furtif et doux, tu as lancé un petit caillou sur la vitre. Je me suis levée et j'ai vu, posées sur la fenêtre, deux grandes boîtes de conserve remplies de nourriture. Tu m'as chuchoté, avec ton sourire et tes grandes dents blanches :

— Puis-je faire l'amour avec vous juste un petit moment ? C'est tout ce que j'ai, c'est pour les enfants.

Oui, Jo, frère noir, viens faire l'amour, demain on mangera le contenu des grandes boîtes et je penserai à tes mains caressantes, à ton rire, à ta peau parfumée. Tes lèvres au goût d'anis ont été douces à ma bouche, et ton sexe noir enfoncé profond m'a lavée de toute la haine qui nous entoure.

Je suis retournée voir l'ange blonde et son infirme. Elle m'a parlé avec une curieuse peur dans ses yeux clairs :

— J'ai quelque chose de difficile à vous dire. Il faut que vous alliez voir un médecin. Notre ami yougoslave a la syphilis au second degré. Je vous en prie, allez-y tout de suite.

J'ai couru sur l'avenue, dans les tourbillons de feuilles d'or. Septembre, septembre, qu'as-tu fait ? Et toi, Yougoslave, c'était donc ça, ton amour, ce goût fétide dans ta bouche ? Syphilis, toutes les feuilles chantent : syphilis, syphilis, syphilis !

Je suis allée à l'hôpital. On m'a fait une prise de sang. On a pris mon nom, mon adresse.

— S'il y a quelque chose, on vous convoquera. Sinon, revenez dans deux mois. Une deuxième prise de sang est nécessaire.

On ne m'a pas convoquée.

Les nuits sont devenues froides. Mais les après-midi sont mordorés. Des troupes de beatniks migrateurs parcourent l'avenue, pouilleux et somnambuliques, portés par les vagues du haschisch qu'ils rapportent du Maroc et de Turquie. Claude m'en avait parlé avant qu'il parte :

— Si tu pouvais te procurer de la marijuana, tu en ferais des cigarettes, tu les vendrais très cher aux soldats noirs. Une boîte d'allumettes pleine, tu l'achètes vingt marks et tu la revends quarante. Tu n'aurais plus besoin de faire le trottoir.

Je n'ai pas oublié ses paroles.

Un après-midi, deux beatniks venus dans la chambre ont déballé mystérieusement un petit paquet d'herbe jaune de plusieurs enveloppes de plastique. Tous rideaux tirés, nous en avons fumé, un parfum entêtant s'est répandu autour de nous. Nous avons discuté le prix à voix très basse, la porte fermée à clef. Les deux mages crasseux aux longues barbes tournent la tête et sursautent à tout moment comme si des flics allaient sortir des murs. Ils fument encore une cigarette roulée à la hâte, me laissent le reste pour cent marks et partent comme des chats silencieux le long du couloir. Je n'ai rien senti, sinon une sorte de nausée âcre.

Ce soir, j'irai vendre la marijuana près des casernes, c'est décidé. J'en ai quatre boîtes d'allumettes pleines.

J'en garde une dans mon sac, les autres je les enfile dans ma cachette favorite, au fond de mes bottes d'hiver, dans l'armoire. Il y a eu plus tard des époques où elles étaient pleines de choses, d'argent dans des enveloppes, de drogue dans des boîtes d'allumettes, et même de nuées d'allumettes dans l'autre botte, dont je ne savais que faire.

Je rôde près des casernes, devant ces petits bars étoilés de lampions de couleur qui m'ont toujours fascinée.

Au cœur de l'après-midi, ils ronronnent déjà de musique et de rock and roll, à tout moment la porte s'ouvre et un soldat noir titube dehors, complètement soûl, en se tenant aux murs.

Un petit nègre tout maigre avec d'immenses yeux aux longs cils s'approche de moi. Il se présente.

— Diablo.

Je lui dis que j'ai quelque chose à vendre.

— Ah oui ? dit-il, et ses yeux brillent. Venez dans la voiture, nous serons plus à l'aise pour discuter.

Il a une voix cassée, étrange, et son visage est très noir.

Nous sommes assis dans une vieille voiture à moitié foutue. Je lui dis que j'ai de la marijuana et que j'en veux dix dollars la boîte. Il pousse une sorte de sifflement :

— Alors, pour ce prix-là, elle doit être rudement bonne, dit-il. Donnez, laissez-moi voir.

Je refuse de la lui montrer, j'ai peur tout à coup qu'il ne me l'arrache des mains et qu'il ne file avec. Il insiste, je fais non de la tête. On reste de longues minutes à se considérer en silence, l'air dans la voiture s'épaissit. Je suis mal à l'aise. J'ouvre la porte, je saute dehors et je m'enfuis à toute allure, en me retournant de temps en temps, mais il ne m'a pas suivie.

Ces maudites boîtes, je les ai gardées des semaines sans oser en parler à personne, c'est devenu un vrai cauchemar. Ça fait cent marks de foutus, et je risque la prison, Claude me l'avait dit.

Dix-huit septembre. Cette date reste gravée dans ma mémoire. Je suis allée danser près des casernes avec un Noir chinois. On a bu de la bière, on a dansé, serrés l'un contre l'autre, et je suis amoureuse.

Assise à une table, à travers le brouillard des fumées, j'ai revu tout à coup *son* visage, je l'aurais reconnu entre mille. Son visage au menton fendu, tant aimé, tant cherché. Le visage du Noir à la Cadillac bleue. À quelques tables de la nôtre. Il me regarde aussi. Je pleure. De grands ruisseaux de larmes coulent sur ma figure. Le Noir chinois s'inquiète. Il me parle. Je ne réponds pas. Je ne le vois même plus. Fâché, il s'en va.

Enfin je t'ai retrouvé, Dieu noir, magicien de mes nuits dans la roulotte, au camp tzigane. Toi que j'ai cru perdu. Tu es venu, tu me souris. Laisse-moi sangloter dans tes bras. Viens, sortons d'ici, de ce café bruyant, allons dans ta Cadillac, pour qu'elle nous berce comme autrefois.

Tu as maigri, Dieu noir, tu es encore plus ivre, plus doux, plus triste. C'est la prison qui a sculpté ton visage, qui t'a donné ce sourire las. Prends-moi dans tes bras, Robert Benson, et oublions tout. Je suis toujours à toi, je reprendrai dans ma bouche ta belle tige noire si douce, quand la Cadillac s'arrêtera.

Elle vogue dans la campagne, au ras de la terre, de l'herbe, toute gonflée de vent. On a retrouvé nos pays d'ombre et de silence. Ta vodka et nos baisers, dans les draperies laiteuses de la brume. Chante, Noir, de ta voix brisée, une berceuse perdue au bord d'un canal, tout au fond de la nuit duveteuse.

Je t'ai donné mon bracelet-serpent aux yeux verts, tu l'as fait danser au bout de ta longue main. T'en souviens-tu, Noir, l'as-tu gardé ? Je veux qu'il te parle encore de moi, après tant d'années, en Amérique.

Tu es venu nous voir dans notre pension poussiéreuse. J'ai vu la Cadillac étinceler sous nos fenêtres. Les enfants ont crié de joie !

Je me souviens d'une promenade dans la forêt. Dans un village, très loin, à l'orée d'un bois, j'ai vu une femme allemande laide et pauvre, aux mains usées par les lessives, entourée de cinq enfants noirs. Certains sont café au lait, d'autres sont parfaitement sombres. Il y a des tignasses blondes surprenantes et des yeux bleus. La plus petite est vêtue d'une robe rouge. On l'a cueillie comme une anémone sur la mousse. L'ami noir l'a prise dans ses bras. La mère s'est approchée, elle a dit d'une voix étranglée de fierté :

— Ces enfants, c'est tout ce que j'ai, ce sont mes trésors. Personne ne peut me les prendre.

Au soleil couchant, on est serrés dans un fleuve de voitures. La Cadillac avance tranquillement, le Noir endormi au volant. Les yeux fermés, les rouvrant aux feux rouges pour s'arrêter. Et puis la Cadillac repart avec une infinie douceur, sans heurter personne, on dirait qu'elle comprend qu'il ne faut pas le réveiller. Je sais bien qu'elle nous aime, elle ne peut pas nous faire de mal.

Les hommes sont ingrats, Cadillac, puisqu'on t'a foutue aux ordures. Quand l'ami noir a pris une nouvelle Cadillac d'un bleu arrogant, avec des boutons automatiques partout et un tourne-disque à l'avant, j'ai compris que c'en était fait de nous. Elle lui a bouffé tous ses dollars. Il va nous quitter. Elle, il l'emportera en Amérique, nous on est restés ici, toi à la ferraille, moi sur les rues la nuit et dans les bars à soldats. Ton doux bleu lavé par les années est retourné au ciel. Il brille l'été quand tout est clair, comme le matin où tu es venue, quand tu nous as ramassés sur un banc, au bord de l'avenue aux gazons verts.

Je suis de nouveau seule. Je vais danser près des casernes. Il y a une grande caserne qui m'a fait bien mal, je ne sais plus son nom. On m'y a menée dans une voiture noire et blanche, roulée en boule sous un siège.

Une fois entrée, c'est fini. Toute la nuit, je me suis battue avec deux Noirs. Ils étouffaient mes cris avec leurs poings. Quand j'ai vu l'aube blanchir le mur, les trompettes ont sonné, j'ai été délivrée.

La deuxième fois que je me fourvoie la nuit dans une caserne, c'est au début de l'hiver, il y a de la neige.

Je n'ai pas compris tout de suite où j'étais. À la sortie d'un dancing, un Noir qui m'a accompagnée en voiture me fait entrer par une porte dérobée dans un grand bâtiment. On arrive dans un local minable où il n'y a qu'un lit de camp recouvert d'un drap. C'est bel et bien une caserne et je suis prisonnière. Quand je suis partie après avoir lutté avec une grande brute qui ne voulait pas me donner d'argent, en laissant le lit tout en sang, je n'ai pas retrouvé d'issue.

Tout est fermé par des murs. Je me glisse dans la boue glacée sous des barbelés qui montent jusqu'au ciel, en déchirant ma robe. Je rampe dans la neige en creusant avec mes ongles. Encore heureux qu'il n'y ait pas eu de chien ni de courant électrique.

Cet hiver a été très rude.

J'ai un nouvel amant, on l'appelle « le Petit Chou-Chou tout noir ». Il y en a eu un autre, après qu'on l'ait perdu, qu'on appelait « le Petit Chou-Chou noir à cheveux rouges », à cause de sa tignasse flamboyante. On l'a perdu lui aussi, comme l'autre, ils ont été ratiboisés par l'armée américaine, chacun au retour d'une nuit passée avec moi. Tous deux rentrés trop tard pour l'appel.

Je parlerai d'abord du Petit Chou-Chou tout noir. C'est un soir en dansant le twist que je l'ai rencontré dans un bar orné de guirlandes de papier vert.

On danse bien sagement l'un en face de l'autre, on monte et on abaisse nos corps en mesure, en tournant sur une jambe. Sur le banc où je me suis laissé tomber à bout de souffle, il me prend le bras et me dit avec un sourire :

— *Do you have a boyfriend ? Do you want me ?*

Puisque je n'ai plus d'ami, eh bien ce sera lui. Qu'il est beau, qu'il est noir, quels magnifiques yeux et quel sourire ! Il est de Chicago, croisé avec l'Inde. Sa peau noire a des fulgurances rouges, le blanc des yeux est ambré. Il sent bon la cannelle.

Il est venu, un après-midi, la veille de Noël. Il nous a apporté soixante dollars.

— *For your kids*, dit-il.

J'ai acheté deux poulets que j'ai rôtis l'un après l'autre sur le réchaud dans une casserole neuve. Avec les enfants, j'ai rapporté un long sapin de Noël que j'ai attaché à la lampe. On l'a garni de singes en peluche et de flocons de ouate, avec des bougies et cinq boules brillantes. Les enfants ont reçu chacun un chien à roulettes qui a perdu ses pattes, car ils n'étaient pas solides. Le Petit Chou-Chou tout noir a amené son meilleur ami nommé Johnson, deux bouteilles de blanc et un œillet rouge.

On a festoyé grassement et il est resté toute la nuit. Il a promis de revenir, de sa voix très basse et rouillée comme celle d'Armstrong.

La nuit où on l'a perdu a été une des plus dures nuits de ma vie. Il a fallu que je sorte, en le laissant couché dans mon lit. C'était toujours la même chose : plus d'argent.

Je marche dehors dans la neige. L'avenue est ouatée de blanc. Un vent glacial souffle. Je me console en pensant que bientôt je vais rentrer m'étendre au chaud, sur le divan où dort le Petit Chou-Chou tout noir, dans les bonnes vieilles couvertures qui piquent.

Si au moins j'avais mes bottes ! La haute neige me gèle jusqu'à l'âme. Mais une voiture s'arrête au bord du trottoir, avec un monsieur bien habillé, et je m'assieds à côté de lui, dans la chaude moiteur bercée de musique qui sent bon la cigarette.

— Vous n'avez pas de chambre, *Fraülein* ? Ça ne fait rien, on restera dans la voiture. On va bien se trouver un petit coin tranquille.

La voiture fait demi-tour précautionneusement sur la route glacée. On roule. Il neige toujours. Le « petit coin tranquille » ne se trouve nulle part.

Je me tais. Le bonhomme a une tête murée dans un silence de mauvais augure. Je comprends que je suis prise au piège encore une fois. Ça ne va pas être facile avec celui-là ! La voiture roule toujours plus vite sans reprendre haleine, elle fonce sur une étendue blanche déserte, plus rien ne l'arrête. La forêt, maintenant !

Des arbres immenses qui bouchent le ciel ! On ralentit, s'arrête au bord d'un fossé plein de neige.

— Nous sommes à vingt-cinq kilomètres de Munich, dit une voix douce.

— Et mes cinquante marks, s'il vous plaît ?

Pour toute réponse, on m'empoigne brutalement. Petite ordure, si tu crois que tu vas m'avoir ! Il a de longs cheveux, je les enroule autour des doigts de ma main droite tout en me défendant de l'autre, et je tire de toutes mes forces. Si je pouvais le scalper, ce vieux singe !

Le malheur, c'est qu'il m'a déjà presque déshabillée, c'est dur de se rhabiller d'une main en parant de l'autre les coups de poing, les coups de pied. Je suis lacérée par ses griffes, il essaie de les enfoncer à certaines places délicates que je défends avec la dernière énergie.

Pour finir, on s'étrangle en même temps, chacun les doigts vissés au cou de l'autre. Je serre avec désespoir, dans un dernier sursaut c'est moi qui gagne, il suffoque, il me lâche en jurant en italien.

Je ramasse mes habits, mon sac, mes souliers, j'ouvre la portière et je tombe dans la neige. Je commence à courir, j'en ai jusqu'aux genoux, sur un chemin de traverse bordé par des fils de fer barbelés. Comme j'essaie de finir de m'habiller un peu plus loin, il sort de la voiture, me poursuit, me rattrape, et on bascule dans les barbelés. On se bat comme des fous dans la neige, je le griffe, je le mords, il me bourre de coups.

Je tape à coups de soulier dans sa gueule penchée sur moi. Le froid l'emporte. Il se relève en grondant et en soufflant, retourne à sa voiture, la met en marche.

Je me mets à courir. Le chemin est si étroit que la voiture le barre en entier, elle est bientôt sur moi et il tente de m'écraser, zigzaguant d'un fossé à l'autre. Je cours comme un volatile effaré, pieds nus, mes godasses trempées à la main pour ne pas les perdre, et, roulés en boule sous mon bras, mes bas et mes jarretières que je n'ai pas eu le temps d'enfiler.

Je tombe de côté et je m'écrase sous les barbelés, éblouie par les phares ; j'arrive à me glisser derrière la voiture. Mais il revient sur moi en marche arrière. Il veut ma peau ! Je repasse devant et je me sauve à perdre haleine jusqu'à la route. Bordée elle aussi de rangées de fils de fer barbelés, elle luit blanche et glacée sous la lune. Pas moyen d'aller se cacher sous les arbres.

Il fait une dernière tentative et me crie par la fenêtre :

— Laissez-moi au moins vous ramener en ville !

Qu'il rentre tout seul ! Je marcherai toute la nuit, plutôt que de remonter dans sa voiture !

Il démarre à toute allure en claquant la portière. Je reste haletante sur la route. Mes godasses sont foutues, mes bas déchirés. Je crois encore à tout moment qu'il va revenir. Deux fois, je vois les phares d'une voiture venir en sens contraire, je m'aplatis dans la neige et je reste immobile en grelottant jusqu'à ce qu'ils soient passés.

C'est une fourgonnette américaine cahotante et remplie de soldats qui me ramasse à quatre heures du matin. On me hisse à l'arrière. Les soldats fument ; engoncés dans leurs capotes. Personne ne me pose de questions. On me dépose à une station devant une caserne et je reste là, frigorifiée sur un banc, à attendre le premier bus.

À cinq heures je me glisse entre les couvertures du divan où le Petit Chou-Chou tout noir déjà réveillé m'attend. On s'embrasse avec désespoir, il faut qu'il parte à la caserne, et même, hélas, pour la prison. Il m'avoue qu'il a fauté, qu'il est rentré trop tard la dernière fois, et qu'il doit y aller le matin même.

On se reverra. Tu m'écriras, n'est-ce pas, Roy Blaine aux deux prénoms, l'un sonore et l'autre duveteux comme la laine de ta tête, tu m'écriras Darling, prends patience. Tout s'arrangera.

Maintenant, qu'on me laisse dormir ! J'ai promis de lui rester fidèle. Les autres, ça sera pour l'argent.

Il me vient une blessure à la lèvre, un bouton matelassé de blanc, hideux, douloureux. Qu'est-ce que c'est encore ? Non, je ne veux pas y penser. Je ne veux pas savoir. Je ne veux pas.

Il y a aussi d'étranges taches rouges, violacées, sur mon ventre. Ce n'est rien, n'est-ce pas ? Quelques veines qui ont sauté, voilà tout. Il ne faut pas s'affoler. Pas de faiblesse, hein ! Ne rien croire ! Je n'ai pas peur. Il ne pourra rien m'arriver. N'est-ce pas, Seigneur ? Réponds, hypocrite, comédien ! Et l'analyse négative, alors c'est quoi, ça ?

J'ai mal, j'ai si mal au fond de la gorge. C'est une angine, voilà tout, une énorme angine carabinée. L'hiver est dur.

Ces blessures blanches, maintenant, il y en a plusieurs qui se relaient, qui s'avancent au bord de ma bouche. Le rouge à lèvres sur elles ne prend pas. Elles restent là, obstinément, luisantes, poreuses, blanchâtres. Je ne peux presque plus rien avaler. C'est terrible, cette infection des amygdales qui refuse de céder aux pastilles habituelles.

Je vais étouffer si ça continue ! Ne pas penser ! Suce des pastilles, gargarise-toi, tais-toi !

Deux mois, avait dit la doctoresse. Si c'était ça ! Je n'embrasse plus personne. Ça fait trop mal. Au moindre attouchement, c'est à hurler. Ces blessures, elles sont vivantes. Elles bougent, elles voyagent sur mes lèvres. Comme de petites bouches qui bouffent la mienne.

Je me cramponne, je ne veux pas encore m'avouer vaincue. Et pourtant, si je transportais maintenant cette pourriture ? Si elle était incrustée en moi, dans ces blessures qui remuent et qui souffrent ? Si j'allais en donner aux autres ? Aux Noirs, aux Allemands ? Eh bien, mais qu'ils en crèvent ! Le sang noir est plus fort. Qu'il résiste ! Les autres, je m'en fous. Chacun son tour !

Un matin, plus aucun doute n'est possible : toute la paume de mes mains, et la plante des pieds, sont piquetées de petites pointes rouges-violettes comme des épines du rosier. Je fleuris, je pourris ! J'ai la syphilis !

S'il m'était resté le moindre doute, le moindre petit doute suffoquant au fond de ma gorge, il aurait été démoli en un instant rien qu'à l'expression horrifiée de la jeune doctoresse qui a mis des gants blancs pour m'examiner. Elle m'a touché la bouche avec un petit coton au bout d'un long bâtonnet. Elle m'a soulevé les mains, les pieds, en se reculant le plus possible. Il faut croire qu'elle n'en voit pas souvent, des radieuses syphilis au second degré comme la mienne. Je l'ai soigneusement couvée, mûrie, elle s'est épanouie dans toute sa splendeur. Au troisième degré on en claque !

Trois fois par semaine, je vais à la piqûre de pénicilline gratuite. Ce que l'Allemagne donne d'une main, elle le reprend de l'autre.

Je suis convoquée pour un petit interrogatoire privé, médical et confidentiel. Une assistante sociale m'interroge avec la plus grande délicatesse sur mon « ami » du moment.

Noblesse oblige. Cette aurore boréale n'est pas venue toute seule sur mon ventre, elle peut aussi émigrer, prendre ses quartiers ailleurs.

Donnez-nous donc le nom de votre ami. Simple mesure de précaution, pas de représailles.

J'hésite. Quel bouc émissaire donner ? Si j'indique tous les mâles de la ville, c'est louche. On en tirera des déductions qui me mèneront tout droit derrière les barreaux, enfants confisqués. En donner un seul, mais lequel ? Un Blanc ou un Noir ? Je me décide pour un Africain, parce que c'est un étudiant très propre, rencontré dernièrement. J'ai passé une heure avec lui à son hôtel. Si, par malheur, ces sournoises petites bestioles de Wassermann l'avaient déjà consommé à la faveur d'une étreinte unique, je lui dois une explication.

L'Afrique vient étudier ici avec trop de ferveur pour qu'on lui file en douce une syphilis en même temps qu'un diplôme en Sciences économiques. Ils paient déjà leurs études trop cher, logés dans des piaules minables, et pas n'importe où, dans des immeubles réservés : sans chauffage, sans éclairage, réduits à se payer une heure d'amour de temps en temps.

Le Petit Chou-Chou tout noir, je n'en ai pas parlé. Il est au chaud dans sa cellule, au secret. Il ne faut pas qu'on sache qu'il a passé sa dernière nuit de liberté à m'attendre sur un vieux divan désossé pendant que je me battais dans la neige.

Ce sont nos secrets à nous, si notre amour a des relents de lèpre, il n'en est que plus doux, plus amer. Nos syphilis s'aiment, nos blessures se lèchent, nos pustules s'unissent et crient de joie sur un vieux grabat plein de poux et de sang !

On me donne un papier en allemand sur ma nouvelle condition. Toutes les maladies dites honteuses, celles dont on ne parle jamais, y sont énumérées. La mienne, la souveraine, celle qui laisse les autres, pourritures mineures, loin derrière elle, est soulignée en rouge dans le texte. Suivent les soins et les devoirs imposés par cette royale décoration. On est contagieux jusqu'à la deuxième piqûre. Il me reste deux nuits pour foutre la syphilis à toute l'Allemagne comme on incendie de vieilles hardes ! Et de ce vitriol ils engrosseront leurs épouses !

Si je les tenais tous ! Celui qui m'a promenée en voiture toute une nuit, dans la forêt, dans le brouillard, pour dix marks ! Celui qui m'a parlé d'amour pendant des heures pour me voler deux marks dans mon porte-monnaie à cinq heures du matin !

Si je tenais celui qui m'a emmenée dans un quartier désert, loin de tout, et m'a jeté vingt marks à la figure en menaçant de me laisser sur place si je refusais ! Et les deux chancres de cinéma et leurs promesses de rôle dans un film, venus à deux dans notre chambre un matin ! Et celui qui voulait lâcher sur moi ses chiens !

Oui tous ! Tous ! Une grande giclée de pus dans leur bouche ! Pardon, Noirs. Pardon à trois de mes Noirs, à trois frères en syphilis. Pardon à Roy Blaine Miller, qui l'a cuvée dans sa cellule solitaire. Pardon au soldat en uniforme, venu l'après-midi du deuxième jour, pardon à son sourire. Pardon au grand brutal de la caserne aux barbelés. Elle vous a eus, la rose à l'écume rouge. Elle vous a mordus.

Mais les autres, inconnus et mouchetés de bave écarlate ! Paix, Syphilis ! Baise et prolifère ! Bouffe les Judas ! Empuantis les *Frohe Weihnachten* ! Ô Tannenbaum couvert de pustules, aux verges allumées, enrubannées de pus, chantant la gloire du petit Jésus ! Faveurs roses et ficelles dorées, chocolats et truffes à la gangrène !

Gloria, Syphilis, Amen !

Avant que la pénicilline ne t'emporte, mes cheveux tombés par poignées, mes dents pulvérisées, cassées, je te les abandonne. Fais-en des bijoux pour tes amants.

Louée sois-tu Syphilis. Louée dans les ventres et dans les amygdales trouées. Dans les ulcères des sexes et les lèvres brûlées ! Louée au plus haut des yeux et sous la plante des pieds !

Je suis ressuscitée. Je n'ai plus de force. Les jours de piqûre, je me traîne jusqu'à l'hôpital où j'arrive à midi moins quatre. Parfois c'est trop tard, on me refuse ; à force de supplier, on me prend quand même et on plante l'aiguille vengeresse dans ma peau en m'engueulant.

Il y a des rangées de malheureux qui attendent avec moi, les yeux honteusement fixés sur leurs souliers, assis de travers sur leur chaise, les fesses en écumoire. On se jette des coups d'œil de biais. On repart courbés en se frottant la hanche. Personne ne parle. Ce n'est pas une maladie propice aux confidences. Les souvenirs s'étranglent derrière la barrière des plaies.

Le soir, avant de sortir à la chasse aux Noirs, je maquille devant le miroir mon visage cendreux aux cernes perpétuels. Je camoufle les floraisons de la syphilis sous des couches de poudre. Malgré tout je suis marquée par toute une géographie de plis durs. Les bestioles rongeuses, abreuvées de pénicilline jusqu'à plus soif, n'ont pas l'air de s'amuser follement sous ma peau. Mes dents tombent en gravat, je n'ose plus mordre dans une pomme, ni même de la mie de pain. Quant à mes cheveux, ternes, comme poussiéreux, ils meurent par poignées dans le peigne tous les matins. La fatigue me sape, j'ai dans la bouche un goût d'eau pourrie.

Une nuit, dans un bar, j'ai récolté un boxeur, un Noir long et sec tellement alcoolique qu'il est venu dormir avec moi parce qu'il ne savait plus où était son hôtel. Tony aux yeux rouges, aux poings démolisseurs.

La nuit d'après, il a grimpé sur ma fenêtre pendant mon sommeil en passant par le toit de la voiture, et tout à coup je me suis réveillée sous un moulinet d'insultes et de coups de poing. Il n'est parti qu'au matin. Depuis, on dort avec les volets fermés, c'est plus sûr. Mais un matin à dix heures on a frappé à notre porte avec tellement d'insistance que j'ai cru que c'était le boxeur.

J'ai ordonné aux enfants de ne pas bouger. On s'est cachés sous nos duvets, sans parler, presque sans respirer. Les coups violents donnés à la porte n'ont pas cessé. De temps en temps, il y avait un silence.

Sortant tout doucement la tête, on croyait que c'était fini, mais ça recommençait encore. On était presque étouffés sous nos duvets quand enfin ça s'est arrêté.

J'ai attendu longtemps derrière la porte avant d'oser l'ouvrir. Sur le seuil, un immense cornet brun rempli de choses à manger était surmonté d'un minuscule sapin de Noël aux bougies rouges, scintillant de givre argentée. Une carte de visite y était épinglée :

« De la part du Père Noël. »

On n'a jamais su qui nous l'avait apportée.

C'est peu après que j'ai rencontré l'Indien noir, par une nuit transie. Devant un bar où je ne suis jamais allée, enfoncé dans un vieux mur tout pelé ; on y descend par quelques marches à même la terre. Je contemple cette porte par où me parviennent des bribes de blues enfumées, quand tout à coup elle s'ouvre, et l'Indien noir s'avance, vêtu comme un prince de l'ancien temps, sous un grand chapeau d'hidalgo sombre et soyeux à larges bords.

— Hello ! dit-il de sa profonde voix grave.

Je monte dans sa vaste voiture blanche et il m'emporte dans les rues enneigées jusqu'à un HLM endormi à l'autre bout de la ville.

Chez lui tout est luxueux. Les meubles brillent sur des tapis d'Orient, autour d'une télévision étincelante. Le long des murs, dans des vitrines fermées je vois des trophées indiens couverts de perles, des plumes jusqu'à terre, des armes, de grands arcs et des flèches peintes.

Il m'emmène dans sa chambre à coucher et me fait partager son lit en grand seigneur, impassible sous mes caresses qu'il goûte jusqu'au bout.

Je n'ai jamais vu d'aussi belles cuisses, noires et arquées ; un corps aussi magnifique, musclé, patiné par les danses rituelles et la lutte, les chevauchées, le tir à l'arc. Son nez en bec d'aigle s'abaisse superbement sur de minces lèvres amères. Il ne parle pas. Je suis muette moi aussi sous le regard cruel de ses yeux noirs, sous ses gestes avares, pendant ce cérémonial glacé.

Après, il me parle de sa femme qui l'a abandonné en le laissant avec leurs deux enfants, une jeune fille blonde aux yeux bleus qu'elle a eue d'un premier mariage, et un jeune homme noir qu'ils ont adopté.

Je suis émue par cette fière détresse, cette sobre colère qu'on devine irréparable. C'est elle qui a durci son regard comme une pierre polie d'où toute tendresse a disparu.

Sa femme, une juteuse blonde dont la photo nous nargue sur la commode contre le mur, s'est enfuie en Grèce où elle mène joyeuse vie sans donner de nouvelles. Et pourtant, au foyer de l'Indien noir, elle était une épouse modèle, lisant la Bible, soigneuse au ménage et à l'éducation des enfants, ne sortant jamais, sauf pour aller prendre le thé chez des amies. Je comprends qu'elle ait fui cette austère existence conjugale, mais c'est quand même tragique.

Il me propose de venir habiter chez lui. Je suis éblouie et angoissée à la fois, ne sachant que dire. Échapper à la misère, au trottoir, devenir l'épouse de ce splendide Indien au visage d'oiseau royal, ça serait trop beau, c'est un rêve. Je ne suis pas amoureuse de lui, mais on ne sait jamais, je pourrais le devenir.

Ici, on serait à l'abri, les enfants et moi, même si c'est un peu grandiose, s'il y a trop de meubles, de buffets vitrés et de fauteuils ; ça doit être dur de ne rien salir. La cuisine est trop propre, trop bien rangée. Ces parures de plumes enfermées dans des vitrines, c'est sinistre, on est comme dans un musée. Et les enfants de l'Indien, que vont-ils dire ? Le fils a quinze ans, il va encore à l'école. La jeune fille a dix-neuf ans, elle fait de la sculpture et se trouve enceinte d'un Noir auquel elle est fiancée dans un HLM voisin, sa mère n'en a rien su. C'est bien du malheur à assumer, il faut encore s'en montrer digne !

C'est dit. L'Indien noir me reconduit à l'hôtel et il viendra nous chercher demain, les gosses et moi. C'est la vieille qui va être étonnée, dévorée de curiosité ! Oui madame, je vais me mettre en ménage avec un Indien qui porte de grandes couronnes de plumes qui descendent jusqu'aux pieds, le dimanche dans un club où on cultive d'anciennes traditions !

Oui, il connaît les secrets, la magie, il tire avec des arcs redoutables, hauts comme lui ! Oui, il se peint le corps les jours de cérémonie, et il a des tatouages sacrés ! Je serai indienne, madame !

Mes gosses n'ont pas dit non. On se prépare pour la nouvelle aventure. Je mets le sapin de Noël à la poubelle. On emballe les singes en peluche, les poupées, nos hardes, le réchaud et les casseroles, mes boucles d'oreilles. Je donne mon congé. La vieille est incrédule, elle me répète encore avant que je parte :

— Êtes-vous bien sûre que vous n'allez pas regretter la chambre ?

Puis elle ajoute, comme à regret :

— Enfin, je vous souhaite d'être heureuse.

Elle assiste au départ. L'Indien noir arrive à midi, on enfourne dans le coffre de sa voiture les valises râpées et ventrues, quelques cartons dépenaillés. Les enfants et moi, trônant à l'avant, on agite nos mains pour la vieille qui nous crie :

— *Auf Wiedersehen, alles gute !*

On s'en va dans la majestueuse voiture blanche de l'Indien noir.

Les HLM sont étincelants sous la neige, c'est plein d'enfants nègres qui jouent devant les portes.

On pénètre dans notre nouveau palais où la jeune fille blonde passe l'aspirateur. Le jeune homme noir est là aussi. Ils nous regardent avec curiosité, avec méfiance. Bien sûr, ils se demandent ce qu'on vient foutre chez eux, et pourquoi c'est moi qui vais prendre la place de leur mère dans le lit conjugal déserté. Je suis mal à l'aise et n'ose pas les regarder dans les yeux. La jeune fille porte avec courage son gros ventre sous une large blouse bleue, ses beaux cheveux tirés en arrière, en une sage queue-de-cheval.

Mes gosses auront leur chambre à eux, chacun un lit, c'est du luxe ! On mange tous ensemble à la cuisine. Avant de repartir à la caserne où il est sergent dans l'armée américaine, l'Indien noir donne ses ordres pour l'après-midi. Il me montre la salle de bains :

— Voici la place des brosses à dents, celle des linges de toilette. Là, par terre, vous avez à droite les chaussettes à raccommoder, à gauche un tas de linge sale. Ma fille vous montrera la machine à laver qui se trouve à la cave. Elle vous aidera. Il faut aussi enlever la poussière sur les vitrines et la télévision. Le soir, en attendant que je rentre, vous pourrez regarder des films en raccommodant des chaussettes. Voilà, j'espère que tout ira bien et que vous vous plairez chez moi. *Good bye darling*, à ce soir.

Et il m'embrasse sur le front.

Seigneur Jésus, dans quel guêpier me suis-je fourrée ! Au secours ! C'est l'asphyxie, le ménage, les chaussettes à perpétuité ! L'esclavage ! Il me prend une envie sauvage de tout démolir, les vitrines trop bien astiquées, mettre le feu aux plumes, aux tapis, et s'enfuir, bon sang, s'en aller d'ici au plus vite ! Ils sont fous ces Indiens avec leur propreté et leur manie de vouloir être civilisés ! J'aurais dû m'en douter, en voyant ces longues façades de HLM sans âme, alignées comme des morgues, que les gens y vivaient enfermés dans des cages rembourrées et encaustiquées ! Il n'y a pas une tache, pas un grain de vie nulle part !

Je sens le désespoir monter en moi comme une marée. J'étouffe.

— Mon Dieu, pense aux enfants, je me dis, pense à tes pauvres gosses qui seront enfin au chaud, en sûreté, on aura à bouffer tous les jours !

Oui, mais à quel prix !

Je tiens le coup trois jours. Pas un de plus. De temps en temps, je me cache dans la chambre des gosses pour chialer un bon coup sans être vue. Non, ce n'est pas possible de s'emmerder pareillement dans l'existence !

La première journée, cuisine, lessive, astiquage, télévision et chaussettes, m'a suffi. Un jour entier de foutu, pendant lequel je n'ai pas eu une minute pour voir la neige, jouer avec les gosses. Ah comme je la comprends, celle qui est partie en Grèce ! Oui, restes-y, vautre-toi dans le sable au bord de la mer, ensoleille-toi à en crever ! Fais l'amour avec les arbres ! La télévision pour toi maintenant, c'est le chant des vagues, le vent, l'odeur du thym dans les pinèdes, la divine musique des clochettes de chèvres, et les caresses de ton Grec, sa chaude langue sur ton corps, ses baisers sur ton ventre ! Ne reviens pas, Grecque, ne reviens pas te remettre dans la peau d'une

156

Américaine au milieu des défroques de ton Indien !

L'Indien noir est rentré à minuit. Il me trouve couchée sur le tapis, devant la télévision éteinte, sur un plumard improvisé dans de vieilles fourrures. Je fais semblant de dormir. Peine perdue. Il me prend par la peau du cou et me remet dans son grand lit, devant la photo de sa femme impassible.

Le troisième jour, un dimanche, je me fais conduire avec les enfants chez les Tziganes, en visite. L'Indien paraît inquiet, il doit sentir que je mijote une fugue. Il n'en revient pas de la saleté et du délabrement de la roulotte et des vieux autobus du camp tzigane. Ça le dépasse. Il ne dit rien, mais je vois bien qu'il est touché à l'estomac.

Ah Sonja, Tata, enfants ! Quelle merveille d'être assis avec vous dans votre roulotte, de voir Yulishka danser de ses adorables pieds nus sur le divan râpé, taché, couvert de poils de chien et de chat ! Ah divin parfum de la poule dominicale volée qui gargouille doucement dans les *Knödel* !

Puissantes vagues régénératrices des ordures qui nous pénètrent, arrachées par la pluie, des tripes de la montagne cuite sous le soleil et la neige ! On est nourri, bercé, hypnotisé par les effluves de l'énorme Merde originelle qui nous rassemble sous son ventre comme un troupeau de poussins affamés !

Que peut-il nous arriver de meilleur que d'être là tous en famille, au cœur des ordures, dans notre vieille roulotte branlante rongée par le vent, en train de dévorer un coriace volatile dérobé ? C'est là qu'on a chaud, qu'on est heureux, le grand rire tzigane du Tata fait trembler la roulotte. Les souris grignotent l'armoire. Le chien et le chat se roulent dans les flaques de pipi et les crottins. Yulishka tangue de main en main, son petit derrière nu se trémousse, elle passe du rire aux larmes. Les gamins hurlent et s'arrachent les cheveux et la radio crachote sa petite musique.

Maria l'Autrichienne vient en visite, ses cheveux roux fraîchement frisés, plus flamboyants que jamais. Elle est triste, car son Joseph noir va bientôt partir pour l'Amérique, son temps de service dans l'armée est fini.

Notre ancienne petite roulotte vermoulue est toujours là, fermée par la ficelle, amarrée à la grande roulotte familiale. Plus personne ne l'habite.

Je vais dans la roulotte-bureau et je téléphone à l'Indien noir. Je lui dis que c'est fini, qu'on ne reviendra plus. À ses « pourquoi » désolés, je réponds tranquillement que chez lui on ne s'y plaît pas, que ce n'est pas une roulotte, que le toit n'est pas percé et qu'il ne pleut pas à l'intérieur, alors on ne se sent pas chez nous. Et, de plus, ce n'est pas assez sale. Il est sincèrement peiné, mais il répond qu'il ne peut rien y changer, les choses sont comme elles sont. On se quitte sans trop d'amertume. Il doit me prendre pour une folle ! Tant mieux.

Ah Liberté ! On ne te payera jamais assez cher ! Pour fêter ça, j'emmène les enfants dans un petit bar nègre près des casernes. Je n'ai pas un sou, toutes nos affaires sont restées chez l'Indien. Il n'y a plus qu'à s'en remettre au Destin !

À neuf heures du soir, on est encore là, dans la musique et la fumée, gorgés de Coca-Cola, on a dansé aussi tout notre soûl. Je dis aux Noirs qu'on ne sait pas où aller. Deux grands gaillards se sont attendris, ils prennent chacun un de mes gosses sur leurs épaules, et en route ! Jusqu'à la porte de leur caserne, à grandes enjambées dans la neige. Ils nous laissent en attente et reviennent après un moment avec de l'argent, du chewing-gum et des bonbons. Hop, ils reprennent les enfants sur leur dos, et on va tous ensemble s'asseoir dans l'autobus qui descend vers la ville.

En ce temps-là, notre destin, c'était des Noirs au sourire et aux épaules vastes comme l'océan, sur eux on voguait en sécurité, ils nous amenaient au port. Ces soldats noirs, ils avaient un cœur éclatant comme leurs dents blanches, leurs mains c'étaient nos oreillers, leurs corps c'étaient nos maisons, nos havres dans les naufrages. Ah comme ils brillaient sombrement dans la neige ! Comme leur douce peau noire rayonnait, malgré le froid qui nous cinglait le visage ! Comme ils étaient chauds et bons sous leurs uniformes verts ! Leur cœur faisait fondre l'hiver.

Avec mes enfants ils étaient doux comme des papas. Mes gosses ont eu en Allemagne des centaines de pères magnifiquement noirs et tendres, comme on n'en a plus jamais retrouvé depuis.

On débarque enfin à notre ancien hôtel à dix heures du soir passées. Les Noirs portent toujours sur leurs épaules les enfants endormis. L'un d'eux nous quitte devant la porte. On sonne. La vieille vient nous ouvrir. Elle reste stupéfaite, muette d'étonnement et de frayeur, un vague sourire un peu ironique au coin de la lèvre.

Je commence une litanie à attendrir une momie d'Égypte. Ce n'est pas une mince affaire que d'humecter son vieux cœur. Finalement c'est la vision des gosses aux yeux clignotants, à la tête dodelinante dans les bras du Noir, qui l'emporte. Elle va chercher la clef et elle nous ouvre notre ancienne chambre qui sent l'eau de Javel, elle a été dûment récurée, mais par miracle elle est encore vide.

Et voilà, on est de nouveau chez nous, dans notre vieille galère. Les gosses sont bientôt endormis, ils sont tout contents d'être revenus dans leur ancien lit.

Le Noir me tend un billet de vingt dollars, les yeux humides de bonheur à la pensée de la nuit qui va suivre. Oui, tu auras ta nuit de douceur, toi qui nous as tirés de l'angoisse. La neige, le froid sont restés à la porte, dans l'hiver. Ici c'est le soleil de nos corps réunis, l'allégresse perdue et retrouvée, le sang qui ressuscite. C'est l'amour noir, l'amour sorcier de l'Afrique !

Le lendemain, on va chercher nos affaires avec un ami, en voiture. L'Indien noir est absent. C'est la jeune fille qui vient nous ouvrir. Elle est en plein dans les lessives, un deuxième tablier noué autour du premier, radieuse. Elle a l'air bien contente qu'on débarrasse la chambre. On ramasse tout et on s'en va. Les HLM s'estompent dans un brouillard vengeur. Qu'elles s'évaporent à tout jamais, ces géantes cages frigorifiques à geler nos rêves !

Munich est constellé de dancings. Je vais de l'un à l'autre comme une abeille. C'est plein d'amants partout. Il n'y a qu'à entrer, s'asseoir à une table, dans une petite robe de couleur vive, les cheveux défaits. Il y a toujours un Noir qui s'incline, qui m'invite à danser, à boire, à manger. Dans la fumée et la musique, il me semble que j'ai toujours été là, dans cet océan nègre. Leur âcre odeur d'épice, c'est ma drogue. Je suis née là ; dans leurs bras noirs, dans l'éblouissement de leurs visages.

Quand à minuit la Military Police en uniforme blanc vient s'encadrer aux portes, on s'enfile dans un taxi, toujours serrés, collés l'un à l'autre, je dis le nom de l'hôtel d'une voix étouffée, on s'embrasse tout le long de l'avenue dans les lumières. On s'aimera jusqu'au matin sur le vieux divan qui rend l'âme, dans l'œil tremblant du réverbère.

C'est à cette époque que j'ai rencontré le « Petit Chou-Chou noir à cheveux rouges ». Je ne sais plus son nom. Son étrange visage métissé de

1ois et de Noir, sa tignasse qui flambe en une
mousse crépue, sont restés présents dans ma mémoire. Aussi sa brutalité, son grand sexe agressif
et recourbé, d'une délicate nuance café au lait,
l'extrémité plus claire que la tige. Ce sont ces
membres courbes, si dangereux, qu'on rencontre parfois chez les Noirs. Il y en a qui remontent, comme des arcs bien tendus, finissant en
pointe, et d'autres qui penchent vers le sol,
bombés et durs. De toute façon ça fait très mal,
ça déchire la chair, mais s'ils prennent la peine
de l'entrer doucement, progressivement, en bou-
geant à peine, par tout petits coups en le retirant
plus qu'en avançant, le mal se change en une
douceur terrible qui gonfle à l'intérieur du corps
et le fait éclater par vagues successives. C'est
peut-être un des sommets de la volupté char-
nelle si on sait s'y prendre. L'extrémité dévo-
reuse du sexe va se plonger tout au fond, dans
les zones interdites, où la douleur touche à
une grandiose et déchirante caresse. Les Noirs
pourvus de ces organes courbes sont durs, violents, égoïstes, et ils font l'amour sans pitié et
sans trêve. C'est l'arc de chair qui mène le jeu et
la bagarre, c'est lui le maître. Malheur à celles
qui tombent sous sa coupe ! Elles sont vite ré-
duites à la soumission totale. La fascination
exercée par le poignard courbe est absolue, nulle
n'y résiste.

Le Petit Chou-Chou noir à cheveux rouges
adore son propre sexe. Il le contemple, nu, et le
fait vibrer de la main. Il le voit se dresser contre

son ventre en plongeant brusquement sa pointe en avant, avec une fierté de guerrier vainqueur.

D'abord il me le donne à regarder dans le silence, cuisses écartées, debout sur le sol de la chambre comme une statue de cruauté. Ses dimensions surnaturelles réduisent mon corps au sommeil, à l'attente, l'acte se passe en adoration et en prière. On peut être sacrifiée avec joie à une lame d'une telle beauté.

Elle se recourbe à l'intérieur de moi comme si elle me traversait tout entière. Je vois voler des étincelles sous mes paupières, tandis que bouillonne mon ventre, en explosant comme un raz de marée.

Dans la toison rouge de son crâne, j'enfouis ma bouche, je plonge mes narines dans son crin rugueux, pour mieux sentir l'odeur âpre de la négritude.

Il n'y a rien de plus doux que d'épaisses lèvres de Noir. On y repose sa bouche comme sur des coussins de soie, elles ont un goût de cannelle et de muscade, elles sont magnifiquement bleutées et tendres. On peut les mordre aussi sans craindre de les blesser. Leur chair est comme du champignon, élastique et poivrée, mouillée et rafraîchissante.

Lui aussi, on ne l'a pas gardé longtemps. Il a passé une nuit avec moi et il a disparu dans les geôles de l'armée américaine. On ne l'a revu que longtemps après.

Ce n'est pas tous les jours fête. Passé le cap de la première semaine du mois, les soldats noirs sont à sec, ils n'ont plus de dollars. Il faut se contenter de vivre au jour le jour, la nuit à la nuit, en marchant furtivement dans la rue pour se cacher des flics.

Je sors toutes les nuits quand les enfants sont couchés. Je vais en rasant les murs, j'ai mes rues cachées et mes allées désertes où je suis sûre d'être suivie sans que ce soit la police.

La plupart des voitures s'arrêtent au ras du trottoir, à la sauvette, elles me font signe avec leurs phares en ralentissant quelques secondes, le temps de sauter à l'intérieur.

Une fois, je m'en souviens, à minuit, une grande voiture bleu sombre me ramasse derrière une église.

On roule vire, sans échanger autre chose que les « bonsoir » d'usage. C'est un monsieur allemand chauve et circonspect, il paraît timide, et bien éduqué.

On s'arrête un peu plus loin devant une rangée de vieilles maisons bourgeoises aux balcons sculptés, toutes les fenêtres sont éteintes.

Il a la clef de la grande porte d'entrée et me fait monter l'escalier en silence jusqu'au premier étage, il semble inquiet jusqu'à ce qu'on soit entrés dans l'appartement.

C'est bien beau ici. Tout y respire une odeur de famille et de vie aisée, étouffée par d'épais tapis, baignée de lumière tendre, parmi les tableaux et les objets d'art.

Il me fait entrer dans son bureau, après av[...]
suspendu mon manteau au vestibule.

— Asseyez-vous, je vous en prie. Buvez-vous
un cognac ? Nous allons discuter un petit moment, je vais vous expliquer ce que je veux de
vous.

Il verse dans des verres ventrus un des meil-
leurs cognacs, d'une fine couleur d'or bruni, au
parfum violent. Il lève le sien.

— *Prost !* dit-il. Je m'appelle Fritz. Dis-moi
tu, puisque nous sommes des amis maintenant.

Nous buvons. Il m'allume une cigarette, qu'il
m'offre d'un paquet enluminé de dorures. Il
continue d'une voix paisible :

— Je veux être ton esclave. J'ai soixante-dix
ans, avec moi tu ne risques rien. Je suis très doux,
très obéissant, j'aime à recevoir des ordres. Il
faudra me parler durement. Ce que je veux recevoir de toi, ce sont des coups, et différentes
choses que je t'expliquerai. Je te donne soixante-
dix marks. C'est mon prix, et si je suis content,
nous nous reverrons.

Je dis oui, je n'ai pas le choix. Il est tard déjà, je
n'en peux plus de marcher dehors, dans la neige,
avec la peur au ventre.

— Voici : tout d'abord, tu m'attacheras au
pied du divan, sur le tapis, avec des cordes, très
serré, que je ne puisse plus bouger. Je serai nu.
Tu resteras assise sur le canapé, ayant gardé ton
soutien-gorge noir, ta ceinture, tes bas et tes souliers à talons. J'espère qu'ils sont suffisamment
pointus.

Je les lui montre. Par bonheur, j'ai mis mes souliers du dimanche à talons aiguilles.

— *Wunderschön.* Tu les tiendras à la main, et tu me les enfonceras dans le ventre en appuyant fort, il ne faut pas craindre de me faire mal, même si je crie.

Il se lève, et va chercher un fouet à fine lanière de cuir dans l'armoire, dissimulé derrière des classeurs reliés en rouge. Il me le tend.

— Tu me donneras des coups sur tout le corps, tu me tourneras sur le ventre et tu me donneras une bonne fessée, mais attention de ne pas faire trop de bruit, à cause des voisins.

« Ensuite, tu monteras sur moi avec tes souliers et tu marcheras sur mon ventre et sur ma poitrine, je suis fort et je le supporte.

« Et puis tu m'attacheras les parties sexuelles avec ce foulard (il sort d'un tiroir de son bureau un foulard de soie bleue à grosses fleurs). Tu prendras le fouet et tu me frapperas tout autour, assez fort, tu me donneras aussi quelques coups sur la verge quand je te dirai. En même temps, tu me prendras les pointes des seins entre tes ongles et tu les pinceras en les tordant, et en me disant des injures. Tu m'appelleras ton chien, ton ordure, tu me cracheras au visage et dans la bouche.

« Pour finir, quand je serai bien excité, tu te mettras sur moi à l'envers et tu feras pipi dans ma bouche. Crois-tu que tu pourras le faire ? » me demande-t-il avec inquiétude.

J'hésite à répondre. Ça sera bien la chose la plus répugnante que j'aurai jamais faite. Je ne peux même plus boire mon cognac, dont la saveur tout à coup me paraît amère. Pourtant je dis :

— Peut-être.

— Nous mettrons un linge sur le tapis pour ne rien salir.

Il me donne les soixante-dix marks et on se déshabille. Je reste à demi vêtue, comme il me l'a ordonné.

Nu sur le tapis à mes pieds, les poignets et les chevilles attachés par une cordelette, il me regarde fixement d'un œil humble sous ses lunettes cerclées d'or, avec une sorte de sourire.

Je me penche vers lui, j'enfonce les talons pointus de mes souliers dans sa peau qui résiste. Il gémit à peine, en tressaillant sous les piqûres.

Une lampe à l'abat-jour de parchemin nous éclaire depuis son bureau. Contre le mur, en face de nous, une grande horloge bat doucement à coups amples de son balancier de cuivre. À travers les rideaux de tulle, je vois la neige tourbillonner à la lueur d'un réverbère. Tout est silence autour de nous.

Je prends le fouet. C'est difficile de faire obéir la lanière. Parfois les coups s'égarent sur le tapis, parfois ils touchent juste, dans les replis de l'aine et sur les cuisses velues, où des rayures rouges se marquent peu à peu.

Je frappe régulièrement, tantôt vite, tantôt lentement pour lui laisser l'effet de la surprise. Des gouttes de sueur ruissellent sur son front. Il pousse de petits gloussements, et souffle fort avec un gargouillis au fond des bronches en reprenant de l'air.

Je le retourne sur le ventre et je cingle ses fesses ridées à grands coups de lanière. Il est zébré du haut en bas de balafres écarlates.

Je marche sur lui. Il crie :

— Ah que ça me fait mal ! Continue, surtout, continue !

Puis je le laisse reposer un peu pendant que j'attache ses choses avec le foulard, c'est un travail délicat. Je dois m'y reprendre à trois fois.

— Serre, serre plus fort ! Vas-y, tire de toutes tes forces ! Comme si tu voulais me les arracher ! Prends le fouet, et tape-moi tout autour, sur les cuisses, sur le ventre, tape aussi sur la verge, *ja ja*, griffe-moi, maintenant, griffe-moi jusqu'au sang !

La pointe flasque de ses seins pincée et tordue bleuit sous mes ongles. Je lui crache à la figure, il ouvre la bouche pour recevoir ma salive, tout son corps fait des sauts. Je gueule :

— Chien, ordure, saloperie !

— Marche sur moi maintenant, oui, monte sur mon ventre, avec tes talons pointus, enfonce-les bien profond dans ma peau, transperce-moi ! *Ach Liebling*, comme c'est bon ! Assieds-toi sur moi, oui, pisse-moi dans la bouche, je veux boire ton pipi !

J'ai cru que je n'y arriverais jamais. Il m'encourage de la voix, il supplie, avec une angoisse grandissante :

— Pisse, pisse, pisse !

Pendant d'interminables secondes, je me suis forcée en fermant les yeux. Quand une seule goutte est enfin tombée, suivie d'un court jet brûlant, dans sa bouche et sur sa poitrine, il a crié :

— Merci, oh merci !

Et dans ma bouche attentive a giclé son vieux foutre épais, par saccades, jusqu'au fond de ma gorge.

On boit encore un peu de cognac avant de se quitter.

— Je suis content, je suis très content, me dit-il. Pour moi, il me faut une femme cruelle. Si elle n'a pas la cravache à la main, elle ne me plaît pas. Un homme se sent lié à la femme qui le bat. Il ne la quittera plus jamais.

On se sépare courtoisement sur le pas de la porte. Mon hôtel n'est pas loin, et puis il est fatigué. Il s'excuse, s'étant déjà mis en pyjama, de ne pas me raccompagner.

Un soir où je me donne congé, je vais au cinéma voir le film *Rome, ville ouverte*. La salle est comble, il n'y a que des Allemands. Le silence du public, pendant les scènes de torture des gars de la Résistance, est absolu. Sur l'écran, une grande espionne dégingandée vient toucher le prix de sa trahison : un manteau de vison, pendant que son amant agonise, après un interrogatoire qu'elle a écouté, cachée dans la pièce à côté. C'est étrange de voir un tel film ici, en Allemagne. Leur silence en dit long.

Toutes les nuits, maintenant, je joue à cache-cache avec les flics. À trois heures du matin sur la Leopoldstraße, c'est l'heure la plus dangereuse.

De loin, je distingue déjà avant de les voir le petit ronron assourdi de leurs poux blancs et verts, toutes les cinq voitures, je n'en manque pas une. Jamais ils n'ont pu me prendre au piège. Jamais on ne m'a demandé mes papiers. La nuit, je marche d'un pas égal et tranquille, les yeux au ciel, comme une étudiante qui rentre chez elle après une sage soirée. Sous la neige, je valse au ralenti sous mon parapluie.

Quand ils se rapprochent et s'arrêtent, tout contre le trottoir, leurs deux tronches de musaraignes écrasées contre la vitre, je ne fais pas un geste, je n'ai pas un sursaut, pas un clignement d'yeux qui me trahisse. Ils m'épient, ils me suivent pas à pas. Je ne bronche pas, je marche toujours en regardant la lune. Déçus, rageusement piquant du moteur, ils s'éloignent. Je les ai eus une fois de plus !

Derrière les chevelures de diamant des jets d'eau, dans des renfoncements sombres aux flancs des universités, la nuit cache des nids de policiers aux aguets.

Il faut se méfier de ces voitures parquées loin des autres, elles couvent leurs flics jumeaux tapis dans l'ombre, tous feux éteints. Ne jamais s'arrêter, se laisser accoster, ou monter en voiture devant eux.

Combien de fois j'ai vu le brouillard s'allumer, la neige étinceler sous un brusque éclairage de phares, au détour d'un trottoir, quand je m'y attendais le moins.

Une fois, j'en ai vu quatre, qui bourraient à le faire éclater un de ces morpions mécaniques, et la seconde d'avant on ne distinguait rien qu'une petite carrosserie bien douce éteinte dans la neige, contre un mur.

On nous guette de tous côtés. Ici c'est la zone interdite, la *Sperrgrenze*. Pas une fille ne s'y promène la nuit. L'avenue est vide, léchée par la vertu du haut en bas. C'est bien pour ça que j'y marche. Plus loin, place de la Liberté, les femmes frigorifiées grelottent, alignées dans la neige avec leurs caniches. Elles, ce sont les officielles. Quand je passe d'aventure à côté d'elles, elles m'envoient des regards furieux. Je m'éloigne à toute vitesse.

Ce n'est pas chaque nuit qu'on fait fortune. Parfois on marche des heures pour rien.

Un matin, j'ai dû attacher aux pieds de mon fils, par-dessus ses souliers troués, deux cornets de plastique et il a marché à côté de moi dans ces bottillons de misère jusqu'à ce qu'ils lâchent à leur tour. Je l'ai porté jusqu'à un magasin, tout le long de l'avenue dans la boue, et je lui ai acheté des bottes rouges en caoutchouc pour dix marks, mon ultime billet rose de la journée.

Un matin, c'est le dernier acte de notre vie à l'hôtel de l'Ohmstraße. La vieille est venue à dix heures dans notre chambre. Elle siffle comme un dindon en colère, tournant et criant tout autour du lit où je suis étendue, un journal à la main. Je n'ai même pas levé la tête. De temps en temps, je me contente de dire :

— *Ja ja.*

Je me marre doucement. Ça chauffe !

Elle m'accuse d'être la honte de l'hôtel.

— Et qu'est-ce que c'est que tous ces nègres qui viennent la nuit jeter des boules de neige contre vos volets ? Toute la rue en parle ! Cela nuit au bon renom de la maison !

Pauvre folle. Mais elle rêve, cette antique hyène édentée !

En fait je n'en mène pas large. Ça sent le roussi ce matin ! Mais si elle croit que je vais m'effondrer, elle se trompe. Je pars d'un tel éclat de rire qu'elle s'interrompt, suffoquée. Elle me jette :

— La patronne va vous chasser, vous verrez ! Vous êtes convoquée dans son bureau avant midi. Je vous ai avertie !

Elle part en claquant la porte.

Heureusement, j'ai des économies dans une enveloppe. Cinq cents marks, arrachés à la neige, aux voitures glacées, aux ressorts acérés du divan. Je me sens forte. L'avenir repose solidement sur cette enveloppe ! Je la contemple avec tendresse, dans sa cachette de l'armoire, au fond d'une de mes bottes. Rien à craindre, maintenant qu'on est riches !

Ça n'a pas traîné. Dans son bureau, la patronne aux durs yeux bleus a rendu sa sentence : elle nous tolère jusqu'à la fin du mois. Elle a promis la chambre à des Anglais pour le mois d'avril prochain, ils l'ont réservée. Nous voilà sur le pavé. Elle a parlé d'une voix douce, très ferme. Je vois dans son regard que c'est le terminus. Encore heureux qu'elle nous ait supportés si longtemps, qu'elle ne nous ait pas livrés aux flics. Merci madame. Votre pitié s'est tarie, voilà tout !

J'achète le journal, je passe des dizaines de coups de téléphone dans une cabine. Partout on refuse de me loger avec les gosses. Ici on n'aime que les chiens de race, ces petits bassets courts sur pattes si difformes, qui sont leurs idoles nationales. Je ne peux pas transformer mes enfants en chiens pour plaire aux logeuses !

Je suis forcée de mettre mes gosses dans un home tenu par des religieuses, celui où sont les jeunes filles tziganes. La pension n'est pas chère, mais c'est la fin de notre vie de famille.

J'ai vu dans le journal une petite annonce disant qu'on loue une chambre « même à une serveuse de café travaillant la nuit ». Je vais voir à l'adresse indiquée.

C'est un grand immeuble en briques rouges noircies, crevassé et bruyant, au bord d'une avenue où passe le tram, plus bas dans le quartier artiste.

La réception est coriace.

— Ici, si on veut voir la chambre, on paie d'avance. Payez et vous monterez, me dit un vieux Juif dans un bureau minuscule, flanqué d'une petite vieille tordue de rhumatismes qui l'approuve en toussant.

J'allonge deux cents marks, les derniers qui me restent après avoir payé la pension des gosses.

Je monte au troisième étage visiter un boyau obscur encombré d'une armoire, d'un lit et d'une chaise. Une table rachitique branlotte contre le mur. Je suis bien obligée de la prendre, maintenant que j'ai versé l'argent. J'emménagerai demain.

J'ai conduit ce matin les enfants dans le home. J'ai pleuré ensuite. J'irai les voir dimanche et nous irons ensemble au camp tzigane passer la journée.

Dans la chambre de l'Ohmstraße, l'après-midi du dernier jour, notre vieux lit a rendu l'âme. Dans un craquement formidable, il s'est effondré sous un grand Noir rempli d'ardeur et l'on s'est retrouvés sur le sol, dans les débris des dernières traverses, le Noir resté coincé dans le cadre est parti d'un sonore éclat de rire. Ainsi a fini dans un chant de planches brisées et dans la joie le vieux lit des douleurs du temps de Bill.

LA GRANDE MAISON ROUGE

Je traîne mes valises sur l'avenue. Le grand immeuble rouge m'attend. Des troupeaux d'hommes montent la garde sur le trottoir, les yeux rivés sur la façade aux cent fenêtres. Ici et là, furtive, une silhouette de femme en chemise de nuit passe derrière les rideaux. Du linge claque au vent sur des ficelles. Des visages nous regardent, collés aux vitres.

La porte d'entrée est fendue, elle n'a plus de poignée ni de serrure. Les quelques marches qui y conduisent sont cassées et souillées de mégots nageant dans des flaques jaunes.

Quatre étages. L'escalier intérieur est étroit, encombré d'Allemands et de soldats noirs qui montent et descendent, en sonnant aux portes. Sur chaque palier, trois portes de bois pisseux, crevassées par les coups de pied.

À chaque porte, une sonnette, surmontée d'une quantité de prénoms écrits à la main sur des rectangles de papier ou de carton. Je lis en passant : Helen, Mina, Mélitta, Helga, Rosmarie,

Charlotte. Les portes ouvrent sur des vestibules sombres aux tapisseries déchirées, sur lesquels donnent les chambres.

Au fond il y a les toilettes, minuscule alvéole puante, la cuvette est toujours bouchée et l'urine coule sous la porte. À côté, la salle de bains luisante de crasse, sans eau chaude, à la baignoire encombrée de seaux où trempent des serviettes dans une âcre odeur d'eau de Javel. Personne ne s'y baigne jamais.

Au-dessus du lavabo branlant sont fixés les restes d'un miroir. Parmi les taches de rouille et les brisures, le visage apparaît déformé comme s'il sortait d'un autre monde.

Pendant que je déballe mes valises, la porte en face de la mienne s'est ouverte. La grosse Helen, dite « Big Mamma Shakespeare », sort dans le vestibule dans sa combinaison trouée sous une vieille gabardine beige, sa figure poupine encore gonflée de sommeil encadrée de tire-bouchons en cheveux jaunes. Elle me salue très poliment.

On échange quelques mots. Elle, c'est une Russe blanche de cinquante ans passés, venue de la campagne et des steppes il y a très longtemps. Elle a été mariée à un Allemand. Sa fille est en Amérique.

On l'a surnommée « Big Mamma Shakespeare » parce qu'elle possède un volume de théâtre anglais aligné sur une planchette avec des romans policiers.

Sa chambre est plus petite que la mienne, c'est la moins chère de l'étage. On peut à peine s'y tenir debout dans un étroit espace entre le lit et le mur. Il n'y a de place ni pour le réchaud à gaz ni pour son armoire, qui ont émigré au vestibule. Elle n'a qu'un unique meuble, un vieux carton à chaussures coquettement recouvert d'une étoffe à fleurs où elle met sa vaisselle. Dessus, elle a posé la photo de sa fille entre deux bouquets de roses artificielles et une petite poupée en celluloïd à la jupe de plumes. Au mur, des cartes postales d'Amérique en couleurs.

Pieds nus, une cuvette à la main, elle va chercher de l'eau à la salle de bains et retourne dans sa chambre. Comme elle m'a prise en amitié, elle m'explique qu'il faut se désinfecter à l'eau de Javel, c'est plus sûr. Je dis oui pour lui faire plaisir. Elle doit avoir un vagin de jument ! Moi, en tout cas, je ne m'y risquerais pas.

D'une monumentale marmite qu'elle a mise à bouillir sur le réchaud, à côté de sa porte, s'échappe une acide vapeur de choucroute où baignent des pieds de cochon. C'est son plat préféré.

Elle se fait aussi une salade verte nageant dans du lait aigre, à la russe. Elle mange dans le corridor, sur une petite table recouverte d'une nappe à carreaux bleus et blancs, et se verse de grands verres de vodka ou de bière.

D'une chambre contiguë émerge Mélitta dans un peignoir rose, enceinte, les cheveux brûlés par les permanentes, une grande bouche comme un camélia sanglant dans un visage de craie. Elle a quatre gosses qui sont placés à la campagne, son mari est au pénitencier. Par sa porte ouverte sort une musique de valse viennoise, mêlée aux pépiements de ses canaris.

L'enfant qu'elle attend, c'est celui de son ami Jimmy, un petit noiraud frisé, aux fesses bien moulées dans un pantalon au pli impeccable, toujours la cigarette aux lèvres. Il joue aux cartes pendant des heures sur la table du vestibule et il ne lève même pas la tête quand passent les soldats en caleçon qui se rendent aux toilettes. Le soir, il sort un moment pour que Mélitta soit tranquille. Elle l'accompagne sur le palier et ramène aussitôt un soldat qu'elle fait prestement disparaître dans sa chambre. Elle ne prend que des Blancs, les Noirs, Jimmy ne lui permet pas.

Au fond du couloir il y a Helga, enceinte elle aussi. Son ami a perdu tout leur argent au casino. Elle reste seule ; lui, il est en prison pour dettes. Elle m'a montré un jour sa photo : un visage carré, un menton de gangster, des yeux dominateurs. Helga est blonde avec des yeux bleus, une fossette rieuse au menton, bien qu'elle ait toujours l'air d'avoir pleuré en cachette.

À côté de moi habite Maria, une petite Yougoslave aux yeux verts, à la poitrine menue, au chignon d'écolière serré sur la nuque. Elle s'est sauvée de son pays avec un gosse. Il rit sur la commode, en photo. Horst, le fiancé allemand qu'elle a rencontré un soir, à qui elle a demandé cent marks qu'elle lui a rendus après parce qu'elle en est tombée amoureuse, joue de la batterie dans un orchestre de jazz. Elle ne peut pas faire grand-chose car son fiancé la surveille. Le matin très tôt, sous prétexte d'aller faire des commissions, elle va dans les petits bistrots près de la gare où les voyageurs de commerce viennent boire leur café, et elle en prend un ou deux, pas plus, dans une pension qu'elle connaît. C'est elle qui me l'a raconté, un soir où Horst était à son travail.

Dans la dernière chambre à droite de l'entrée, à côté de l'armoire d'Helen, se terre Anne-Marie, une malade.

Ce soir c'est *pay-day*, le jour de paie de l'armée américaine. Toute la nuit, la maison résonne du pas des soldats. Ça gueule, ça trépigne, ça chante du haut en bas.

Personne ne dort. Des grappes de Noirs obstruent les portes des paliers, les pieds dans un lac d'urine, accrochés aux sonnettes. Une odeur de fauve remplit le couloir.

Le long de la montée, les fenêtres aux vitres cassées s'ouvrent comme des bouches béantes. Les bouteilles vides lancées depuis le quatrième s'écrasent au rez-de-chaussée dans une flaque innommable où nagent des fleurs, des mégots, des journaux. On patauge, on s'agrippe à la rampe pour laisser passer des troupeaux de nègres en uniforme qui montent.

Toute la nuit il y a eu des bagarres, des hurlements, des bruits de chute, des coups. Deux flics en civil montent la garde au rez-de-chaussée, appuyés au mur. Quand ils en ont marre de rester debout, ils s'assoient sur l'escalier.

Dans certaines chambres on reçoit des Noirs, dans d'autres, des Blancs. Les soldats en caleçon font la navette entre les cabinets et le lavabo de la salle de bains, une serviette à la main. En se croisant dans le corridor, ils se disent « hello » sans aucune gêne.

Il y a aussi quelques Allemands, mais comme le dit Helen, les soirs de paie ils ont la trouille, alors ils préfèrent venir l'après-midi ou le reste du mois quand les soldats sont fauchés.

Pendant des heures, la baraque a tremblé, hurlé, ébranlée par les claquements des portes, les jurons en allemand et en anglais, les cris hystériques des filles. Le bruit est si fort qu'on n'entend même plus la musique des pick-up et des télévisions qui marchent à toute volée.

Tout transpire d'une chambre à l'autre. Le vieux Juif qui possède la maison a fait construire de misérables parois de carton pour gagner de la place et doubler le nombre des chambres. Les meubles bon marché rescapés des casernes américaines s'écroulent au moindre souffle, se fendent, perdent leurs pieds.

À six heures du matin, après une accalmie, arrive une nouvelle vague de cris et de coups de pied dans les portes. Ce sont les *Halb-Starken*, de jeunes blousons noirs allemands qui ont bu toute la nuit. Ils n'ont plus d'argent et veulent à toute force se faire ouvrir. Personne ne bouge dans les vestibules morts. Les chambres restent fermées. Les Allemands tirent des coups de pistolet à blanc et flanquent des coups de botte à défoncer les murs. Les portes se fendent. Elles tiennent jusqu'à l'arrivée des flics.

Il y a encore, après leur départ, une dernière volée de coups de sonnette à faire sauter nos tympans, des coups frappés sur les portes.

La MP, la Military Police américaine, fait sa tournée pour récupérer les soldats restés endormis. On entend gueuler la phrase rituelle dans les couloirs :

— *Any soldiers here ?*

Puis tout s'apaise. Il est sept heures du matin. Les oiseaux chantent sur les arbres de l'avenue. Le premier tramway passe dans un grincement de ferraille, les concierges sortent les poubelles à grand fracas sur le trottoir.

On va enfin pouvoir dormir. Toute la matinée et jusque tard dans l'après-midi, la maison fait silence, écrasée de sommeil. À peine un peu plus écaillée, lézardée, elle perd ses loquets, ses briques, l'escalier s'effrite, mais elle tient bon, amarrée au trottoir comme un vieux cargo.

On voit l'après-midi le vitrier siffler en équilibre sur une échelle, et un apprenti électricien en blouse blanche remplacer les ampoules éclatées. La vieille du Juif balaie les détritus avec de grands soupirs. On l'appelle d'un étage à l'autre.

Elle monte et descend les marches, exténuée, un seau et une brosse à long manche à la main. C'est elle qui fait tout : elle encaisse les loyers, et ça ne va pas tout seul ; elle remplace les bonbonnes de Butagaz vides, elle prête le fer à

repasser, elle récure l'entrée, l'escalier, les paliers, les vestibules. Elle tient à peine debout, en
pantoufles, un tablier noué sur son corps maigre.

C'est elle pourtant qui me sauvera des flics
beaucoup plus tard, peut-être grâce aux pour-
boires que je n'ai jamais manqué de lui donner.

Vers trois heures de l'après-midi, collée au
mur du rez-de-chaussée, une autre petite vieille
paysanne se tient sans rien dire, portant un
carton où des préservatifs sont dissimulés sous
des bouquets de violettes. Elle a un sourire doux
et usé sous son fichu à fleurs, et des yeux bleus
délavés. Elle reste là immobile tout l'après-midi,
et les messieurs qui montent lui achètent des
bouquets.

Big Mamma Shakespeare sort de son boyau
obscur à six heures du soir. Sa bouilloire chante
sur le réchaud pendant qu'elle fait son lit. On a
décidé qu'on ira danser ensemble, on partagera
les frais de taxi. Je mets ma belle robe rouge en
soie chinoise.

Big Mamma Shakespeare enfile sa vieille robe
de laine bleue fanée, tendue à craquer sur les
outres de sa poitrine. Chaque fois qu'on sonne,
elle se rue à la porte qui est à côté de sa chambre.
Si le type a une gueule qui ne lui revient pas, ou
si elle en a marre qu'on vienne toujours pour
les autres, elle lance quelques insultes en russe
et claque rudement la porte en l'empêchant
d'entrer.

Les autres femmes sont furieuses contre elle,
mais personne n'ose rien lui dire car elles en ont

peur. Mieux vaut ne pas s'y frotter. Avec ses énormes bras, elle serait capable de démolir n'importe qui, même un homme. Elle garde nuit et jour un grand couteau à cran d'arrêt dissimulé dans son corsage. D'une main elle entrouvre la porte et de l'autre elle brandit le couteau, lame ouverte, au nez du visiteur qui recule. Elle lui demande de sa voix rauque :

— *Was wollen Sie ?* Que voulez-vous ?

L'autre fait un saut en arrière. Il y en a quand même un, une fois, qui s'est fâché, un jeune Allemand à l'air sournois. Il a mis son pied dans la porte.

Big Mamma Shakespeare, vociférante, l'a menacé de son couteau. Le type lui a saisi le poignet, cherchant à le lui arracher. On entendait des hurlements de truie qu'on égorge, des gargouillis étranglés, des appels :

— *Hil-fe ! Hil-fe !*

Personne ne bougeait. Les femmes étaient enfermées dans leurs chambres. J'entrouvris tout doucement ma porte. On n'entendait plus rien. Big Mamma Shakespeare, debout dans le corridor, leva ses deux mains pleines de sang comme un Christ antique, et me les montra dans une supplication muette.

Elle gémit comme une petite fille. Les autres sortaient de leurs chambres en chemise de nuit et en peignoir et faisaient cercle autour d'elle.

Le couteau avait disparu avec le type.

On apporta une chaise. Elle s'effondra dessus et commença à nous engueuler :

— Ah vous êtes gentilles, vous autres ! Oui c'est comme ça qu'on me défend, on peut compter sur les amies ! Merci bien ! Allez, ne restez pas comme ça sans rien faire, allez me chercher de l'eau, un mouchoir, et puis il faut que quelqu'un m'accompagne à la police, je vais porter plainte. Et puis j'irai à la permanence me faire panser. Allons, remuez-vous !

Les femmes obéirent. Je suis sûre qu'il n'y en a pas une qui n'ait souhaité, au fond d'elle-même, qu'elle se fasse descendre. Quelques-unes murmuraient derrière son dos :

— C'est bien fait, elle n'avait pas à sortir son couteau. Elle veut toujours être la plus forte. Eh bien, elle a vu, ce coup-ci !

Big Mamma Shakespeare se lamentait :

— Mon couteau ! Mon beau couteau ! Comment est-ce que je vais pouvoir me défendre, maintenant, contre tous ces bandits ? Les cochons, ils ne pensent qu'à baiser ! *Scheiße !*

On finit de se faire belles vers les huit heures du soir, moi dans ma chambre, elle dans le corridor sur une chaise, avant d'aller danser au Birdland, un café de Noirs avec un vieux piano, des lampions de couleur et des palmiers avec des chameaux sur la tapisserie.

D'une main elle tient un miroir, de l'autre elle passe les épingles à Angelika, son amie blonde du vestibule d'en face, qui gonfle en un chignon-miracle les tire-bouchons de cheveux malingres roussis par les permanentes.

On rafraîchit d'un nuage de laque le minable édifice pendant qu'elle s'épile les sourcils d'une petite pince acérée. Ensuite elle les redessine au crayon noir, enduit sa bouche charnue d'un rouge vermillon, passe la houppette ennuagée de poudre sur ses joues lisses de grosse poupée et, tournant vers moi ses minuscules yeux bleus :

— Ça va comme ça, suis-je belle ?

Puis elle se lève, époussette sa robe à deux mains, aussi bombée à l'avant sur son ventre qu'à l'arrière sur sa croupe vertigineuse.

Elle se tapote sous les bras et dans le décolleté avec de l'eau de Cologne, s'accroche une chaîne dorée autour du cou.

La voilà prête. Elle va chercher son vieux manteau noir dans son armoire fermée à clef au fond du vestibule, enfile d'étranges godasses rouges aux talons carrés.

— *So, gehen wir*, dit-elle.

On descend l'escalier en faisant claquer nos talons et en se tenant à la rampe pour ne pas s'étaler dans les flaques avoisinantes. Dans la rue elle me prend le bras. Il y a toujours des taxis qui passent dans l'avenue, on les arrête en sifflant et en levant la main. On embarque toutes les deux dans une voiture, je me tasse tant bien que mal à côté d'elle.

— *Zum Birdland !* dit-elle au chauffeur d'une voix autoritaire. Et n'allez pas trop vite, hein, on arrivera bien assez tôt au Paradis.

185

On tangue dans les avenues illuminées. Big Mamma Shakespeare glousse et s'épanouit d'aise comme une petite fille qui va au bal.

Loin dans une rue tranquille, au fond d'un quartier endormi, niche le café Birdland, tenu par un Grec.

Quelques marches, la porte s'ouvre, on pénètre dans la musique saturée de fumée et de l'odeur des Noirs. C'est plein de petites tables. Les jours de paie on peut à peine entrer, se glisser au milieu des nègres qui dansent et qui sont entassés partout.

Big Mamma Shakespeare est aussitôt accueillie par de vieux sergents burinés à la peau grêlée qui lui ouvrent les bras. Elle s'assied à leur table couverte de bouteilles et d'assiettes sales, où leurs belles casquettes qui brillent nagent dans des flaques de bière.

On lui offre à boire, et un *Wiener-Schnitzel* ruisselant de graisse dans des frites ramollies avec de la salade verte frisée.

Elle danse comme un éléphant bleu ciel tournoyant dans la foule des soldats, sa vaste poitrine sautant en cadence, ses lourdes godasses râpant le plancher, au bras d'un sergent à la peau de suie violacée, dans son uniforme kaki aux décorations dorées.

À côté de la porte, devant une estrade surmontée d'un poussif piano qu'on ne touche jamais, sous les lampions multicolores, deux rangées de Noirs sans femmes dansent une sorte de ballet. Leur peau sombre ruisselle de perles de sueur. Ils frappent dans leurs mains, lèvent le pied tous en même temps, se soulèvent, tournent, retombent, se plient en avant, en arrière, reculent en secouant leurs épaules, et frappent une nouvelle fois dans leurs mains tous ensemble. C'est très beau.

Un grand Noir me prend dans ses bras et nous dansons le blues serrés l'un contre l'autre.

On va boire, danser, manger jusqu'à minuit, heure fatidique où tout soldat doit disparaître des cafés et des rues sous peine de prison. C'est la MP, la Military Police noire, étincelante dans son uniforme blanc, qui vient chasser les soldats attardés. Les flics allemands aux sombres livrées bleu nuit gardent les portes. Tous les soirs ça finit en bagarre.

Il y a des tables renversées, des filles évanouies, giflées, des nègres traversent la salle en vol plané au milieu des cris pour aller s'écraser contre les murs.

Une nuit, le poêle surchauffé a foutu le feu au bistrot. Une autre fois, les vitres et les volets ont été mis en pièces par les soldats déchaînés. Les bouteilles et les chaises volent à hauteur d'homme et quand ça commence, il vaut mieux se tirer en vitesse. Heureusement qu'il y a toujours des taxis qui tournent devant la porte comme un essaim de frelons lumineux, devant les rangées de Cadillac et de Chevrolet qui attendent leur maître.

Je retrouve Big Mamma Shakespeare à la maison. Elle fait frire des œufs dans le vestibule, et par la porte entrouverte de son petit boyau on voit les pieds d'un sergent qui dépassent, il fume couché sur le lit en attendant son repas.

Au milieu du couloir, Jimmy et deux ou trois autres gaillards jouent aux cartes sur la table de repassage en attendant que leurs femmes aient fini. Les portes des chambres s'ouvrent à tour de rôle. Il en sort ici un Allemand, là un Noir en caleçon et en chaussettes, qui vont pisser ou se laver au lavabo préhistorique de la salle de bains.

J'ai ramené du Birdland un boxeur noir. Mal m'en a pris. Comme il n'a pas d'argent et qu'il refuse de s'en aller, je lui jette ses habits à la tête. Alors, de son poing noir dur comme du roc, il me balance en pleine figure un coup de poing de maître. Ça fait un mal terrible. Je crie en me tenant la joue. Big Mamma Shakespeare bondit et secoue ma porte en glapissant si fort que le boxeur pris d'inquiétude se rhabille à toute vitesse et s'élance hors de ma chambre. On a à peine le temps de le voir traverser le couloir qu'il a déjà disparu.

Ma joue vire au jaune, au vert et au violet. Je serre les dents et descends dans la rue où des Allemands attendent leur tour, les mains dans les poches et les pieds dans une montagne de mégots. Ils tournent toute la nuit sur le trottoir comme des rhinocéros transis.

Le mien, il lui manque des dents, sa chemise est ouverte sur son gros poitrail rouge à la toison blanche, il monte en haletant l'escalier.

Arrivé dans la chambre, il me propose cinquante marks pour deux fois, sous réserve de m'en reprendre cinq si les choses ne vont pas comme il veut.

Je me donne du mal. C'est déjà vraiment un miracle d'arriver à la première fois. Son caleçon jauni qu'il n'a pris que la peine d'entrouvrir dégage une forte odeur d'urine moisie. Je m'escrime. C'est dur. De suppliant, le bonhomme devient vindicatif. Et puis finalement il me couvre d'injures et de reproches et réclame à grands cris ses cinq marks.

À bout de patience, je le pousse dans le corridor, dans sa chemise et son caleçon long, et je referme la porte. Je l'entends tourner comme un vieux bourdon, se cognant aux murs, en gémissant d'une voix monocorde :

— *Meine fünf Mark, Fräulein, bitte, meine fünf Mark !*

Big Mamma Shakespeare se met en colère et lui fonce dessus, une casserole à la main :

— N'avez-vous pas honte à la fin, avec vos *fünf Mark*, qu'elle lui crie, voulez-vous bien déguerpir et laisser cette dame tranquille ! *Sie sind doch lächerlich !*

J'en profite pour ouvrir ma porte et lancer les habits du vieux dans le couloir où il se rhabille, encore tout grommelant. Il file la queue basse, amèrement, vers la sortie, tandis que Big Mamma Shakespeare et moi on se secoue de rire jusqu'aux larmes.

— N'hésite surtout pas à m'appeler quand ça ne va pas, me dit-elle. Et crie, crie jusqu'à ce que je vienne, je saurai assez leur faire peur, à ces vieux gorilles ! Je ne crains personne !

Plantée dans le vestibule, son royaume, dans sa vieille combinaison qui fait eau de toutes parts, laissant à découvert sa chair rose boursouflée, c'est une puissante femme. Il ne faut pas croire qu'à cinquante ans passés elle n'ait plus rien à se mettre sous la dent.

Elle a ses Noirs, ses enfants bien-aimés, qui savent que dans ses bras ils seront bercés toute la nuit, nourris d'œufs au plat, de bière et de vodka, à des prix d'ami. À quatre heures du matin, mis à la porte par les Allemandes, ils viennent se réchauffer aux vastes seins de Big Mamma Shakespeare, pour vingt marks. Sur la rue ils se seraient fait ramasser comme des chiens par les flics.

— Par les temps qui courent, dit Big Mamma Shakespeare, *zwanzig Mark sind zwanzig Mark*. Moi je n'ai personne qui m'aide dans la vie, je paie mon loyer toute seule. Et puis il faut manger, payer le gaz, l'électricité. C'est dur d'arriver à la fin du mois. Une fois, oui une seule, j'ai rencontré un monsieur belge qui m'a donné cent marks pour toute la nuit. Ça ne m'est plus arrivé depuis. Ah ce qu'on s'est bien amusés ! On a parlé français. *Er war so charmant, so charmant !*

Et Big Mamma Shakespeare soupire avec nostalgie.

Un matin vers midi elle m'appelle à grands cris :

— Viens vite, il faut que tu m'aides ! Hier soir je me suis enfoncé un morceau de ouate si profond que je n'arrive pas à le ressortir. Il faut que tu viennes m'accoucher !

J'entre dans sa chambre, vaguement inquiète. Ce n'est pas une mince affaire. Big Mamma Shakespeare est renversée sur son lit, dans l'étroit boyau où je peux à peine me glisser. La fenêtre est si petite qu'on n'y voit rien. Entre ses cuisses gigantesques, tout au fond des replis de chair blanche et rosée, il faut bien que je hasarde ma main dans son vagin gluant.

Pour arracher la ouate, rien à faire. Elle est fichée dans l'orifice de la matrice, à moitié coincée. J'enfonce mes doigts, je tire. Big Mamma Shakespeare geint et reprend son souffle à chaque tentative. Ce qui m'étonne, c'est qu'on ait pu le lui enfiler aussi loin, dans un tunnel aussi vaste et aussi profond. Il a fallu que ce soit un fameux outil ! Un Noir au membre de cheval ! J'y suis presque jusqu'à mi-bras, je m'arc-boute, je m'agrippe au coton, Big Mamma Shakespeare pousse un hurlement en sentant mes ongles.

Je transpire de frayeur. Quelle séance ! Ah que je plains les médecins et les sages-femmes ! La malheureuse, elle me demande maintenant d'essayer avec une pince, un de ces petits instruments acérés qui servent à s'épiler les sourcils. Mais c'est de la folie !

En tremblant de plus belle, j'introduis la pince et n'ose l'ouvrir à l'intérieur. Finalement, je renonce. Big Mamma Shakespeare est à bout de forces.

Basculant sur elle-même, elle se met debout. Nue, c'est une Vénus préhistorique, une déesse de la fécondité bien rembourrée. Je fléchis devant cette avalanche de chair qui sent l'eau de Cologne et l'eau de Javel, je m'éloigne à reculons, je regagne ma chambre.

— Tant pis, j'irai chez le docteur, dit Big Mamma Shakespeare désespérée. Ça va encore me coûter quinze marks de consultation. Quel malheur ! C'est bien ma chance ! Ça t'apprendra, vieille vache !

J'ai enfin terminé ma première série de piqûres à l'hôpital. La syphilis est en régression. On peut souffler un peu avant la deuxième série, et puis la troisième. Cela s'étage en tout sur une année entière. Après ça, on espère que ces tenaces bestioles du tréponème pâle se seront essoufflées jusqu'à la crevaison finale. À moins que, par une malchance extraordinaire, le hasard ne vous en remette une deuxième ration.

J'ai rencontré Bill dans la rue un après-midi. Il marche dans Schwabing la tête haute, les souliers cirés, dans une chemisette à rayures laissant voir ses bras bruns qui m'ont tant caressée et tant battue. Il s'arrête en me voyant.

— Tiens, vous voilà ? Comment allez-vous, et les enfants ?

Il me dit « vous » maintenant, à la mode américaine.

— Très bien, je te remercie.

— J'ai une voiture maintenant.

Lui, une voiture ! Il ne manque plus que ça ! A-t-il oublié que c'est moi qui ai payé autrefois au Palais de Justice les cent cinquante contraventions qui l'avaient envoyé pour une semaine en prison avant qu'on ne le vire à l'asile de dingues ? Il ne manque pas d'audace !

— Venez, je vais vous la montrer.

Au bord de l'avenue, un verdâtre tacot est parqué tout de travers. Il m'ouvre solennellement la porte. Le tacot tousse, il suffoque, mais il marche, bon sang, ça roule même normalement, presque vite ! Il me vient une idée.

Puisqu'il me dit qu'il va retourner au pays, en vacances, je pourrais l'accompagner pour aller chercher mes affaires (s'il en reste, après notre fuite. Je ne sais pas ce qui s'est passé à l'appartement laissé à l'Américaine). Je pourrais me faire faire un nouveau passeport avec les enfants dessus, à la place de cette loque périmée qui nous a valu tant d'ennuis.

Les enfants sont en sécurité dans le home, le tuteur ne pourra pas me les prendre quand je passerai à son bureau pour les autorisations.

Bill est d'accord. Il me doit bien ça. Après tout c'est grâce à lui, à cause de son sauvetage de l'asile, que je me suis retrouvée avec les gosses dans cet absurde et douloureux pétrin.

Trêve merveilleuse : la bagnole nous sépare autant qu'elle nous unit. Bill absorbé par les manœuvres au volant n'aura plus de poings pour les coups. Je me sens protégée par cette fraternelle guimbarde. Nous partons demain. Le temps de dire au revoir aux enfants, de leur promettre que je reviendrai.

Avril chante à la lisière des forêts, le long des autoroutes reverdies. Le voyage se passe lentement, la mécanique de cette vieille auto ne tient plus qu'à un souffle. Je serre une petite radio sur mes genoux.

Enfin je revois la ville maudite, celle qu'on avait quittée pour n'y plus revenir. Elle étincelle sous le soleil d'un printemps neuf. Ça fait une année. J'y suis en étrangère, maintenant, quasiment en touriste. Je me ris d'elle !

L'Américaine a fait du beau travail. Au cours de festivités baroques pendant lesquelles une trentaine de beatniks nus pissaient par la fenêtre « pour arroser les bourgeois », elle a réussi à me faire perdre le bail de mon appartement. La régie l'a repris et donné à un ancien boxeur, une grande armoire alcoolique, pas méchant. Je dors dans mon grenier où je retrouve nos habits, les ours en peluche, ma radio. Tous mes manuscrits et mes poèmes ont disparu, mes livres et mes disques ont été vendus. Les meubles aussi. Une certaine partie a été sacrifiée pour payer les libations du vieux Charles, qui vivait lui aussi au grenier, ainsi qu'en font foi des guenilles moisies et toute une collection de bouteilles de bière pleines de pipi.

Je vais rendre visite en auto-stop à mes deux autres gosses restés l'un au pays, l'autre en France.

Nantie d'un magnifique passeport rouge tout neuf, je reprends avec Bill le chemin des Allemagnes. La voiture est pleine. J'ai tout emporté : des draps, des couvertures, de quoi me mettre en ménage avec le confort.

À mon retour, Big Mamma Shakespeare me dit en confidence que la police est venue me voir. Il faut que je m'annonce au *Gesundheitsamt*. Je n'avais pas le droit paraît-il de partir en voyage tant que je n'étais pas guérie. Toutefois ce n'est pas grave. Après avoir passé la visite, je suis reçue par une assistante sociale. Elle est pleinement rassurée de savoir que mes microbes sont rentrés au bercail. Du moment que je suis revenue aux piqûres de mon plein gré, tout va bien.

Dimanche, je vais voir mes gosses dans le home. Ils vont à l'école allemande et font des progrès en patois bavarois. Les religieuses les couvent à la dure sous leurs voiles. Heureusement qu'on se retrouve les week-ends en famille chez les Tziganes.

Le Petit Chou-Chou tout noir est sorti de prison. Je lui ai téléphoné à sa caserne depuis la roulotte-bureau. J'ai entendu sa voix brûlée, sa douloureuse voix pareille à celle d'Armstrong, tout écorchée, me chuchoter :

— *I love you.*

Je suis allée le retrouver à la caserne. On s'est aimés dans un fossé, dans une ultime flaque de neige, sur sa capote étalée, mordus par le vent de la nuit. Il n'a pas encore le droit de sortir. C'est un copain à lui qui m'a fait entrer en fraude dans l'enceinte des grandes casernes remplies de bruit et de sonneries de clairon.

On s'est faufilés derrière un talus comme des voleurs, pendant que Johnson montait la garde, pour de brûlantes et furtives retrouvailles sur son manteau de soldat.

Lui aussi, il va aux piqûres, comme moi. C'est l'hôpital de l'armée qui s'en charge. C'est en prison qu'on a découvert qu'il était malade. En embrassant sa verge noire je lui ai donné la blessure, la fleur empoisonnée. Il ne m'en veut pas.

— *You know, it's life*, me dit-il de sa profonde voix rocailleuse. Si ce n'avait pas été par toi, je l'aurais peut-être reçue par une autre.

De ses épaisses lèvres fendues par le vent, il me donne des baisers au goût d'épices et de neige. La nuit glace nos ventres, on s'étreint avec désespoir, avec violence sur la terre dure.

Roy Blaine Miller, Petit Chou-Chou tout noir, bouffé par l'Amérique, perdu pour moi. *I love you*, j'ai gardé ton image au fond de moi, et sur ma bouche le goût de sang de tes lèvres éclatées. Où que tu sois, maintenant, la paix soit avec toi et avec ta race noire magnifique.

Il y a des changements à l'étage de Big Mamma Shakespeare. Anne-Marie, à la suite d'une bagarre dans un bistrot, est partie pour un séjour sur la « Riviera allemande ».

— *Die deutsche Riviera*, dit Big Mamma Shakespeare, c'est la prison. C'est là qu'on passe des vacances gratuites.

Je déménage, je quitte mon étroite chambre étouffante pour celle, plus vaste, d'Anne-Marie. Elle coûte cher. C'est presque du luxe. En poussant l'armoire en travers de la chambre, je me suis fabriqué une petite cuisine-salle de bains avec une table, une cuvette et un broc en plastique jaune.

Derrière l'armoire, il y a ce que j'appelle somptueusement la chambre à coucher, composée d'un vieux plumard branlant rescapé de l'armée américaine, un fauteuil antédiluvien sur lequel il faut s'asseoir avec précaution, une table basse et une bibliothèque aux rayons de carton, prête à s'effondrer au moindre frôlement.

Je m'installe. J'ai mis au mur des dessins et des photos de musiciens et de chanteurs noirs. J'ai un pick-up automatique acheté à crédit. Mon premier disque, je l'ai encore aujourd'hui. C'est un disque tzigane avec Yoshka Nemeth au violon et l'admirable chanteuse Sonja Dimitrevitch. Il m'a suivie partout. Je l'ai écouté des milliers de fois. Plus tard, j'en ai acheté d'autres, de Miles Davis, de Bach, de flamenco. J'ai un seul disque commercial, *Chansons d'Amour*, c'est pour faire croire aux Allemands qu'ils sont à Paris, ça les fait bander plus vite. En principe, une face de ce disque doit suffire, et dans les cas difficiles, les deux faces.

J'ai aussi un disque des Cosaques du Don. Quand Big Mamma Shakespeare l'entend, elle se met à danser toute seule dans le couloir, les poings sur les hanches, en tenant sa jupe relevée, à la russe, et des larmes dans les yeux.

Je commence à prendre un air mondain. Chez un coiffeur portugais, on gonfle mes cheveux, on les teint en noir-bleu. Fini l'allure de mendiante efflanquée ! Je me suis acheté deux peignoirs, un en soie japonaise vert tendre, l'autre en dentelles rouge et noir. Je gagne de l'argent. J'ai deux enveloppes au fond d'une botte, une d'argent allemand, l'autre de dollars. Les boîtes de drogue n'y sont plus, je les avais données à l'essai à un soldat noir instituteur et je ne les ai jamais revues.

J'achète enfin pour mes gosses de beaux habits, des souliers, des jouets fabuleux. Mon fils a une voiture, une DS bleu pâle avec des phares qui s'allument, un klaxon, la marche arrière. Un week-end, pendant que sa sœur était malade, je l'ai pris dans ma chambre, à la grande maison, il a dormi dans mon lit avec moi. Il a sept ans. Cette nuit-là, je n'ai pas travaillé. Il s'est promené avec sa voiture neuve dans les couloirs. Toutes les femmes venaient l'admirer, le cajoler, lui donner des bonbons. Il n'a jamais été à pareille fête.

Ma voisine de la chambre à côté, Emmi, une fruste créature de la campagne bavaroise, un peu demeurée, ne reçoit que des Américains blancs.

Elle est petite, grosse, sur des jambes torses, avec des cheveux jaune pâle rognés à la garçonne.

Sa chambre est un musée d'animaux en peluche. Il y en a partout, sur des coussins, sur son poste de télévision loué, sur sa table, sur des tabourets. À chaque visiteur elle enlève tous ceux qui sont sur son lit, et quand l'Américain est parti, elle refait patiemment son zoo de petits ours enrubannés de rose, de singes velus, de tigres aux yeux bleus, sur un échafaudage de coussins soyeux et de napperons en dentelles.

Sa chambre est séparée de la mienne par une mince paroi branlante, garnie de trous et de fentes. J'entends tout, de gré ou de force.

Quand la clef tourne dans la serrure, c'est qu'elle entre avec un soldat. Après de grands éclats de rire un peu niais, elle met un disque, toujours le même, une chanteuse américaine blanche à la voix triste et acidulée qui grelotte sans cesse : « Ah si j'étais la plus belle ! »

On entend couler l'eau dans la cuvette. Le soldat se lave.

Puis il lui dit :

— *Come on.*

Une chute sur le lit, suivie de la musique forcenée des ressorts. De sa voix enrouée, elle lui crie de temps en temps :

— Touche-moi les seins ! Le ventre, ici, excite-moi ! Vas-y ! Avec ta langue ! Attention à tes ongles !

Puis elle dit d'une voix tout à coup très claire :

— *It's finished now, you can go.*

Elle remet le disque qui s'était arrêté, l'eau coule à nouveau dans la cuvette, le soldat s'habille, on l'entend enfiler ses souliers.

La clef tourne dans la serrure, on saisit le petit bruit des baisers d'adieu sur le pas de la porte. Elle revient seule dans la chambre et on l'entend parler à ses animaux en peluche qu'elle remet à leur place.

Un jour il y a eu des cris étouffés, le rire ne sortait pas comme d'habitude, les gémissements venaient trop vite. Je me suis inquiétée, j'ai appelé Big Mamma Shakespeare. On s'est collées derrière la porte. Un silence louche régnait. Big Mamma Shakespeare a frappé à grands coups de poing en criant :

— Emmi ! Emmi ! *Was ist denn los mit dir ? Mach sofort die Tür auf !*

Le soldat presque nu est venu ouvrir avec un drôle d'air. Emmi sur son lit était à demi étranglée. Un peu plus, ça y était. Elle n'avait pas eu la force de crier. Quant au soldat, terrorisé par Big Mamma Shakespeare, à peine habillé il s'est taillé en vitesse sans attendre qu'on l'interroge.

Enceinte à perpétuité, Emmi a déjà de gros poupons joufflus placés à l'Assistance. Le prochain ira là comme les autres. À peine né, elle le prendra dans sa chambre dans un berceau d'osier et elle le gardera une semaine. Mal nourri, mal langé, on l'entendra brailler jour et nuit. Une assistante sociale du *Jugend-Amt* viendra le chercher pour le mettre en nourrice dans la verdure, chez des paysans. De temps en temps elle ira le voir un dimanche après-midi, et sa photo aura sa place sur la commode entre deux bestioles enrubannées.

Tous les jours, entre onze heures et midi, la maison se réveille de son épais sommeil. Mélitta sort en peignoir rose, poussant son ventre devant elle, et va voir sur le palier si au cours de la nuit on ne lui a pas coupé les fils électriques de sa sonnette. Défaite, la tête chargée de bigoudis étranglant ses mèches jaunes, les yeux battus et charbonneux, elle glapit interminablement, un marteau à la main, contre les voyous arracheurs de sonnette.

Chaque jour c'est la même histoire. Je ne suis pas épargnée non plus. Dix fois déjà j'ai remis mon nom sur un carton neuf orné d'un petit drapeau français. Chaque fois je le retrouve par terre, déchiré. Je le fixe avec des punaises, des clous, de la colle. Rien à faire. Les femmes du quatrième, jalouses, arrachent le carton et font des trous dans le mur avec un couteau.

Nous avons chacune notre nombre de coups de sonnette attitré. C'est écrit à côté de nos noms. Moi j'en ai six, parce que je suis la dernière arrivée. La grosse Helen, dite Big Mamma Shakespeare, en a un. Il faut toujours compter soigneusement le nombre de coups avant d'aller ouvrir la porte du palier.

Bien sûr, les Allemands et les Noirs se trompent, ils font n'importe quel chiffre l'un après l'autre. Parfois on se bouscule à trois ou quatre derrière la porte, dans nos peignoirs hâtivement enfilés. C'est Helen qui ouvre, tenant d'une main plongée dans les citrouilles de ses seins le manche du couteau prêt à jaillir.

J'ai quelques habitués maintenant, comme les autres. Il y a même des messieurs très distingués, des Allemands pour la plupart, qui viennent pour un moment se libérer de leurs soucis. Il faut croire aussi que leurs femmes ne les soignent pas assez. Ces dames ont peur de se salir les mains et la langue. L'organe conjugal leur répugne, semble-t-il, au-delà de certaines conventions simplistes à la papa-maman. Les rites de l'amour offusquent leurs narines et leurs papilles vertueuses.

À nous les travaux artistiques, les fioritures, les petits coups de langue chorégraphiques, les gammes de nos doigts agiles, à nous la chaude giclée dans nos bouches patientes. À nous les baisers, les fessées, les pénitences. Oui, messieurs, goûtez, jouissez ! On vous donne nos plus belles années, la fleur de notre science !

Mélitta, dont le ventre prospère et s'érige en repoussoir, a dû se munir d'un nouvel instrument afin de ménager son fœtus. Cette volupté moderne consiste en un appareil en caoutchouc très hygiénique. Il remplace la femme. On m'appelle pour me le montrer à l'œuvre. Un maigre soldat américain en uniforme est déjà en position, son engin anémique passé par la braguette. Il n'a même plus besoin de se déshabiller, tout est propre et rapide.

Mélitta, très soigneuse, passe l'instrument sous l'eau. C'est une sorte de champignon en caoutchouc tendre muni d'un cordon. Elle le branche sur le courant électrique, enfile au soldat résigné un préservatif, pour ne pas salir l'appareil. Elle presse un bouton, applique à la tête du sexe la bouche vrombissante du champignon, qui se met à ronronner et à vibrer. Petit à petit il se redresse, il se tend, il gonfle. En trois secondes c'est fait. Le soldat ahuri n'a pas fait un geste.

— Et voilà, dit Mélitta, en ôtant l'appareil. *Ich habe schon wieder dreißig Mark.*

Elle rince l'objet, et le suspend à un clou au-dessus du lavabo. Le temps de s'essuyer les mains à son tablier, le soldat est reboutonné, prêt à partir, content.

Pendant ce temps, Jimmy va faire les courses à l'épicerie. Il remonte l'escalier chargé comme un mulet, deux lourds filets à la main, les fesses serrées dans un pantalon à petits carreaux sous son blouson de cuir.

Moi j'ai le « militaire à l'exercice ». C'est un cas spécial. Il est autoritaire et rien ne vaut pour lui la discipline. C'est un Allemand muni d'une cravache. Celui-là, la guerre a dû lui monter au cerveau. Il se croit toujours à l'armée nazie. Il a dans les soixante ans, les muscles bien conservés et juste un peu de ventre.

Nue sur le lit, je dois lui obéir. Je n'ai sur moi que mes souliers à talons, mes bas et ma ceinture de dentelles. La manœuvre commence. Les ordres sont gueulés d'un ton bref :

— Écartez les jambes ! Rapprochez ! Pliez les genoux ! Tendez les jambes ! Écartez ! Rapprochez ! Pliez ! Tendez ! Pliez ! Pliez ! j'ai dit !

Un coup de cravache sur les cuisses me fait tressaillir. Il m'avait prévenue. À chaque erreur de ma part je recevrais un coup. Il cingle fort. J'ai beau tendre l'oreille, ces phrases en allemand si rudes s'embrouillent dans ma tête et je ne sais plus où j'en suis.

Au bout d'un long moment de cette dure gymnastique, agrémentée de force coups de cravache, il m'oblige à demander grâce. Il faut que je le supplie à genoux de pouvoir faire l'amour avec lui. Il surveille chaque nuance, chaque inflexion de ma voix. Si elle ne lui paraît pas assez humble, pas assez éperdue, il faut recommencer. Enfin il est mis en état de savourer sa victoire, qui est rapide. On sonne six fois à la porte. C'est pour moi. Big Mamma Shakespeare me crie depuis le vestibule :

— *Für dich, ein Gast !*

J'ai à peine le temps d'enfiler mon peignoir japonais. On tape déjà à la porte de ma chambre. C'est un gros vieux, mal habillé d'un veston misérable qui pue, la figure fripée et rouge, les mains moites d'une sueur maladive.

Il souffle bruyamment et pose sur ma bibliothèque un flacon brun qu'il a sorti de sa poche.

— Je me présente, dit-il. Infirme, gazé à la guerre. Pas encore pensionné, mais j'attends. Voici ma carte.

On se met d'accord pour trente marks. Tout ce qu'il veut, c'est que je parle avec lui, et que je lui donne certains plaisirs.

— J'ai soif, dit-il. Aimez-vous le cognac ?

Il me verse un grand verre de son flacon et me le tend. Heureusement que je l'ai refusé. Pendant qu'il le vide d'un trait, je regarde à la dérobée ce qui est marqué sur l'étiquette : Alcool à brûler. Il s'essuie la bouche de son mouchoir, et s'assied.

— Vous savez, je bois déjà depuis longtemps. J'ai l'estomac brûlé. Plus rien n'est assez fort pour moi. J'essaie tout. Il faut que j'oublie la guerre. Vous savez ce qui me ferait vraiment plaisir ? Le cadeau de vous que je désire ?

— Non, dites-moi ce que c'est ?

— Si vous pouviez uriner dans ce verre, je boirais votre pisse, toute chaude, d'un trait. Faites-le, je vous en prie ! Rien pour moi n'est meilleur ! C'est terrible ce que je le désire !

Il supplie longtemps, en me fixant de ses yeux vitreux, me soufflant au visage une haleine âpre. Pour avoir la paix, et par curiosité, je finis par dire oui. Ce n'est pas difficile. J'ai tôt fait de remplir le verre à ras bord. Je le pose devant lui sur la table. Il a à peine une seconde d'hésitation. Il saisit le verre à pleine main, le porte à sa bouche, se renverse en arrière : le liquide jaune encore fumant disparaît dans sa gorge jusqu'à la dernière goutte, d'un seul jet. J'ai bien failli vomir en le voyant. Mais lui, il sourit, apaisé, il passe la langue sur ses lèvres.

— Ah c'était bon, dit-il. Je vous remercie.

Je comprends mieux le tremblement de ses mains, son visage ravagé, creusé, ses yeux larmoyants aux cernes rouges. Il doit être imbibé de tous ces poisons qu'il ingurgite, il est peut-être fou déjà, halluciné. Comme son regard paraît absent tout à coup, rongé par cet acide qu'il vient de boire !

Il continue à me parler d'une voix sourde :

— J'en ai marre de la vie, vous savez. Oui, je ne veux plus vivre. Je me sens si vieux, si malade. Je suis foutu maintenant, je n'attends plus aucun plaisir de l'existence. Tout ce que je demande, c'est une seule chose : je voudrais mourir de la main d'une femme. Voudriez-vous me donner ce dernier plaisir, voudriez-vous être pour moi cette dernière femme ? Ainsi je mourrais heureux. Écoutez, j'ai un plan. Ce n'est pas difficile, vous savez. Et vous ne risquez rien, personne ne le saura.

Il sort un petit dessin de sa poche.

— Vous voyez, c'est un masque à lanières pour tuer les cochons. On l'attache autour de la tête. Mais d'abord, je veux vous voir nue, vous me lierez avec des cordes, assis dans un fauteuil. Vous marcherez devant moi dans la chambre, le masque à la main, nue dans vos souliers à talons. Je vous regarderai, vous serez mon dernier amour. Et puis vous m'attacherez le masque sur le visage. Alors je serai aveugle. Et tout ira très vite. Vous me taperez sur la nuque, à une certaine place, avec un maillet en bois. Je vous donne huit cents marks. C'est tout ce qui me reste, avec quelques objets que je vous lègue volontiers.

Il fouille dans son portefeuille, en extirpe un papier plié, une liste écrite à la main d'une écriture très simple, un peu tremblée :

Une bicyclette ancienne

Un poste de radio usé

Deux costumes

Des souliers en bon état

Quelques meubles

Des boutons de manchette en or

— Vous voyez, tout ça c'est pour vous, avec les huit cents marks qui sont sur mon carnet d'épargne. Il faut vous décider vite.

Je ne sais pas que lui répondre. Il a l'air si seul, si perdu. J'essaie de ruser, de lui faire peur. De gagner du temps.

— Il faut bien réfléchir, c'est grave. Si je vous tue, je n'ai pas envie de me faire prendre et condamner pour meurtre. Il faudra préparer la chose avec le plus grand soin. Il faudra, pour que personne ne puisse me reconnaître, que je m'habille en homme, avec des gants, un chapeau, un manteau, des souliers d'homme. Et ces habits, ensuite, je les jetterai.

— Oui, c'est ça. C'est une idée magnifique. Vous viendrez dans mon appartement, le jour où ma femme de ménage a congé. Je vous dirai. Je vais réfléchir à tout, je mettrai au point tous les détails de l'exécution. Et aussi le moyen pour vous de toucher l'héritage. D'ailleurs, il serait bon qu'on attende un peu, d'ici quinze jours on va me donner la réponse pour une assurance-invalidité que je dois recevoir, quatre cents marks. C'est une jolie somme, cela vous ferait encore de l'argent en plus.

Il prend congé, tout ragaillardi, à la porte il me serre longuement la main. Je le regarde descendre l'escalier. Il se retourne encore pour me faire signe, il me sourit. Il crie :

— Au revoir, merci, à bientôt !

Je l'ai revu plusieurs fois. Chaque fois, en arrivant, il était d'abord énervé, angoissé, il me parlait de ses envies de boire, de mourir de ma main. On discutait un peu, il se calmait. Il mettait longuement au point le scénario de sa mort. Finalement j'en ai eu assez. Il me dégoûtait trop. Je l'ai mis à la porte :

— Allez-vous-en ! Je ne veux plus jamais vous voir !

En vain il me supplie de ne pas l'abandonner. Quand il sonne à la porte, Big Mamma Shakespeare le renvoie en lui disant que je n'y suis pas. Elle vient m'avertir. Il est revenu je ne sais combien de fois. Et puis il a trouvé, sur le palier d'à côté, une blonde, une nouvelle victime. On ne sait pas combien de temps elle a tenu le coup.

— Ce vieux-là, me dit Big Mamma Shakespeare, il a déjà essayé les filles de tout l'immeuble. Plus personne ne veut le voir. C'est le plus répugnant vieux fou qu'on ait jamais eu ici. Ça sera un bienfait quand il aura crevé !

À l'hôpital, un matin à la piqûre, j'ai eu la surprise d'apercevoir Charlotte, une de nos voisines de palier, assise sur une chaise dans le laboratoire, sa culotte à la main. Elle a fait d'abord semblant de ne pas me reconnaître, puis elle a souri d'un air gêné, en détournant aussitôt la tête. J'ai fait comme elle. Le tact est de rigueur dans ces cas-là. Nos syphilis sont pleines de pudeur.

Une nuit j'ai dormi chez Big Mamma Shakespeare, serrée dans un espace minuscule entre le mur et son dos puissant. C'est un service qu'elle m'a rendu. Ce soir-là, après avoir longtemps marché dans l'avenue, pourchassée par la ronde acharnée des flics dans leurs coléoptères véreux, je suis montée dans un taxi avec un alcoolique en pleine euphorie. On a passé toute la nuit jusqu'à trois heures du matin dans un restaurant où joue un orchestre tzigane.

On en est ressortis titubants, je n'en pouvais plus de fatigue. Il ne voulait plus s'en aller, jetait des billets au violoniste pour qu'il joue rien que pour nous. Il tapait sur la table, il annonçait à tout le monde nos fiançailles, et chantait en allemand à tue-tête en renversant les verres.

On s'est enfournés dans un taxi et j'ai donné l'adresse. Le bonhomme tanguait de côté et d'autre. Au moment de payer, par la portière ouverte, il a lâché son portefeuille dans le ruisseau. Il ne s'en est même pas aperçu. C'est moi qui l'ai ramassé, qui le lui ai tendu. Dire qu'il y a des types qui peuvent se permettre des négligences pareilles ! Je me disais en moi-même :

— Attends, mon Coco, tu vas voir !

On monte l'escalier à grand-peine, je lui donne le bras. Il hoquette et retombe à chaque pas. Arrivés dans ma chambre, il faut que ce soit moi qui le déshabille, il ne voit plus clair. À peine couché sur mon lit, il m'appelle d'une voix pâteuse et impatiente :

— *Kommst du schnell zu mir, ja ?*

— Attendez-moi, je reviens tout de suite.

Quand je rentre des toilettes, vingt minutes après, il ronfle comme un ange, la bouche ouverte. Je marche sur la pointe des pieds. Je sors son portefeuille de sa poche. Je l'ouvre : plusieurs billets de cent marks. Je ne lui prends pas tout, non, prudence ! Avec des gestes au ralenti, j'en fais glisser deux dans ma main droite, je les plie sans faire de bruit, en ne le quittant pas du regard. Il ronfle, il n'a pas bronché. Je le couvre de mon duvet pour qu'il n'ait pas froid.

Les deux billets miraculeux, je les enfile dans ma cachette, entre le papier qui tapisse l'armoire et le bois. J'éteins la lumière. J'ouvre la porte, je la referme en tournant tout doucement la clef ! Et vogue la galère ! Dodo, mon gros ! Le sommeil te soit doux, et le réveil amer !

Helen me recueille dans son petit boyau douillet. Je lui explique la situation. Je ne parle pas des billets, bien sûr. C'est une chose qui ne regarde que moi et ma conscience. Je payerai la pension des gosses demain. Jésus avec nous !

Big Mamma Shakespeare et moi, on n'a pas beaucoup dormi. Comme d'habitude, la maison a tremblé, elle a rugi toute la nuit. Les vagues de hurlements ont déferlé, plus violentes jusqu'à l'aube, jusqu'à ce que la lumière du jour ait pénétré dans la montée.

Big Mamma Shakespeare s'est tenue sur la brèche d'heure en heure, en chemise de nuit, le chignon défait. Elle a fait la navette entre les étages, grondé, consolé, tapé dans le tas, elle est venue dans les brèves accalmies me raconter les bagarres : une fille a attaqué son amie, elle lui a percé le sein droit d'un coup de ciseaux. Il y a eu une descente de flics. Les deux lesbiennes blondes du rez-de-chaussée se sont battues. Des soldats qui n'étaient pas rentrés à la caserne se sont fait ramasser au quatrième.

À six heures du matin, harassée, elle est venue se coucher. Je me suis faite toute petite contre le mur. Je suis pelotonnée dans les plis de sa chemise de flanelle à pois, qui sent la lavande.

À sept heures et demie, elle se relève pour aller réveiller mon « hôte ». Je lui donne ma clef et je reste bien tranquillement couchée dans sa chambre. Tout se passe très bien.

— Toc, toc, toc, c'est la bonne ; avez-vous bien dormi ? Je viens faire la chambre. Madame est déjà allée à son travail. Elle m'a priée de vous saluer. Excusez-moi, il faut partir, monsieur.

Le bonhomme se soulève, tout ahuri. Il ne se souvient de rien, et ne sait pas où il se trouve. Il s'excuse tant qu'il peut, tout gêné, et s'habille en vitesse devant Big Mamma Shakespeare qui promène un balai sur mon plancher. Enfin, il est parti, je peux réintégrer mon lit et dormir en paix.

Big Mamma Shakespeare, je te dis merci. Oui, toi tu es une amie, une vraie.

Aussi, elle peut compter sur moi. Dans ses jours de misère, à la fin du mois, quand il n'y a plus de Noirs, pas le plus petit nègre en détresse venu quémander un œuf à quatre heures du matin, je ne la laisse pas tomber. Chez moi elle a toujours une assiette et un verre d'amitié, nous sommes sœurs, on s'aide. On partage la même galère.

Une fois, elle a quand même été fiancée toute une semaine. Avec un soldat qui avait un genou blessé. Le temps des compresses, il s'est tenu au chaud dans son boyau. Elle l'a aimé, soigné, cajolé. C'est à midi qu'elle m'appelle, un jour, pour me le montrer. Son gros visage est transfiguré, elle pose un doigt sur sa bouche :

— Viens voir.

Elle retient son souffle, sa poitrine se soulève, elle m'entraîne à pas feutrés vers sa porte. Sa voix se fait très douce, comme pour m'annoncer une naissance.

Il est là, couché sur son lit, le fiancé noir blessé. Son genou est couronné d'un pansement neigeux. Il fume la pipe en lisant le journal. Big

Mamma Shakespeare parle de mariage, le mot le plus fou qui ait jamais franchi nos murs. De tout son poids, elle s'est amarrée à lui. Ils sont liés par cette blessure, par le sang qui coule de ce genou précieux.

Ah il aurait fallu que jamais il ne guérisse ! Toute sa vie, elle l'aurait soutenu, le fiancé boiteux accroché à son bras ! Le temps qu'il a été là, Big Mamma Shakespeare est redevenue jeune fille.

Elle s'est fait friser les cheveux, pendant une séance de trente marks chez le coiffeur, qui a duré tout un après-midi. Son visage est apparu lisse et doux. L'amour a mis des myosotis dans ses yeux, ils sont plus bleus qu'avant, plus clairs, comme mouillés.

Elle ne sortait plus le soir. Elle était épouse maintenant. Sur son réchaud dans le couloir, les pieds de cochon mijotaient avec allégresse, la vodka flambait dans les verres. C'était tous les jours le repas de noces.

Le mot *darling* voltigeait, étouffé de joie, sur ses lèvres. Plus de rouge criard, plus de charbon aux yeux. Le bonheur fardait son visage d'un tendre rose d'amoureuse.

Plus de couteau, plus de coups de poing. Ses mains fondaient en caresses légères tout autour du Noir, elles lui apportaient sa pipe, essuyaient sa sueur, refaisaient le pansement au genou, l'enduisant d'une pommade miraculeuse.

Une unique semaine de bonheur. Puis le fiancé est reparti, guéri, sans boiter. On ne l'a plus revu.

J'ai retrouvé Big Mamma Shakespeare, la peau durcie de chagrin, muette, ses cheveux ternes retombés autour du visage comme des queues de rats. Le couteau a réintégré sa niche dans son corsage.

Sa voix s'est faite rauque et cinglante comme avant. Elle a eu des poings et des jurons russes âpres à la bagarre, elle est redevenue le soudard à l'œil rouge, à la gorge râpeuse, aux doigts gourds.

Plus jamais elle ne parle du « fiancé ». Elle a repris sa place d'ivrognesse capitaine à la rampe du palier, elle engueule tous ceux qui montent. À six heures du matin, penchée à la fenêtre de ma chambre, je vois dans le petit jour aigre et verdi, sur le trottoir gluant de cendres, Big Mamma Shakespeare échevelée chasser à grands moulinets de ses bras énormes un troupeau de Noirs attardés qui se fond dans la brume.

Au soleil levant, les policiers allemands montent l'escalier comme des vampires pour cingler le silence de coups de sonnette. Personne ne répond. Ils ont une clef qui ouvre toutes les portes. Ils entrent dans une chambre, prendre une pauvre fille qu'ils embarquent dans un de leurs cafards à la carrosserie verte.

Ce petit cérémonial est presque quotidien. On ne sait jamais quand ça sera notre tour. Chaque jour c'est une grâce de rester dans son lit.

Je n'avais pas très bien compris ce qui se passait jusqu'à ce matin, où je suis aux toilettes pour un petit pipi avant d'aller me coucher, quand tout à coup la porte est violemment secouée, une voix étranglée me supplie d'ouvrir. À peine ai-je tiré le loquet, qu'une grande fille à moitié nue, claquant des dents dans ses dessous de nylon, se précipite à l'intérieur. Elle ferme la porte, et sort, sans s'inquiéter de ma présence (je ne suis même pas reculottée), des papiers d'un de ses bas où ils étaient enfilés, les déchire fébrilement, dans un état d'excitation démente, les jetant au fur et à mesure dans la cuvette des WC. Son visage ruisselle de larmes.

Quand elle a fini, elle tire la chasse, me regarde, et sourit d'un air résigné qui ne me dit rien qui vaille. Puis elle murmure « merci » avant de ressortir.

En passant dans le couloir pour regagner ma chambre, c'est là que je les ai vus, les deux messieurs en civil appuyés contre le mur, attendant tranquillement qu'elle ait fini de faire sa valise dans une chambre tout en désordre.

Oui, j'ai tout compris beaucoup plus tard, quand ça m'est arrivé à moi aussi. J'ai repensé à elle, j'ai été pareille, identique. J'ai été tremblante, aussi, dans des toilettes, la porte fermée sur de pauvres minutes, quand la liberté tout à coup se gonfle à éclater entre les murs d'un WC, avant qu'on ne m'emporte pour me mettre en cage. J'ai refait tous ses gestes, j'ai eu les mêmes larmes. Je me suis arraché les ongles sur un

215

carnet d'adresses, j'ai déchiré des papiers avec mes dents.

Dans les rues de Schwabing, l'été, défilent des hordes de beatniks voyageurs aux vêtements somptueux. J'ai rencontré un des leurs, un Gitan mince comme un serpent dans un fuseau de velours vert. Il danse comme un dieu et joue de la guitare avec un couteau. Il semble avoir vingt ans, il ne le sait pas lui-même. Il est né quelque part à Vienne dans les ruines de la guerre. Il a grandi dans la rue.

Je l'ai emmené dans ma chambre et il a dansé seul sur un disque de jazz de Gerry Mulligan. Nous sommes allés ensemble au Birdland. Quand on a dansé tous les deux, les Noirs se sont reculés, ils ont fait un cercle autour de nous en battant le rythme avec leurs mains.

Ah Gitan ! Parti vers le soleil avec ta guitare, un couteau entre les dents ! Que n'ai-je tenu dans mes bras ton corps de jonc fiévreux ! J'aurais dû foutre le camp avec toi, n'importe où, en suivant le vent, les étoiles ! On aurait fait le tour du monde, traversé les océans, les déserts, on aurait bu aux sources les plus cachées !

Est-ce que tu peins toujours avec tes mains d'enfant tes ruts incendiaires ? Ces alcools zébrés de colère aux couleurs orientales ? Gitan, mon frère ! Fasse le temps qu'une seule fois on se retrouve, et ça sera nos noces les plus folles ! On plongera dans la drogue si tu veux ! On sera ivres nuit et jour ! On dansera à en crever ! On fera l'amour au bord d'un volcan ! Dans une

tombe au Mexique, sur un tapis d'ossements !
On sera libres, mendiants, fugitifs ! On fera des
enfants, danseurs et musiciens, et charmeurs de
serpents !

Gitan, je te veux, plante-moi ton couteau dans
le ventre !

— On va vers le sud ! Adieu.

Un jour, j'ai fait une chose terrible. J'ai trompé
le Petit Chou-Chou tout noir et il l'a su.

Le sourire d'un jeune soldat nègre qui m'ap-
portait des disques m'a subjuguée. On s'est ca-
ressés dans ma chambre sans que je lui demande
de l'argent. Il n'a pu s'empêcher de tout raconter aux autres, car les Noirs, c'est comme une
grande famille.

Roy Blaine Miller, à l'étage au-dessus, en train
de fumer chez une fille avec des amis, a eu vent
de la chose. On a sonné six coups à la porte. Je
suis allée ouvrir.

Le Petit Chou-Chou tout noir, l'œil terrible,
avec sa voix déchirée, a murmuré :

— Est-ce vrai ?

J'ai répondu :

— Oui.

Il a chancelé en arrière, comme frappé d'un
coup en plein visage. Un gémissement est sorti
de sa poitrine. Il a hurlé :

— *I shall beat you !*

Il s'est précipité sur moi dans la chambre, il a
fermé la porte à clef. Il m'a giflée comme un fou,
de ses mains aux paumes rugueuses. J'essayais
de me protéger de mes bras, c'était inutile. J'ai

reculé, je suis tombée sur le lit. Il continuait à taper, j'ai eu peur qu'il ne me tue. Au bout d'un moment, j'ai dit d'une voix étouffée en le regardant dans les yeux :

— Cela suffit, *darling, it's enough.*

Il s'est arrêté, il m'a prise dans ses bras, m'a mise nue. Il a pleuré, on s'est aimés dans le lit rempli de larmes. À la nuit tombante, il s'en est allé à sa caserne.

Après qu'il soit parti, une file de Noirs s'est amassée dans le couloir. Ils ont secoué ma porte. Heureusement que Big Mamma Shakespeare a surgi juste à temps en chemise de nuit, elle a dardé sur eux la lame de son grand couteau, elle les a menacés en anglais. Ils sont tous partis sans rien dire. Après, elle m'a avoué qu'ils étaient venus pour venger le Petit Chou-Chou tout noir.

Voici déjà venu le moment douloureux où je vais perdre Roy Blaine Miller, le Petit Chou-Chou tout noir. Il vient pour me dire adieu.

— *Darling*, dit-il, je suis renvoyé de l'armée. Je pars en Amérique. J'ai fauté : je me suis battu contre trois soldats blancs qui m'avaient attaqué parce que je suis noir. Ils sont tous les trois à l'hôpital. L'un a eu l'oreille arrachée, l'autre a les dents brisées, le troisième a un œil crevé. C'est fini, je prends le bateau. Je n'aurai plus la permission de sortir avant mon départ. Viens me voir à la caserne, Johnson t'attendra à l'entrée, il dira à la sentinelle de te laisser passer.

J'y vais. La dernière neige s'amoncelle dans les chemins défoncés où passent les jeeps et les camions militaires, par une bise glaciale. On m'a laissée entrer, Johnson m'a menée à une cave dans les sous-sols de la caserne.

Le Petit Chou-Chou tout noir assis sur une caisse me tend les bras. Dans sa main, il y a un écrin de velours bleu qui contient deux anneaux en argent, dans l'un est serti un véritable petit diamant en pointe qui crache du feu. Il me demande avec un sourire :

— Est-ce que ça te dirait d'être ma fiancée ?

Je prends les bagues, je les passe toutes les deux à deux doigts de ma main gauche, on se regarde les yeux brillants et je dis :

— Oui.

C'est la seule fois de ma vie que j'aurai reçu un diamant. Ma main en est tout illuminée.

— *Come on, darling*, me dit le Petit Chou-Chou tout noir. *I want to make love to you a last time.*

On sort dans la neige, Johnson monte encore la garde. Nos baisers ont un goût de gel et de vent mouillé, la neige est froide sous nos corps. Avant de me quitter, il me dit :

— Je te donne rendez-vous dans trois jours. Viens à six heures du matin et reste près de la tour d'entrée, je te ferai signe.

Je suis venue dans la nuit près de s'éteindre, claquant des dents, dans des rafales de bise glacée, et j'ai attendu. En vain.

Le Petit Chou-Chou tout noir n'a plus reparu. J'ai vu passer devant moi de hauts camions bâchés de toile grise fouettée par le vent, il était peut-être dans l'un d'eux.

Quand le soleil a orangé la neige sur les casernes, quand le ciel tout entier s'est mis à flamboyer sous de grandes barres de nuages rouges, quand tout est devenu clair dans le jour livide et cendreux, j'ai compris qu'il ne viendrait plus. Tout bas je me répétais :

— Chicago, Chicago. C'est là qu'il va disparaître, tout seul, dans cette immense ville où plus rien n'est humain, dévoré par des milliers de maisons et d'avenues, où les Noirs grouillent comme des fourmis sans espoir.

J'ai attendu pendant des semaines une lettre qui n'est pas venue. De désespoir, je suis allée trouver Johnson. Il m'a reçue avec un drôle de sourire :

— Tout va bien. J'ai une lettre.

Il a refusé de me la montrer. J'ai tellement supplié, en promettant de ne pas faire d'histoires, quoi qu'elle contienne, qu'il me l'a laissée lire.

Ah Roy Blaine, j'ai compris ! Tu es maintenant à New York, tu as retrouvé ceux de ta race. De belles petites négresses à la peau luisante et sucrée. Là-bas tu es aimé, là-bas c'est la danse, la douceur noire, les filles de ton sang et leurs voix veloutées, leurs yeux de jais. Roy Blaine, tu m'as oubliée ! Rien, pas un mot pour moi.

Je regarde à mon doigt le petit diamant dur, à l'éclat froid. Je n'en veux plus. Dimanche prochain, je le donnerai aux Tziganes.

Ils l'ont vendu pour s'acheter de la nourriture. C'est ainsi que le seul diamant, américain, que j'aie jamais possédé, a fini en réjouissances dans le ventre des enfants tziganes.

On passe toujours le dimanche après-midi dans la roulotte, mes gosses et moi. Tata raconte que, quand Nina était petite, il l'emmenait avec lui dans les bistrots pour vendre des montres volées.

Nina l'attendait dehors, une cargaison de montres dissimulée dans son tablier. Dans le café, Tata passait de table en table avec une seule montre tenue à bout de bras, disant aux gens d'une voix désespérée que c'était tout ce qu'il lui restait, qu'il était seul, sans femme, abandonné avec cinq enfants et qu'ils n'avaient plus rien à manger. Quelqu'un finissait par avoir pitié et achetait la montre.

Tata sortait, retrouvait Nina devant la porte, prenait une autre montre dans son tablier et recommençait le même cinéma dans le bistrot suivant, et ainsi de suite dans toute la ville jusqu'à ce qu'il n'y ait plus une seule montre.

Maria, l'Autrichienne aux cheveux rouges, vient nous rendre visite, de sa roulotte-jardin aux fleurs en plastique. Elle est toujours aussi belle, fanée et alcoolique. Elle s'est trouvé, depuis le départ de Joseph, le sergent noir, rappelé par l'Amérique, un nouveau *boyfriend*, un petit Noir rageur qui la bat. Elle a souvent des bleus sur la figure.

C'est moi qui suis chargée d'écrire les lettres en anglais à Joseph. Ce n'est pas une mince affaire. On a monté à ce pauvre Joseph un bateau pour le faire revenir et épouser Maria. En attendant, qu'il lui envoie de l'argent.

Maria se dit enceinte, ce qui est un superbe mensonge. Elle lui donne des nouvelles de son ventre, comment il grossit, elle lui décrit ses nausées, ses espoirs, sa joie et son souci d'être bientôt mère.

Le Joseph, là-bas en Amérique, a tout gobé. Il se réjouit de cet événement, et lui écrit de touchantes prières pour qu'elle prenne bien soin de sa santé et qu'elle lui écrive tout de suite quand l'enfant sera né.

C'est moi aussi qui lis ses lettres, car Maria ne sait ni lire ni écrire. Le temps où l'enfant inventé doit venir au monde est bientôt là. Maria se décide pour une fille, la petite Rosita, pauvre gosse qui n'a jamais existé ! Une lettre triomphante annonçant sa naissance prend son vol pour l'Amérique. Maria termine toujours par la même formule :

— *I close my letter but not my heart, your loving wife forever*, Maria.

Je commence à trouver la chose un peu salée. Maria, elle, n'a aucune inquiétude.

— Ne t'en fais pas, me dit-elle. Juste avant qu'il revienne, je ferai mourir l'enfant, comme ça il ne se doutera de rien et il m'épousera.

Je ne suis pas tranquille, malgré tout. C'est moche de le tromper comme ça, cet homme. Sa

222

joie à l'annonce de l'heureuse nouvelle me fait mal. Joseph est fou de bonheur à la pensée de sa fille. Dans chaque lettre, il la serre dans ses bras et la couvre de baisers.

Au début, la petite Rosita, qui a des yeux bleus, tout en étant noire comme son père, grandit et se porte à ravir dans son berceau imaginaire. Elle gazouille, elle crie quand percent ses dents, elle a de longs cils, des cheveux crépus, de petites mains potelées. Je rédige les descriptions dans un anglais impeccable.

Joseph répond avec ferveur. Il fait déjà des démarches pour revenir en Allemagne. Il achète des brassières, des chaussons, une robe de baptême.

Un dimanche après-midi, Maria très calme, son éternelle cigarette aux lèvres, son pied nu battant la mesure sous son peignoir à fleurs, m'annonce que Rosita est malade. Il faut écrire la chose à Joseph avec ménagement, en lui disant que ce n'est pas grave, qu'il ne s'inquiète pas.

Joseph répond par des vœux pleins d'angoisse.

Les choses se gâtent petit à petit. Rosita dépérit, elle ne mange plus, elle ne rit plus, elle maigrit. Maria a déjà consulté trois médecins. Il faut aussi faire comprendre à Joseph que les consultations coûtent cher, que Maria n'a plus d'argent.

Joseph au désespoir envoie un chèque. Il prie pour sa gosse nuit et jour, il espère pouvoir venir bientôt. Il a déjà son billet pour le bateau.

Rosita meurt. Cette lettre-là, elle me dégoûte plus que les autres. Maria reste inflexible. Elle décrit ses larmes, le petit visage d'ange tout pâle, la robe blanche, les cierges, l'enterrement, la tombe minuscule couverte de fleurs. Oui, dans cette lettre, c'est comme si on avait commis un crime. On a vraiment tué Rosita, cette petite négresse adorable, qu'on avait tant bercée, caressée. Si Maria s'en fout, moi je me sens coupable.

Le chagrin de Joseph, dans la lettre suivante, est profond et me serre la gorge. Tout est inutile maintenant. Il revient dans la douleur. Il sera là bientôt, mais ce retour ne me dit rien qui vaille.

En effet, ça a été terrible.

D'abord, il y a eu une bagarre effroyable entre Joseph et le nouveau petit Noir colérique installé dans les fleurs en plastique, qu'il a fallu déloger à coups de poing et à coups de pied. Toutes les vitres de la roulotte ont volé en éclats, Maria a eu un œil au beurre noir, des bleus partout, des cheveux arrachés. Le jardin en plastique a été saccagé, les rideaux fleuris et les couvre-lits déchirés, la vaisselle en miettes.

Le lendemain matin, dans le calme revenu, il a fallu avouer autre chose. Joseph a voulu voir la tombe de Rosita, il a voulu prier pour elle au cimetière. La tombe ne se trouve nulle part, le cimetière est vide.

Il a pris une colère gigantesque. Cette fois, Maria a cru qu'elle allait y passer. Elle a dû garder le lit une semaine entière après avoir été rouée de coups. Joseph a été admirable. Il a pardonné. Il est resté avec elle, il a raccommodé la roulotte, les fleurs, les volets cassés. Il s'est trouvé du travail dans un garage du voisinage. Fini, les grasses paies de sergent. Il est devenu ouvrier.

On a revu Maria, encore boitillante, fraîchement poudrée et frisée, les yeux faits, cils et sourcils passés au noir, et la bouche carmin, radieuse au bras de Joseph un dimanche au crépuscule, faire le tour du pré. Il a même tellement travaillé par la suite qu'ils ont pu s'acheter une voiture, une petite VW d'occasion. La promenade du dimanche est devenue élégante, dans la VW ornée d'un bouquet d'œillets en plastique, avec Maria et Joseph réconciliés, épanouis à l'avant sur des sièges rembourrés. On n'a jamais su au juste s'il l'avait épousée.

On mange toujours la poule au pot du dimanche chez les Tziganes et Sonja me raconte comment Barka, cette merveilleuse femme aux cheveux noirs que Tata a tant aimée, volait de la viande avec lui dans les boucheries.

C'était avant que Barka ne s'enfuie avec un autre Tzigane, en le laissant seul avec cinq enfants, fou de colère et de douleur.

Tata et Barka entraient à la boucherie, ils demandaient de la saucisse et du mou pour les chats. Pendant que le boucher allait chercher le mou au frigorifique, Tata et Barka restés seuls prenaient tout ce qu'ils voyaient de mieux dans le magasin. Barka avait sous sa jupe, dissimulée entre ses nombreuses rangées de jupons, une poche noire en étoffe, très profonde, invisible. Elle bourrait cette poche de poulets et de gigots.

Le boucher revenait, ne voyait rien de suspect, emballait quelques vulgaires saucisses bon marché, un morceau de mou. Tata payait, et Barka et lui s'en allaient sans avoir l'air de rien.

Un jour, ça s'est gâté. Un boucher a vu la place vide de son plus beau gigot sur son étalage, il a crié, appelé les flics. Tata et Barka couraient dans la rue, poursuivis par les gens, et pour finir on les a menés au poste. On a fouillé Tata, il n'avait rien sur lui. On a ordonné à Barka de lever ses jupes. La futée Tzigane les a relevées en les tenant serrées toutes ensemble dans ses deux mains. Comme elle n'avait pas de culotte, les flics ont vu sa magnifique touffe de poils noirs, ils ont poussé des cris indignés et lui ont dit de baisser ses jupes en vitesse. Quant à la poche au gigot, bien cachée entre deux jupons, ils ne l'ont pas vue. Tata et sa femme sont sortis du poste de police la tête haute, avec le gigot invisible entre les jambes de Barka, ils sont retournés dans leur roulotte, festoyer avec leurs gosses.

Barka, elle, avait aussi le courage d'aller voler toute seule dans les fermes, pendant que les paysans étaient aux champs. Elle se glissait dans la cuisine, montait à la chambre à coucher, et visitait les cachettes, sur l'armoire et sous les paillasses des lits. Elle y trouvait parfois des centaines de marks dans de vieilles chaussettes ventrues. Une fois, on l'a attrapée.

Elle a fait quatre ans de prison. Vaillamment, elle a tenu le coup dans ces abominables cellules de tôles allemandes sans air et sans chauffage, aux murs nus rongés d'humidité verdâtre, parmi d'acariâtres compagnes, exaspérées par la faim.

En prison, les Tziganes sont haïes et persécutées, tout le monde les méprise, les gardiennes et les autres.

Barka, ma sœur, je ne t'ai pas connue. Tu as quitté Tata, tu l'as fait souffrir. Il t'a pardonné parce qu'il t'a trop aimée, parce que tu es mère, que tu as volé pour tes gosses, parce que tu es restée belle, même en prison, une vraie Tzigane superbe et fière.

Un jour j'ai trouvé dans la roulotte, sous un lit, parmi les vieux souliers et les crottes du chien, une lettre admirable de Barka à ses filles Nina et Bertha, en français. Une lettre poétique, à l'écriture voluptueuse, pleine d'amour et de nostalgie. J'ai compris que cette femme avait été une reine pour son homme et ses gosses, et que malgré sa fuite, entraînée par un amour plus fort qu'elle, son cœur avait saigné d'une blessure jamais refermée.

Sonja, qui a recueilli et élevé les cinq enfants de Barka, et consolé Tata, ne vole personne, elle est trop honnête. J'ai vu jusqu'à quel point son cœur est pur, le jour où elle est venue m'aider à nettoyer ma chambre. Parce qu'elle savait que j'étais fatiguée, elle le faisait par amour pour moi, sans que je le lui demande. Elle m'a appelée pour me montrer un billet de vingt marks tombé de la cachette derrière l'armoire.

Oui, Sonja, tu l'as ramassé, tu me l'as tendu avec un sourire, toi qui as trois petits gosses, et Tata malade dans ta roulotte, et cinq enfants dans des homes. Tu m'as tendu ces vingt marks, que je t'aurais donnés, tu le sais bien. Car je te dois la vie, depuis le jour où tu nous as fait signe, quand on n'avait plus rien, sur la route du camp tzigane, et que tu nous a accueillis dans ta roulotte, et donné à manger.

Cette cachette de l'armoire m'a toujours été très utile. Depuis que des Allemands et des Noirs m'ont volé plusieurs fois de l'argent et même des photos, pendant que j'étais aux toilettes, je ne mets plus jamais rien dans mon sac.

Un jour, un nègre du Togo, une longue brute aux poings de fer, m'a presque étranglée après avoir fait l'amour, parce que je ne voulais pas le laisser faire une deuxième fois, pour trente marks, « prix d'étudiant ».

On s'est battus. J'ai réussi, la gorge nouée sous ses ongles, à ouvrir ma porte et j'ai couru dans le couloir, toute nue, en appelant Big Mamma Shakespeare. Elle m'a cachée dans son boyau.

Le dur du Togo fourrageait comme un enragé dans ma chambre, soulevant les meubles, arrachant le papier de la table, déplaçant la vaisselle, les livres, mais il n'a pas retrouvé son fric. L'armoire avait gardé son secret, les trois billets bien cachés sous son papier, entre deux punaises.

Big Mamma Shakespeare s'est amenée les poings sur les hanches, elle a gueulé si fort que le nègre est sorti tout habillé, il a craché en passant sur le troupeau des femmes en peignoir, tremblantes dans le couloir, attirées par le bruit.

Maintenant est venu le moment tant attendu où je vais vous parler de Ronald Rodwell.

RODWELL

RONNIE. Dieu nègre à la peau braisée et calcinée, au parfum d'orchis et de gingembre, au sexe comme un grand lys noir.

Ronald Rodwell au visage de panthère, au front lisse d'orchidée, aux épaisses lèvres fendues comme une écorce. L'iris violacé de tes yeux est un puits profond, il est ma nuit, mon alcool, ma drogue.

J'ai bu à la pointe de ton sexe une liqueur au goût de soufre et d'ammoniaque, je me suis abreuvée aux sources salées de ton ventre, aux grains de raisin bleu de ta poitrine.

J'ai frémi sous tes cuisses dures, lentes à l'assaut, et déchaînées ensuite comme un océan furieux. J'ai crié, j'ai hurlé, j'ai agonisé sous la morsure de ta lame d'ébène, ses brûlures, ses déchirures au profond de mon ventre.

Tu m'as tuée, tu m'as ressuscitée, et je n'en finis pas de revenir à la vie, dans le limon de nos jouissances mêlées, entre tes deux pythons noirs qui m'enserrent.

Rodwell, la première fois que je t'ai vu, c'était au café Birdland, assis à une table, riant de tes dents éclatantes. Tes yeux étaient cachés sous les verres de tes lunettes vertes.

Tu m'as soulevée dans tes bras et nous avons dansé, nous avons oscillé dans les blues, et ta voix était laminée comme celle de Ray Charles.

Que celui qui n'a pas véritablement aimé jette ce livre à la poubelle. Il y sera plus au chaud et au tendre dans les ordures que dans ses mains.

RODWELL.

Dans ma petite chambre aux parois de carton, éclairée par des lanternes japonaises, une bleue et une verte, suspendues à un fil et dangereusement illuminées d'une bougie, je t'ai invité à écouter des disques, tu t'es couché sur le lit.

Nous avons écouté les violons tziganes, et les quatre clavecins de Bach.

Avant que tu partes, je t'ai embrassé sur le pas de la porte. C'était tout. Pas un mot, pas un geste. Quand tu es revenu le lendemain, nous sommes devenus des amants. Dans tes bras, j'ai pleuré, et tu m'as dit, en buvant mes larmes sur ma joue :

— Un jour, je te ferai pleurer de joie.

Rodwell. Tu as dix-neuf ans, Ronald Rodwell, et tu conduis pendant le jour une ambulance de l'hôpital américain militaire. J'ai encore cette photo où tu ressembles à un scaphandrier sous ta carapace de soldat. Et tu tiens un fusil, Rodwell, toi l'homme de paix.

J'ai toutes tes lettres, toutes. Et je vais les re-lire. J'ai sur ma table cette mince bande d'étoffe blanche avec ton nom, RODWELL, brodé en noir, que tu avais détachée de ta manche d'uniforme.

J'ai ton portrait au-dessus de mon lit. Toutes tes photos au mur. Tes yeux et ton sourire dévorent ma chambre. Rodwell, il n'y a que ton vi-sage, tes dents, ton regard et la sourde luisance de ta peau de Noir sur les parois blanches.

Ah Rodwell, pouvoir encore une fois enfouir mes lèvres dans tous les nids de ton corps, et dans l'âcre broussaille de ta tête ! Sentir une seule fois ta langue dans ma bouche, pour un baiser sans fin !

Je tiens dans ma main ce papier déchiré où tu avais écrit une promesse, quelle folie ! De ta grande écriture mystérieuse. Rien n'a été perdu de ce qui nous lie.

Amant magnifique, tu as toujours été aimé. Oui, notre amour s'est déroulé comme une comète éblouissante dans le ciel de Munich. Tout a brûlé ! Ton nom se dresse sur la ville comme une colonne de feu.

Tu m'as parlé de la marijuana. J'ai été assez folle pour te promettre de t'en donner. Ce n'était pas facile.

Il a fallu que je retrouve ce beatnik à la courte barbe et aux yeux bleus qui m'en avait vendu. La fatalité a voulu que je le voie un après-midi à Schwabing au coin d'une rue. Il marchait comme un homme traqué, rasant les murs, tournant la tête de tous côtés.

— *Ich leide*, m'explique-t-il, *an Verfolgungswahn*.

Ses yeux sont noyés dans une sorte de brume, il est maigre, sale, échevelé. Une odeur sucrée se dégage de lui, il marche dans son propre paradis intérieur, dans sa fumée, sans prêter attention au reste. On conclut un marché : je lui donne trois cents marks et il partira demain pour le Maroc en auto-stop. Il m'en rapportera un kilo dans ses poches.

— C'est le seul moyen, me dit-il, si on veut passer la douane sans encombre. Il faut tout avoir sur soi, pour pouvoir le jeter à la moindre alerte.

Je lui fais confiance. Son nom est Jo, il est peintre. C'est le seul Allemand pour lequel j'aie éprouvé de l'amitié. Je l'attends pour dans un mois.

Rodwell vient me voir tous les jours après son travail, vers quatre heures de l'après-midi. Il arrive en compagnie de son copain William Watson, un petit Noir très foncé à la peau grêlée. L'été, dans la rue blanche de soleil, les Noirs paraissent plus noirs avec leurs chemises claires. Ils marchent le long de l'avenue avec une allure nonchalante de princes en vacances, au bruit des tramways grinçants et des grandes voitures américaines étincelantes. On écoute des disques. William et Rodwell se mettent à l'aise sur le lit, souvent Rodwell s'endort. William a la mauvaise

habitude de poser ses pieds sur ma bibliothèque. Au moindre mouvement elle s'écroule et
il faut ramasser toute la vaisselle, les livres, les
disques. Une fois, elle s'est effondrée sous ses
pieds trois fois de suite. William a dit avec un
sourire :

— Je n'y peux rien, je suis un nègre.

Le dernier jour du mois, jour de paie, Rodwell est venu avec des cadeaux : des disques, une
poupée pour ma gosse, une parure de faux diamants moirés pour moi. Il a attendu des heures,
assis sur l'escalier, avant que je sois libre.

Comme d'habitude, cette nuit-là, toute la
maison est en effervescence. À notre étage, il n'y
a que Charlotte, Big Mamma Shakespeare, Gigi
et moi qui recevions des Noirs. Emmi et Mélitta
ont leurs Américains blancs. Deux troupeaux
bien distincts stationnent sur le palier. Quand
s'ouvre la porte, les Blancs se glissent furtivement entre les Noirs.

L'après-midi déjà, une grosse femme qui vit
au rez-de-chaussée, mariée à un Allemand, avec
un gosse, monte dans les petits bars des casernes le trente ou le trente et un de chaque
mois. Une fois arrivée, elle s'assied, ouvre son
corsage et pose ses deux seins rebondis sur la
table. Tout de suite, cinq ou six Noirs se lèvent
et viennent vers elle. Elle les emmène tous à la
fois dans sa chambre pendant que son mari promène le bébé. Quand tout est fini, elle remonte
là-haut, vers les casernes, elle recommence la

même cérémonie et revient avec une nouvelle ration de Noirs.

Charlotte est une petite femme très sympathique, la seule avec Big Mamma Shakespeare qui soit intelligente. Elle habite sur le même palier la porte à côté de la nôtre. Elle m'a raconté qu'elle était couturière, mais que ses yeux étaient malades et qu'elle n'y voyait plus assez clair pour coudre. Elle économise pour se payer un joli appartement à elle, mais ça ne va pas vite.

— Vois-tu, me dit-elle, je ne pourrai jamais me faire lécher le sexe par un Allemand, ils me dégoûtent. Mais par mes Noirs chéris, quel délice ! Ce sont tous mes amis. Les soirs de *payday*, je leur demande dix dollars. Quand ils sont venus une première fois, je leur permets de revenir les autres soirs pour cinq dollars. Ainsi j'ai mes habitués, ils me connaissent bien. Mais il faut que je fasse très attention, il y en a qui font semblant d'être déjà venus, et ils essaient de venir pour cinq dollars, mais ça ne marche pas. Je ne me laisse pas faire !

Le soir de paie, dans tous les bars illuminés aux lampions, il y a des orgies de *Wiener-Schnitzel*, de saucisses et de frites à la moutarde, arrosées de bière, de cognac et de Coca-Cola.

Une belle Tzigane autrichienne nommée Cookie règne sur le Birdland. Elle a un corps souple, de longs cheveux noirs, elle danse comme une reine dans des robes splendides, couverte de bijoux en or. Elle possède une voiture blanche et, tous les trois mois, elle retourne en Autriche où elle élève un fils. Il paraît qu'elle est armée, elle cache quelque part dans sa voiture un pistolet.

C'est l'été. Mes gosses sont partis à la campagne, dans une sorte de château. Le home est là-bas en vacances. Les religieuses retroussent leur lourde jupe et pataugent dans un ruisseau avec les enfants.

C'est en juillet, les champs brûlent. On part avec Rodwell et les Tziganes un dimanche, dans leur voiture bourrée d'enfants, pour visiter les miens. En traversant le village, on cache Rodwell, aplati au fond de la voiture, à cause des mauvaises langues. Personne ne doit savoir qu'on a un Noir avec nous. On laisse la voiture à l'écart avec Rodwell dedans, et on va chercher mes gosses.

Je suis épouvantée d'entendre les enfants parler en patois bavarois. Ils ont oublié le français. Rodwell, lui, ne parle que l'anglais. Notre famille est devenue une vraie tour de Babel !

On va tous se baigner dans le ruisseau où on se fait bouffer par les moustiques. Rodwell prend mes gosses sur son dos à tour de rôle et on s'amuse comme des sauvages dans les hautes herbes. Le soir, depuis une fenêtre du château, mes gosses me crient en agitant la main :

— *Auf Wiedersehen, Mutti !*

Je n'en crois pas mes oreilles.

Dans mes pérégrinations nocturnes à Schwa-bing, je rencontre un millionnaire américain. Il est producteur de films à Hollywood. Il m'invite à boire du whisky dans un bar et me raccom-pagne dans la grande maison en briques rouges. Il est étonné de la trouver si bruyante, si sale, si pleine de Noirs à tous les étages, mais comme il est très poli et assez soûl, il ne se choque pas. Et comme il est très fatigué, il me demande de pou-voir rester pour la nuit. Galamment, il glisse deux cents marks dans mon sac. Le matin, il se lève tôt, et avant qu'on se quitte, il me fait une proposition : il m'invite à l'accompagner en va-cances dans la verdure, à Garmisch-Parten-kirchen, dans un grand hôtel.

J'ai sur un papier le nom de cet hôtel, où il m'a réservé une chambre. Je ne suis pas tranquille. Et si c'était une blague ? Si je vais là-bas pour rien, et qu'en arrivant dans ce grand hôtel de luxe, le nom du millionnaire y soit inconnu ? Je suis pleine d'appréhension en débarquant sur le quai d'une petite gare fleurie de géraniums, une valise à la main, et dans ma poche le précieux papier.

Tout se passe très bien. À la réception de l'im-mense hôtel couvert de balcons et de fenêtres ouvragées, on me tend simplement une clef et un jeune homme en livrée m'accompagne en por-tant ma valise.

Me voici seule dans une chambre si luxueuse que j'ose à peine respirer. De minces filets dorés courent le long des boiseries. Il y a deux salles de bains, tout en carreaux de faïence verte, et elles contiennent chacune un savon et même de petits carrés de papier blanc très doux avec lesquels il est recommandé, en trois langues, de se démaquiller le visage, au lieu de s'essuyer aux serviettes. Les lits conjugaux, qui se touchent tout en étant séparés, sont vastes et recouverts de satin bleu pâle. Sur une imitation de secrétaire ancien garni de feutre vert, j'ouvre un grand buvard à compartiments dans lesquels il y a du papier à lettres frappé à l'effigie de l'hôtel et dentelé. Sur une sous-tasse à filet d'or deux petites plaques de chocolat suisse invitent à goûter à la douceur de ce séjour. Je croque respectueusement une des tablettes et je commence aussitôt à écrire à Rodwell sur le somptueux papier à lettres.

On frappe discrètement à la porte. Je referme vivement le buvard et je crie d'une voix effrayée :

— *Ja !*

Le millionnaire, très chic dans un costume gris, s'incline sur le seuil et me demande si j'ai fait bon voyage et si la chambre me plaît. Il me prend dans ses bras pour un baiser de bienvenue et je m'exécute par souci des convenances.

— Si vous voulez, me dit-il, vous faire belle avant le souper, il y a un coiffeur en bas. Vous ferez porter les frais sur ma note.

Le soir, on soupe aux chandelles dans un de ces restaurants mi-chapelle, mi-étable de luxe, aux fausses poutres apparentes et aux bouquets de géraniums en plastique dans des marmites de cuivre suspendues.

Je suis très belle et le millionnaire m'en fait compliment, en me disant que je ressemble à Liz Taylor. J'ai un haut chignon de boucles savantes couronné d'un diadème en faux diamants acheté chez le coiffeur, je me suis maquillée, j'ai mis mes plus beaux bijoux, mon collier et mes pendentifs en perles de Bohème, mes bracelets-serpents en argent. Je porte une petite robe noire un peu chinoise, fendue de côté, à large bordure de satin ivoire.

Sur la nappe blanche éblouissante, les bougies rouges dans les chandeliers dorés ont un air de fête. Des garçons en blouse blanche officient en silence.

On nous sert un lourd vin rouge qui met du feu dans ma tête, accompagnant toutes sortes de mets délectables, au son d'une petite musique champêtre bavaroise.

Le millionnaire mange en homme bien élevé, s'enquérant de mes désirs, faisant signe au garçon de me remplir mon verre. Il me parle de Marilyn Monroe qu'il a bien connue à Hollywood, et qui avait été lancée par un de ses amis. Il me dit d'une voix attristée :

— Elle ne s'est pas suicidée avec des somnifères. Cela, c'est un pieux mensonge pour le public. En réalité elle se droguait depuis longtemps déjà, comme beaucoup d'acteurs riches, et qui s'ennuient. Elle est morte d'une overdose de morphine, d'une piqûre dans le bras. La seule chose qu'on ne sait pas, c'est si elle l'a prémédité, ou si cela n'a pas été volontaire. Je la regrette beaucoup, elle était si gentille.

On continue la soirée dans un bar qui ressemble à un intérieur de navire, astiqué et enfumé, où un barman qui est là depuis vingt ans connaît tout le monde. Je suis soûle, je danse avec le millionnaire, et je le plante là pour danser toute seule, à la tzigane.

Dans un autre bistrot rustique, je danse encore pendant que le millionnaire a retrouvé un vieux copain d'armée, et tous les deux, aussi ivres l'un que l'autre, ils se donnent de grands coups sur l'épaule en se félicitant de la force de l'Amérique, et de ce qu'elle ne se dégonflera pas s'il y a une guerre.

— *Yes*, rugit le millionnaire d'une voix pâteuse, on ira jusqu'au bout !

À la fermeture, il sort cramponné à mon bras, et puis il me quitte un moment pour aller un peu plus loin, ouvre sa braguette et pisse contre une voiture. Toutefois un flic étant survenu au moment critique, et lui ayant poliment fait remarquer que ce n'était pas une chose à faire, il se reboutonne après avoir fini et il hèle un taxi qui passait par là.

On rentre à l'hôtel à trois heures du matin. Les lits conjugaux artistement préparés par une femme de chambre, un coin de couverture retourné, nous attendent.

En une semaine, nous avons fait trois promenades charmantes : la première, au village voisin où nous avons visité une église très ancienne. On y joue à Pâques des mystères du Moyen Âge en costumes presque d'époque, soigneusement gardés à l'abri des mites dans de vastes penderies. Ce sont les gens du village qui jouent les personnages de la Bible, et la jeune fille qui fait la Vierge doit être une vraie vierge.

La deuxième promenade se passe en téléphérique. Il faut rester d'abord une heure debout dans un hall glacial derrière une foule de gens car c'est un sommet de montagne célèbre, le plus haut d'Europe. Arrivés tout en haut, dans le brouillard, le froid et la neige, on ne voit rien, mais il faut faire attention : la pneumonie vous guette, tout le monde grelotte dans ses vêtements d'été et il faut redescendre au plus vite. Toutefois il y a presque une heure d'attente encore jusqu'à ce qu'on trouve une place dans le téléphérique. Le lendemain, au cours d'une promenade, le millionnaire en profite pour me photographier au soleil, dans diverses poses.

— Si ces photos sont réussies, dit-il, je vous ferai faire du cinéma.

Je n'ai jamais eu de nouvelles de Hollywood, ni des photos, ni du millionnaire. S'il vit toujours, je lui donne bien le bonjour, et ne lui garde pas rancune de son silence.

Au bout d'une semaine, le millionnaire m'annonce très gentiment qu'il vaut mieux que je rentre à Munich, car il doit repartir en Amérique dans sa propriété en Californie, où sa femme et ses enfants l'attendent.

Il m'accompagne à la gare, me donne encore deux cents marks sans que je le lui demande, m'embrasse sur la joue, et on se quitte bons amis.

À Munich, je reçois dans ma chambre Jo, de retour du Maroc. Bronzé, barbu, radieux, il déroule sur le plancher une étoffe imperméable et je vois s'étaler un tapis jaune-vert de marijuana croustillant, à peine dégrossi, feuilles et tiges mêlées avec leurs graines. Une lourde odeur se répand dans la chambre.

Il fait deux parts, une pour lui, une pour moi, et me montre comment enlever les graines en faisant rouler les tiges sur un journal. Il paraît, si on les fume avec le reste, que ça donne des migraines. Il se fait une cigarette et il aspire la fumée les yeux fermés, en me disant :

— C'est la meilleure qualité, celle qui a été récoltée en juillet.

Il me donne le nom d'un café où je peux le joindre, il est là tous les soirs et vend en secret des cigarettes à des Allemands et à des soldats noirs.

Rodwell est venu à la nuit tombante. On fait l'amour dans la mystérieuse fumée entêtante, qui me donne la nausée. Tout me semble à la fois trouble et décuplé, la musique, les baisers de Rodwell, ses gestes et son corps noir s'impriment en moi avec une acuité presque douloureuse et je crie comme je n'ai jamais crié. Le lit tangue comme une barque en haute mer et le temps a perdu son poids habituel. Tard dans la soirée, je me réveille de cet éblouissement.

Jo m'a raconté qu'il avait dû monter très haut dans la montagne, jusqu'à une cabane de berger, accompagné d'un Arabe, et qu'il avait vu sur le sol des bottes de la plante interdite, mises à sécher comme une litière.

Rodwell roule des cigarettes minuscules, des sticks, comme il les appelle, minces comme des allumettes, dans du papier blanc. Il pense les vendre un dollar la pièce. Il en emporte toute une cargaison, cachés dans ses poches et dans le bord de son pantalon, enfilés à l'intérieur de la couture.

Je prépare de petites boîtes, des boîtes d'allumettes. Il y en a plein l'armoire, elles débordent de mes bottes. J'en ai mis partout, sous mes habits, dans les poches, enveloppées de papier bleu. L'armoire fourmille de boîtes de drogue.

On est un peu dans l'angoisse, Rodwell et moi. Ça va être difficile d'écouler tout ça. On ne peut pas en offrir à tout le monde. Il y a des flics même à la caserne, des Blancs et des Noirs, en civil. Pourtant, on risque le coup.

La montagne de drogue a ébloui Rodwell. Il pense à toute cette fumée qu'il va aspirer dans sa tête, à cet apaisant vertige après les heures d'exercice à la caserne. À ces heures de voyage dans ma chambre, avec William et d'autres, bercés par la voix de Ray Charles.

Il ne fume pas à la façon de Jo, en aspirant fébrilement la fumée à grands traits, mais à celle des Noirs, qui est lente, concentrée, presque un étouffement. Le minuscule stick de marijuana pure est allumé, pressé entre les lèvres, aspiré, yeux fermés. La fumée est longuement retenue, puis relâchée à tous petits coups très espacés. Rodwell suffoque et ses yeux prennent des lueurs rouges.

La cendre du stick est blanche comme une poussière impalpable. Rodwell la recueille soigneusement, il dit qu'il ne faut pas en laisser dans les cendriers ni ailleurs, il faut la jeter, cachée dans une boule de papier. En cas de visite de la police, elle nous trahirait aussitôt. On vaporise de l'air-fresh dans toute la chambre, surtout autour de la porte et dans les fentes de la mince paroi qui touche à la chambre d'Emmi. C'est très important. L'odeur aussi est traître : si elle s'échappe dans le couloir, on est foutus.

Ma chambre s'est transformée en cratère de volcan. Tout peut éclater d'un moment à l'autre. La marijuana répandue partout est comme de la dynamite. On est à la merci d'une visite, d'une odeur, d'une parole prononcée trop fort. Il faut feutrer sa voix, ses gestes, garder jour et nuit sa porte fermée à clef. Quand quelqu'un frappe, il faut cacher toutes sortes d'objets, et changer de visage à toute vitesse.

Rodwell amène des copains, il y a toujours cinq ou six nègres affalés sur mon lit, béats, vautrés comme des chats. Le pick-up marche à toute volée et les magnifiques hurlements de Ray Charles percent les murs. Les sticks se consument lentement et les nègres s'enferment dans un silence cotonneux. Parfois ils s'effondrent, il faut les ramasser, les porter à plusieurs hors de la chambre, sous les yeux effrayés des autres femmes, qui ne comprennent pas. Elles croient qu'ils sont soûls ou qu'ils ont trop fait l'amour. Elles me soupçonnent de choses abominables, et Mélitta, qui compte les nègres qui sortent de ma chambre, s'indigne tout bas :

— *Es ist doch nicht möglich!* Elle les fait gratuits !

Personne ne sait que la police me surveille déjà, moi-même je ne le saurais que longtemps après, trop tard. Leurs allées et venues tissent autour de moi un filet invisible. Jusqu'à la dernière minute, on ne voit rien, on n'entend rien. La fumée magique bouche nos yeux et nos oreilles.

D'obscurs loqueteux des cafés de Schwabing travaillent pour moi. Ils viennent furtivement toquer à ma porte, ils entrent de biais sur leurs semelles trouées, le regard lointain, ouaté de drogue. Ils sont sales, silencieux, pressés. Ils empochent les bottes enveloppées de papier bleu et, quand ils les ont vendues, ils me rapportent l'argent et on partage. Ils ne restent que quelques minutes, le temps de fumer une cigarette à la dérobée, pour se donner du courage avant de repartir à l'attaque. Je sais qu'ils passent toutes leurs soirées sur un banc dans le coin le plus reculé d'un café, et l'échange des marks et des dollars contre la marchandise se fait sous la table, tout en feignant de discuter d'autre chose. Du moment que tout le monde fume, ceux qui achètent comme ceux qui vendent, il n'y a pas de tricherie possible.

L'été meurt doucement dans les avenues pavoisées de feuilles d'or. L'amour de Rodwell et la fumée de la marijuana incendient ma chambre. Il fume, il me couvre de caresses, et quand il m'a aimée, il s'endort. Il me raconte qu'une fois une femme s'est évanouie tellement il l'a caressée profond, à une place secrète et redoutable qu'il n'a pas voulu me révéler malgré mes prières. Il me dit que c'est si dangereux qu'on pourrait en mourir. Moi, pour ce délice, je risquerais la mort de sa main avec joie !

Rodwell, prince nègre ! Tu es le premier à t'être retourné au-dessus de moi, nu et noir, et à m'avoir bue, en butinant de ta langue les lèvres et le pistil de ma fleur ouverte, pendant que je dévorais ta grande tige enfoncée dans ma gorge ! Ah Rodwell, tes caresses, c'était le Paradis !

Les Allemands et les Noirs avaient beau sonner six coups à la porte du palier, Big Mamma Shakespeare avait beau tambouriner en criant :

— *Für dich, ein Gast.*

On n'entendait pas, on ne répondait plus. On était étendus tout au fond d'un océan, dans la fumée amère des sticks, et le chaud humus nègre.

Bientôt, mes bottes dans l'armoire sont vides, il n'y a plus une seule boîte bleue. La marijuana est partie en fumée, en chaloupées fantastiques dans les crânes des soldats noirs. Une idée folle germe dans ma tête.

Si j'achetais une vieille voiture d'occasion, et si je partais au Maroc acheter de la plante-aux-rêves, je pourrais en rapporter des kilos, on serait riches ! Rodwell pourrait voguer tout l'hiver dans des mers de fumée !

C'est un dimanche après-midi, en me promenant avec les Tziganes et mes gosses, que j'aperçois la vieille bagnole de mes rêves. Sur une route de campagne, elle roule devant nous à faible allure, et ce qui me séduit, c'est qu'elle a un toit décapotable, en toile brune. Ça sera pratique, au Maroc, de l'ouvrir pour se chauffer au soleil.

On la dépasse, et Tata fait des signes au conducteur jusqu'à ce qu'il s'arrête. On parlemente, l'affaire se conclut facilement. Le propriétaire avait justement l'intention de la vendre. C'est une Opel antédiluvienne, elle coûte six cents marks. L'étoffe du toit est trouée, elle est raccommodée au sparadrap, elle s'essouffle un peu à la montée, mais elle marche.

Le propriétaire vient avec les Tziganes dans ma chambre, je sors six cents marks de ma botte, toutes mes économies, et il me donne la clef.

Je me précipite à la fenêtre et je contemple avec ravissement ma première voiture, amarrée au bord du trottoir, trois étages plus bas.

Quand Rodwell arrive, on se dépêche de l'essayer, c'est lui qui conduit, moi je ne sais pas. Hélas, elle ne veut pas démarrer. Il faut la

pousser tout le long de l'avenue, jusqu'au prochain garage. On est obligés de lui mettre une
batterie neuve. Rodwell n'a pas de permis civil.
Il faut rouler en douce, sans se faire remarquer.
Ce n'est pas facile, elle cale à tous les carrefours,
et même elle s'est arrêtée pile devant un poste de
police, avec le klaxon bloqué, qui ne veut plus
cesser. Rodwell s'énerve, il farfouille dans les
manettes et les changements de vitesse. On repart en faisant un bond en avant au moment où
les flics attirés par le bruit apparaissent sur le pas
de la porte.

On juge plus prudent de la remettre où on
l'avait prise, devant la grande maison. Tous les
jours on fait tourner le moteur sur place, pour
qu'elle reste en état de marche, mais on ne se hasarde plus à faire des promenades.

Je retrouve Jo à Schwabing, il est d'accord
pour partir avec moi au Maroc. Il ne sait pas
conduire non plus. Je le charge de nous procurer
un chauffeur. Il cherche dans les cafés. Un jour il
me présente un soi-disant étudiant allemand, un
type osseux à museau de rat, et je l'engage.

Je fais les préparatifs du voyage. Je gagne l'argent de l'essence, orne la voiture de deux couvertures en fausse panthère, pour que les sièges
soient plus confortables. Nous sommes déjà à la
fin d'octobre.

Un soir où j'ai la grippe, Rodwell et William,
qui se sont un peu attardés à écouter du jazz,
craignent de rentrer en retard à la caserne. Rodwell me supplie de lui donner la clef de la

voiture, il me jure qu'il en prendra grand soin et qu'elle me sera rendue le lendemain. Je la lui donne. Rodwell s'illumine, il m'embrasse, me souhaite une bonne nuit et s'en va, accompagné de William.

À trois heures du matin, ma porte s'ouvre, la lumière s'allume, et deux flics en uniforme, un Allemand et un Américain, surgissent à côté de mon lit. La même phrase, répétée en allemand et en anglais, résonne à mon oreille :

— Avez-vous une voiture ?

Je me soulève épouvantée. Je ne rêve pas, ce sont des vrais flics et pas des fantômes, ils réitèrent leur question avec impatience. Je suis bien obligée de répondre que c'est vrai, que j'ai une vieille voiture. On me demande mon passeport. Je ne comprends pas pourquoi ils sont là, mais il vaut mieux rester d'une extrême politesse et ne pas poser de questions.

J'apprends que Rodwell et William ont eu un accident près de la gare. En allant boire dans un bar, ils se sont parqués si malencontreusement qu'ils ont heurté une autre voiture, et ils ont pris la fuite. J'écoute tout cela dans le plus grand silence. Finalement, ils me disent d'une voix sévère :

— Ne prêtez plus votre voiture à des individus indignes.

Et ils se retirent enfin après avoir pris quelques notes. Le lendemain à midi, on m'envoie encore un troisième flic en uniforme, pour me dire que ma voiture est échouée quelque part près des casernes et que si elle n'est pas enlevée à deux heures, elle sera mise à la fourrière et je devrai payer le transport, cent marks.

Tremblante de fièvre, je m'habille tant bien que mal et je cours téléphoner aux Tziganes. Heureusement, ils sont au camp. En apprenant de quoi il s'agit, Tata se met en colère :

— Si tu as besoin d'un chauffeur pour ta voiture, tu n'as qu'à t'adresser à moi, au lieu de te prendre un Indien, pour qu'il te l'abîme !

Au poste de la caserne, qui est partagé en deux, d'un côté les policiers allemands, de l'autre les américains, j'attends à un guichet qu'on ait consulté le dossier des accidents de la veille. Au bout d'un moment, l'homme relève la tête et me dit, impassible :

— Je regrette, madame, votre voiture n'existe plus. Elle a été complètement détruite.

Je reste muette. Je sens les larmes qui me montent aux yeux. Tata hurle, il fait le tour du poste en vociférant :

— Je te l'avais bien dit ! Il fallait prendre un chauffeur normal !

Sonja lui court après pour le faire taire. Le type au guichet, tout à coup, lève la main avec un sourire :

— *Halt !* Attendez ! Je me suis trompé. La voiture dont je vous ai parlé, c'est une autre. La vôtre est entière. Elle n'a même rien du tout, vous avez de la chance. Tenez, voici la clef, les papiers, et veuillez signer ici, s'il vous plaît.

On respire. La voiture est tout près, affalée contre une barrière, la batterie à plat. À la fenêtre de la caserne, de loin, Rodwell et William, consignés et privés de sortie pour une semaine à cause de leur rentrée tardive, nous regardent. Tata sort une corde et attache ma voiture à la sienne, et on rentre tout doucement à travers la ville jusqu'à la Grande Maison Rouge.

Jo, notre futur chauffeur, et moi, nous avons une réunion dans ma chambre avant le voyage. Le chauffeur, un rusé personnage, ne m'est pas sympathique, mais le temps presse, on n'a pas le choix. Malheureusement, Jo lui a tout dit, il lui a dévoilé le but du voyage, et il lui offre même des cigarettes droguées. Il est trop tard, maintenant il n'y a plus qu'à lui faire confiance.

Je lui donnerai trois cents marks, cinquante marks au départ et le reste au retour, et il doit se payer sa nourriture lui-même.

Nous quittons Munich par une matinée de brouillard. Je suis assise à l'arrière. La suspension est foutue et je suis durement secouée tout le long du voyage. Jo et notre chauffeur à gueule de rat fument tant et plus, ils ont une provision de marijuana et c'est un miracle que les douaniers ne s'aperçoivent de rien aux frontières, malgré le nuage odorant qui remplit la voiture.

Le premier soir, la voiture rend l'âme aux portes d'un village et il faut passer une nuit à l'hôtel. On pousse cette guimbarde maudite dans un chemin boueux jusqu'à un garage où on

ne nous promet pas de la réparer pour le lendemain. À travers les déchirures du toit, la pluie
nous mouille et comme elle n'a pas de chauffage,
on a les pieds glacés.

Après avoir dû changer les charbons et toutes
sortes de pièces dans le moteur, on peut enfin repartir vers midi. On prend tous nos repas dans la
voiture, et on y dort pour économiser l'hôtel, car
tous les jours il y a de nouvelles réparations qui
coûtent très cher.

Le chauffeur est de mauvaise humeur. Il
conduit comme une brute, à toute vitesse, ayant
mal mis la clef de contact, de sorte que très souvent la batterie est à plat et il faut la faire recharger pendant des heures.

À la frontière espagnole, un pneu éclate. On
passe une nuit à Barcelone. Il faut acheter un
pneu neuf. Le chauffeur fonce toujours plus follement sur les routes d'Espagne, je suis le plus
souvent collée au plafond à cause des trous et des
cailloux de la route. On roule presque jour et
nuit.

Sur une route obscure, à minuit, notre chauffeur se jette dans une charrette tirée par un âne,
il ne l'a pas vue, malgré une lanterne accrochée à
l'arrière. L'aile gauche de la voiture est arrachée.

L'après-midi suivant, il tue un chien qui ron-
geait un os au bord d'un fossé et il en écraserait
un deuxième, si Jo et moi on ne hurlait pas pour
qu'il ralentisse.

Avec son profil coupé au couteau, sa nuque
raide, c'est un vrai nazi. Il porte en lui la brutalité

germanique. On ne peut rien lui dire, il se fâche et devient tout de suite grossier. De plus, il se prend pour notre chef. Jo, amolli par sa fumée, ne dit rien, il n'en a peut-être même pas conscience. Je serre les dents et je me tais.

On traverse l'Espagne pleine de poussière, sans rien voir, à une allure d'enfer. Sur les routes empierrées, brûlées, personne ne parle et la voiture grince de toute sa ferraille démantibulée. La faim et la soif nous tenaillent, mais on n'a pas le temps de s'arrêter, et presque plus d'argent. De profondes crevasses nous jettent hors des sièges, on se cramponne de toutes nos forces pour ne pas être heurtés sans cesse contre les parois et le toit qui se déchire de plus en plus. La nuit on dort à peine quelques heures, enveloppés d'une couverture, recroquevillés sur les sièges, claquant des dents, le ventre vide.

Une fois, sur une plage, un garde civil vient nous réveiller en braquant sur nous sa lampe de poche et il faut repartir frigorifiés à quatre heures du matin.

On n'a qu'une seule idée fixe : le Maroc et la marijuana. Ils se rapprochent à une allure forcenée. Nous sommes sales, harassés, le silence qui règne dans la voiture est de plus en plus haineux et Jo lui-même est énervé, il n'a bientôt plus rien à fumer.

Enfin nous sommes dans le port de Ceuta. On abandonne l'Opel sur le quai, couverte de poussière. On dirait une vieille ferraille morte.

On embarque sur un bateau graisseux qui tangue horriblement, presque tout le monde est malade. Je descends aux toilettes, et le long des couloirs l'odeur de vomi et d'huile chaude me prend à la gorge. Je remonte vite sur le pont. Le Maroc se lève à l'horizon. Ses collines pelées de terre jaune, ses cabanes de torchis et leurs enclos à chèvres, ses petits ânes, ses enfants en guenilles, pieds nus, ses femmes voilées surgissent dans le soir.

Dans l'autobus asthmatique qui nous emmène à Tétouan, il n'y a que de vieilles femmes édentées, emmitouflées dans plusieurs épaisseurs de linges crasseux, et des hommes en burnous, énigmatiques, et nous sommes secoués dans de profondes ornières, serrés et suffocants sur nos sièges, dans un relent de sueur et de poussière.

Une nuée d'Arabes et d'enfants se précipite à notre arrivée, en tendant les mains et en criant dans toutes sortes de langues, surtout en allemand et en français. Jo connaît un petit Arabe qui nous arrache à cette cohue, et on le suit dans un bistrot.

Assis à une table dans un café où il n'y a que des hommes, on boit des thés à la menthe dans de grands verres remplis de feuilles parfumées. Je suis la seule femme visible dans toute la ville, et je porte un pantalon rouge. C'est dire si on se retourne sur mon passage. Je ne me sens pas du tout bien dans ma peau.

D'autant plus que de louches burnous rayés à têtes sinistres nous suivent dans la rue.

— Ce sont des policiers, nous dit l'Arabe, et il nous fait presser le pas. On leur échappe en se réfugiant dans un petit hôtel décoré de faïences bleues et blanches.

On prend une unique chambre à trois lits. Jo et l'Arabe parlent à voix basse. L'Arabe nous dit de l'attendre, qu'il va revenir tout de suite. Au bout d'un long moment, il est de retour avec un grand cornet rempli de marijuana et un rouleau de pâte brune enveloppé de papier d'argent : de la confiture de haschisch.

— Goûtez, madame, me dit l'Arabe. Quand on achète de la marchandise, il faut toujours l'essayer d'abord. Cette confiture est de la meilleure qualité, cuite longuement, arrosée d'opium. C'est mon oncle qui la fabrique. Ici elle est vendue chez un marchand de bonbons, mais il faut le connaître, il la tient cachée dans son arrière-boutique. Le samedi soir, nous nous réunissons avec quelques amis, et nous en mangeons tous ensemble en écoutant de la musique. Ainsi nous sommes heureux, nous pouvons rire, la vie nous semble plus belle. Une petite cuillerée suffit.

L'Arabe entrouvre le papier d'argent. La mystérieuse confiture apparaît, pareille à une pâte de figues foncée aux grains plus clairs. Il en roule une petite boule de la grosseur d'une cerise entre ses doigts et me la tend. Je l'avale en hésitant, pendant que l'Arabe, Jo et le chauffeur me regardent.

J'ai perdu conscience brusquement. La chambre et les autres ont disparu. Je suis au bord d'une immense vallée très belle, au sommet d'une montagne. Je suis poussée en avant ; au moment de tomber dans le gouffre béant devant moi, je crie et me raccroche à ce que je prends pour une racine. J'ouvre les yeux et je me retrouve dans la chambre d'hôtel, penchée en avant, tenant dans ma main le pied de Jo assis en face de moi. Ils éclatent tous de rire.

— La chose est bonne, dit l'Arabe.

Les autres ont fumé une cigarette de marijuana, elle était elle aussi de très bonne qualité. Nous nous mettons d'accord. J'en achète trois kilos pour vingt-huit marks, et je prends aussi le rouleau de confiture pour dix dollars. Je le dissimule dans la doublure de mon sac que j'ai fendue avec un canif. Jo a pris un peu de marijuana pour lui. Le chauffeur s'en enfile une petite quantité dans du plastique sous son blue-jeans, contre la peau.

Toute la nuit, pendant que les autres dorment, je couds un tapis de marijuana à l'intérieur de mon sac de couchage, entre une couche de plastique et une couverture écossaise. Au matin, le travail est terminé. Je le roule en un énorme ballot qui semble fort louche, et qui chuchote au moindre attouchement comme une paillasse bourrée d'herbe sèche, en dégageant une odeur étrange.

Le moment est venu de faire nos adieux à Jo. Il va rester seul. Il fera de l'auto-stop jusqu'à Tanger, où il passera l'hiver au soleil.

— Vous me reverrez à Munich l'année prochaine, nous dit-il, si d'ici là je n'ai pas attrapé la syphilis.

On se serre la main en se souhaitant bonne chance. Jo reste couché sur son lit, un petit cornet de marijuana à côté de lui. Une fois la porte refermée, je me retourne pour le voir à travers une fente, sans qu'il s'en doute. Il fait un geste que je n'ai jamais oublié, j'y ai pensé des centaines de fois, plus tard, en prison et ailleurs : il lève le bras, peut-être en signe d'adieu, ou de résignation, ou par intuition de la fatalité, et il le laisse retomber et détourne la tête. Ce geste nous a déjà condamnés. En fait, tout est dit. Et la prochaine fois qu'on se reverra, sans pouvoir échanger une parole, ce sera longtemps après, dans un petit bureau de prison à barreaux, devant les flics.

Dehors, on prend un taxi avec le chauffeur. Il faut faire vite. Chaque minute compte. À partir de maintenant, c'est comme si on avait une barre de fer rouge sur l'estomac. L'angoisse nous étrangle. On ne dit plus un mot.

Le ballot suspect est enfilé dans le coffre du taxi. Au premier poste-frontière au bord de la mer, on contrôle nos passeports. Personne n'ouvre le coffre. Le chauffeur et moi, on n'a pas échangé un regard. J'ai gardé sur mes lèvres, tout le temps de la cérémonie des tampons, un sourire forcé.

Un peu plus loin sur la route, je demande qu'on s'arrête. Le chauffeur de Munich n'est pas content. Mais il faut que je sorte un moment, j'étouffe. Je marche sur la grève, je lance des cailloux dans la mer magnifiquement bleue, et quand j'ai retrouvé mon souffle, je remonte dans la voiture. On continue.

Sur le port, on entre dans un petit bistrot tout crasseux comme je les aime. Sur le sol de terre battue s'amoncellent des ordures. Une brûlante odeur de friture nous prend à la gorge. On s'assied à une table.

— C'est dégueulasse, ici, dit le chauffeur.

Moi, justement, je me sens rassurée. On nous sert un plat de viande dégoulinant d'huile. Pendant que je mange, je sens sur mes pieds un frôlement inexplicable, une touffe de poils moite qui me grignote. Je me penche : c'est un tout petit chat malingre et déplumé, aux poils roux enduits de merde. Ce chat africain si minable, aux yeux bleus, je le veux. Dans mes bras, il ronronne déjà.

Le chauffeur est furieux. Il n'est pas d'accord pour que je le prenne avec nous. On se dispute, et puis il me dit :

— Après tout, oui, prends-le. Comme ça les douaniers ne verront que le chat, ils ne se douteront pas du reste. Avec un animal dans la voiture, on aura l'air plus normal.

C'est une chatte, une petite fauve arabe à la fourrure rouge, haute sur pattes. Je lui donne son nom : Fatima. Jamais plus je ne donnerai ce nom à un chat. Chatte, c'est le Diable qui t'habite ! Elle vit en paix, maintenant, sur des coussins de soie, dans le salon d'une baronne tzigane. Après m'avoir livrée aux flics. *Inch Allah !*

On retrouve notre voiture, bouillante au soleil, sur le quai où on l'avait laissée. Le chauffeur la remet en marche, la clef de contact tournée de travers, comme d'habitude. On suffoque dans la fournaise. J'ai déroulé le ballot de drogue, je suis assise dessus. Tout le long des routes défoncées, je danse sur cette litière odorante et bruissante. On passera ainsi toutes les frontières. La chatte se sent déjà comme chez elle. Elle dort des heures sur mes genoux.

Notre voyage de retour commence. Le chauffeur met pleins gaz. On ne s'adresse plus la parole, sauf pour se dire : « Passe-moi l'eau ; passe-moi le pain », quand la faim nous brûle. On n'a plus que l'argent de l'essence.

Le chauffeur s'est mis à me faire du charme. Il est toujours plus laid, anguleux, brutal avec la voiture, et je me tiens prudemment à l'arrière.

Sur une route glacée, qui monte interminablement, la voiture refuse d'avancer. Le vent de novembre souffle par les trous du toit, il n'y a pas une maison en vue, que des collines couvertes de buissons maigres. Il faut descendre et pousser la voiture. À la prochaine pente on se remet dedans. On la pousse ainsi, de montée en montée, sur des kilomètres. Je n'en peux plus. Le chauffeur n'est pas à toucher avec des pincettes. Il flanque des coups de pied dans les pare-chocs et jure en allemand :

— *Scheiße ! Hure ! Sau ! Verdammtes Auto !*

J'hésite à l'abandonner, à foutre cette maudite carcasse dans le fossé, à prendre mon rouleau de marijuana sous le bras, mon chat dans l'autre, et à continuer en auto-stop. Mais nous sommes seuls dans la bourrasque, il ne passe pas une voiture.

Force nous est de la pousser encore jusqu'au prochain village. Là, le chauffeur sacrifie quelques marks de ses économies personnelles pour faire recharger la batterie une fois de plus.

Fatima, notre chatte africaine, est la seule qui ne s'en fait pas. Elle ronronne et, grimpée sur les sièges, elle part en exploration. Elle atterrit sur les genoux du chauffeur, qui s'attendrit. Tout à coup, j'entends :

— Nom de Dieu ! Salope ! Sale bête !

Une magnifique tache mouillée s'étale sur son pantalon. Fou de rage, il ouvre la fenêtre et saisit le chat par le cou pour le jeter sur la route.

— Ah non ! Si tu fais ça, je saute ! Je te laisse tout seul !

Après tout, c'est moi la patronne. Il n'a pas encore touché son salaire. Il serre les mâchoires, ne dit plus rien, et lance la vieille guimbarde à fond de train sans s'inquiéter des secousses qui m'arrachent du siège. Il n'ouvre plus la bouche pendant des heures.

La nuit tombe. On s'aperçoit que la dynamo a rendu l'âme. Plus de lumière, les phares sont éteints. Pas de clair de lune non plus. On ne peut se permettre de s'arrêter, chaque minute est trop précieuse. On traverse toute l'Espagne dans l'obscurité, collés derrière des camions, à vingt à l'heure, quand il y en a.

Dans le froid cinglant du petit matin, on dort un peu, ratatinés sous nos couvertures, dans un chemin creux derrière une haie.

On se fout de tout maintenant. Il s'agit de tenir coûte que coûte jusqu'à Munich. On ne sent plus la faim ni le froid. Aux frontières, on est tellement amorphes qu'on n'a plus la force d'avoir peur. Tout juste si on n'engueule pas les douaniers pour qu'ils nous laissent passer plus vite.

En France, dans une file de voitures, sur une route de village, un énorme camion nous rentre dedans à l'arrière. Sous la violence du choc, je cogne du crâne contre le toit, et retombe assise sur Fatima, qui pousse des miaulements aigus. Dans le bruit de la ferraille écrasée, je crois notre dernière minute venue.

Notre chauffeur n'est pas fautif, par miracle. Ayant freiné brusquement pour laisser bifurquer à gauche une voiture qui nous précède, il n'a pu repartir assez vite et le mastodonte qui nous suit n'a pas freiné et nous a aplatis comme une moule jusqu'à la moitié.

Tout le monde s'engueule dans la rue. Des sirènes de flics mugissent dans le lointain. On reste des heures à piétiner sur place. Assise dans la voiture mutilée, je prie tout bas pour qu'aucun flic ne la visite. La chatte s'est endormie, remise de sa frayeur.

Enfin tout est réglé, on peut repartir cahin-caha. Je suis toujours fermement cramponnée à l'arrière sur mon matelas de drogue, qui lui n'a pas bronché. On continue, il n'y a plus ni jour ni nuit, on roule comme des somnambules, en silence, dans l'hiver, la neige, l'obscurité.

Dans mon ancien pays, on s'arrête une nuit, le temps que je trouve cent francs dans un bar pour payer l'essence de la dernière étape. Le chauffeur en profite pour dormir chez sa sœur. Moi je retrouve dans mon ancien appartement le boxeur qui me laisse sur un plancher, au chaud, enfouie dans mon sac de couchage drogué.

On passe enfin l'ultime frontière, la cinquième. C'est la police elle-même qui nous a donné un coup de main. Comme on n'a plus de phares, ni même de feu arrière, ils ont eu la gentillesse de nous accompagner jusqu'à un garage. On nous a recollé tant bien que mal des bouts de fil. Une vague lueur s'est allumée et les flics, en nous souhaitant bonne chance, nous ont laissés repartir.

Une dernière étape forcenée. Onze heures du soir : Munich. On abandonne la carcasse camarde échouée contre le trottoir. Je monte dans l'escalier, en rassemblant mes dernières forces, le lourd ballot et le chat. J'ai encore dans ma chambre quelques billets de cent marks dans une enveloppe. Je redescends, je donne son dû au chauffeur frigorifié, qui a l'outrecuidance de me demander le gîte pour la nuit. Il veut aussi cinquante marks de plus. Je reste inflexible. Puisque j'ai dû le nourrir pendant tout le voyage, ne serait-ce même qu'au pain sec, je ne lui dois plus rien.

Il s'est assez foutu de nous, et il a démoli ma pauvre voiture. Qu'il aille se faire pendre ! Ces cinquante marks qu'il me réclame aigrement, ce sont eux qui m'ont perdue par la suite.

Ce soir, je ne veux plus le voir, lui et sa gueule de rat, et je le chasse sans pitié. Qu'il crève de froid dans la rue, je m'en fiche !

Dans mon lit, j'aurai cette nuit cet adorable petit chat qui me tient chaud au cœur. Big Mamma Shakespeare s'est découvert pour cette bête un amour de nourrice. Elle lui donne du lait, avec un pied de cochon dans une assiette. Elle la suit pas à pas dans le couloir, en roucoulant d'une voix douce :

— *Fatima, ja du kleine Fatima, du süsses Kätzelein !*

Le lendemain, elle revient bouleversée de l'épicerie, ayant découvert un peu plus loin ce qui reste de la voiture parqué dans la neige. Elle frappe tout essoufflée à ma porte :

— *Mein Gott ! Das ist doch furchtbar, was mit deinem Auto passiert ist !* Tu aurais pu être morte !

Cette nuit, je passe des heures à moudre la drogue, tiges, feuilles, graines et tout, dans un petit moulin à café électrique. Son ronron m'effraie. Je crois qu'il doit s'entendre de l'autre côté de la porte, et Big Mamma Shakespeare est si curieuse que je crains qu'elle ne s'inquiète de ce bruit insolite.

Heureusement que le boucan nocturne habituel couvre tout et que les soldats et les filles ne cessent leurs hurlements qu'au matin.

La mouture fraîche empeste la chambre d'une poussière au puissant parfum. Je suis soûle rien qu'en la respirant, tout se trouble dans ma tête et il faut que je vaporise un flacon d'air-fresh entier contre les parois et la porte. Il y en a une quantité industrielle. Il faudra passer des jours, des semaines à tout ranger dans des boîtes d'allumettes et à les aligner dans l'armoire, et à rouler délicatement des cigarettes. Il faudra engager des beatniks supplémentaires pour la vente dans Schwabing.

J'ai acheté un pèse-lettres pour les ventes en gros. J'ai fait une provision de sachets en plastique pleins de ouate, pour récupérer les sachets. La ouate je ne sais qu'en faire, ni des tonnes d'allumettes sorties de leurs boîtes.

La prostitution va devenir métaphysique. Les plaisirs de la chair seront remplacés petit à petit par l'alchimie fulgurante des sticks de Rodwell !

Une nuit a été réservée au haschisch. La fête a duré jusqu'au matin. Pendant toute cette agonie, Rodwell m'a tenue dans ses bras. À un certain moment où j'ai cru devenir folle, j'ai senti ma raison foutre le camp, j'ai supplié Rodwell d'appeler un médecin. Ne sachant que faire, il est allé chercher Big Mamma Shakespeare. Elle est entrée dans ma chambre, s'est penchée sur moi, elle a tout vu d'un coup d'œil : ma pâleur, tout mon corps qui tremble, couvert de sueur, mes yeux fous. Malgré mon hébétude, je prends conscience d'avoir fait une gaffe énorme. Je le vois sur sa grosse figure crispée de colère. Je ne trouve rien de mieux à dire, pour essayer de lui donner le change :

— Excuse-moi, Helen, j'ai trop bu.

Elle rétorque d'une voix stridente :

— Toi, tu as bu ? Mais tu ne bois jamais d'alcool ! Allons, ne me raconte pas d'histoires ! Ne me prends pas pour une idiote ! Tout ça, ça finira mal ! Très mal, tu verras !

Elle quitte la chambre. Rodwell est consterné. Je pense que j'aurais mieux fait de me taire. Espérons qu'elle ne dira rien à personne, elle qui est si bavarde.

J'ai vendu le reste de la confiture, cuillerée par cuillerée, à des Noirs. Elle est cachée dans un ancien bocal de nescafé, dans l'armoire. Un Noir qui en a mangé, avant d'aller au cinéma voir un western avec des copains, est venu ensuite nous dire qu'elle était si bonne qu'il n'a jamais eu autant de plaisir dans sa vie. Il s'est vu lui-même sur l'écran, en train de galoper à cheval, et ses copains ont dû le retenir de toutes leurs forces pour qu'il ne saute pas de la galerie. On lui en a redonné un peu, gratuit, parce qu'il en avait tellement envie.

Quant à Rodwell, lui, la confiture ne lui a rien fait. Pourtant il en a pris, la même nuit que moi, la même quantité.

— Ce n'est pas mon genre, dit-il. Moi, ce que j'aime, c'est fumer un bon stick bien serré.

Il en porte une provision, rangés comme de petits obus minuscules dans la ceinture de son pantalon, à l'intérieur de la doublure.

Je prends grand soin de fermer notre porte à clef, et je vaporise toujours longuement l'encadrement de la porte et les angles du mur, car le parfum de la marijuana est entêtant, âcre et sucré, il ne quitte plus la chambre, Rodwell en est imprégné. Il me dit que, pour savoir si un type a fumé, il suffit d'aller renifler dans le creux de son oreille. Les flics le font, paraît-il.

On est toujours sur le qui-vive, jour et nuit.

— Si tu veux, dit Rodwell un après-midi, j'aurai un associé, un Noir de ma caserne. Je suis en train de le mettre à l'épreuve. Il faut voir ce qu'il vaut. S'il est discret, on en vendra ensemble, et on partagera les bénéfices. Est-ce que ça te va ?

Je dis oui. Je ne me doute pas que Brown, l'associé, sera l'instrument de notre perte. Il y a des types comme ça, qui sont prédestinés. C'était écrit.

De tous côtés, j'entends aussi parler de notre chauffeur. Cet odieux cloporte ! Des types que je n'ai jamais vus m'arrêtent dans la rue, à Schwabing, pour me dire :

— Alors, ce voyage au Maroc ? Et la voiture ? Est-ce que vous avez encore de la marchandise ?

À chaque fois, je fais semblant de ne pas savoir de quoi on parle. Mais ma fureur augmente. Cet imbécile a affranchi tout le quartier ! De plus il nous fait concurrence, il nous prend tous nos acheteurs, dans un bar où il se tient le soir, et il leur vend la marchandise à moitié prix.

Je l'aperçois moi-même, une fois, juché sur un haut tabouret comme un perroquet sur son perchoir, plus décharné que jamais, qui se donne des airs importants. Je fais comme si je ne le voyais pas.

Un sergent noir, qui est fiancé avec une fille de l'étage au-dessus, vient régulièrement en cachette me rendre visite. Big Mamma Shakespeare, qui est dans la confidence, l'introduit prudemment dans le couloir sans que ça se sache, et elle vient elle-même frapper à ma porte. Il ne me donne jamais moins de dix dollars. Comme il me l'a expliqué, il vient chez moi de préférence pour le French Love, car sa fiancée, une petite Allemande très propre, douée pour le ménage, n'a jamais su lui sucer la queue correctement. Il aime qu'on ait des façons délicates, et que la chose dure longtemps.

— *More, more*, dit-il en poussant des soupirs de bien-être.

Et il sort à regret les dollars de son portefeuille, car il est un peu radin. Il dit que c'est trop cher. Mais il ne peut s'empêcher de revenir, en traversant le couloir tout inquiet, car sa fiancée est jalouse.

Un jour, je commets l'erreur de lui parler du voyage au Maroc, et des sticks, en lui demandant s'il désire en essayer un.

— Non, dit-il, ça ne m'intéresse absolument pas. D'ailleurs c'est une mauvaise chose, et vous ne devriez même pas vous occuper de ça.

Ça a jeté un froid. Pourtant il se rhabille comme d'habitude, et me quitte en me remerciant :

— *It was very good, very good.*

Le lendemain, toute la maison sait que je vends de la marijuana. Ça chauffe ! Le plancher fume, il me brûle les pieds !

Gigi, de la porte palière d'à côté, est venue m'acheter quelques boîtes. Elle ne m'avait jamais adressé la parole auparavant. Elle revient tous les trois ou quatre jours, en robe de chambre, elle frappe deux coups discrets. J'ouvre. Elle me dit : « *Zwei.* » Ou bien : « *Drei.* » Les boîtes disparaissent dans sa poche. Elle me tend l'argent, cinq dollars la boîte. Elle ajoute : « *Danke.* » Et c'est tout. Elle retourne dans sa chambre, le regard comme noyé dans une sorte de brume. C'est une belle fille, encore jeune, avec des cheveux noirs.

Un petit soldat noir qui aime une fille du quatrième est venu me demander, avec des yeux traqués et une voix rauque, si je peux lui procurer de la « neige », c'est ainsi qu'on appelle l'héroïne. Je n'en ai jamais vu. Je sais que c'est une substance très dangereuse, et je refuse, indignée.

Il n'a pas encore quitté ma chambre quand sa fiancée, avertie que son Noir est en visite chez moi, se précipite dans le couloir, une paire de grands ciseaux à la main, pour me couper la gorge. Big Mamma Shakespeare l'arrête au passage :

— *Wo gehst du hin ? Was willst du ?*

Elle l'empêche d'arriver jusqu'à moi. On s'explique, la petite tout en larmes me fait des excuses, en me disant :

— Pardonne-moi, je sais maintenant pourquoi il est venu te voir.

Je lui réponds :

— Tu te trompes. Je ne sais pas de quoi tu parles. Il faut que je fasse très attention. Le volcan peut exploser d'un jour à l'autre.

Peu après, un Noir rencontré au Birdland a passé la nuit chez moi. Il a été assez généreux, tout en se comportant d'une façon bizarre. Il me pose un tas de questions :

— Est-ce que vous fumez des cigarettes américaines ? Est-ce que vous en avez dans votre armoire ? Faites-vous de la contrebande avec l'armée américaine ?

C'est un petit gars à lunettes à bords dorés. Pendant la nuit, pour plus de sûreté, j'enlève la clef de l'armoire. Je lui réponds que je ne fume pas.

Il ne peut pas s'empêcher de me dire avec un grand sourire qu'il est de la police, et il me montre sa carte. Je reste calme et je suis gentille avec lui comme avec les autres, pour qu'il ne se doute de rien.

Après son départ, Big Mamma Shakespeare, écumante, surgit à ma porte. Elle entre, la referme soigneusement et me dit à mi-voix :

— Es-tu folle ? As-tu complètement perdu la tête ?

— Non, pourquoi ?

— Comment peux-tu prendre un policier dans ta chambre ?

— Mais c'est un homme comme les autres, il a été très gentil.

— Moi, depuis que je sais que tu vends ces cigarettes… je ne vis plus. Tu ne te rends pas compte. Je t'en supplie, arrête-toi ! Fais donc attention, ne reçois pas n'importe qui !

Je hausse les épaules. Elle s'en va, fâchée. Je n'ai pas peur, du moins pas encore.

Pas même une nuit où je suis couchée à côté de Rodwell quand on sonne six coups à la porte du palier. Par miracle, ce soir-là, je décide de ne pas ouvrir. On sonne encore, je ne bouge pas. Puis il se fait un grand remue-ménage, on frappe à toutes les portes, on entend toutes sortes de pas très lourds dans le couloir. Des bruits de clefs, de fortes voix allemandes, des voix d'hommes. On essaie d'ouvrir notre porte, mais on n'y arrive pas.

Plus tard, je sors pour aller aux toilettes, et j'apprends qu'il est venu six policiers, qui ont fouillé les chambres et questionné toutes les femmes, en leur demandant leurs papiers, et de quoi elles vivent. Le mari de Mélitta s'est enfui le soir même du pénitencier et on le recherche. Les policiers ont cru qu'il s'était réfugié chez sa femme, mais il n'y est pas et ils n'ont rien trouvé.

Je me rends compte tout à coup à quel point j'ai eu de la chance d'être restée dans mon lit avec Rodwell. Les policiers ont cru qu'il n'y avait personne dans cette chambre puisqu'on n'a pas répondu. Encore une fois je l'ai échappé belle.

Une lettre m'arrive d'Amérique. Une mince enveloppe allongée, en papier air-mail. À gauche, en haut, je vois marqué le nom de Roy Blaine Miller, Chicago. Le Petit Chou-Chou tout noir m'a écrit, il ne m'a quand même pas oubliée. Je lis la lettre devant Rodwell. J'éclate en larmes.

— Qu'est-ce que tu as ? De mauvaises nouvelles ?

Non, il ne peut pas comprendre. Il ne sait pas que j'ai été fiancée dans une cave de caserne à un petit Indien noir à la peau de soie et que je l'ai trahi, je n'ai pas eu la patience d'attendre. Il m'écrit trop tard, maintenant c'est Rodwell que j'aime. On ne revient pas en arrière, mais je pleure quand même de regret des larmes amères.

Là-bas, à Chicago, il dort tout seul dans le trou d'un mur. Traqué, affamé, il espère encore qu'il pourra me revoir. Il se débat dans l'immense Amérique qui le serre à la gorge. Sans travail, sans argent, il erre dans la nuit des Noirs. Il m'écrira encore de brûlantes lettres, et même des poèmes. Il se bat, il est de ceux qui demandent la vie à coups de poing. Ses cris, ses poèmes sont désespérés. Sa blessure est de celles qui ne se ferment jamais plus.

J'ai reçu une fois un jeune Allemand que personne ne voulait. C'était un jeune homme maigre, nerveux, les yeux rougis par l'alcool, il faisait des gestes saccadés et parlait à peine. Il était vêtu d'une vieille gabardine tachée. On parlementait sur le pas de ma porte. Big Mamma Shakespeare, derrière son dos, me faisait des signes :

— Ne le prends pas, il est ivre ! C'est un type dangereux !

Je faisais semblant de ne pas comprendre. Après tout, on verrait bien. Le jeune homme me promettait cent cinquante marks, si j'étais gentille avec lui. C'était la fin du mois, et pour moi ce n'était pas rien. C'était même beaucoup.

Je le fis entrer chez moi. Je fermai ma porte à clef comme d'habitude. Il me donna cent marks pour commencer. Je les enfilai dans ma cachette, sous le papier de l'armoire. Avant de se déshabiller, il plongea la main tout au fond d'une poche intérieure de sa gabardine et en sortit un long couteau dont la lame étincelait, qu'il posa sur ma table. Puis il enleva ses vêtements et les plia sur ma chaise. Il me dit en montrant le couteau :

— Il me gêne, dans ma poche. Alors je le pose là. Je suis toujours armé. On n'est jamais assez prudent.

Je lui souris, c'était la seule chose à faire. Le grand couteau sur la table nous forçait au respect, au silence. On a fait les gestes presque sans bruit. Je l'ai lavé dans ma cuvette, essuyé, il s'est couché sur mon lit. Tout a continué sans paroles inutiles. À la fin il a été très content. Il m'a dit :

— Tenez, puisque vous êtes si gentille, voilà encore les cinquante marks. Je tiens toujours mes promesses, si on me contente. Mais si on se moque de moi, je deviens méchant.

Je l'ai caressé encore tranquillement, mais comme il avait vraiment trop bu, c'était difficile. Lui-même l'a reconnu à la fin.

— Écoutez, ça ne fait rien. Vous vous êtes donné beaucoup de peine. Tant pis si ça ne marche pas pour la seconde fois. Je vous remercie quand même, mais il vaut mieux que je parte, je suis fatigué.

Il s'est rhabillé, a remis le couteau dans sa poche. Il me dit encore :

— Partout où je vais, mon couteau me suit. C'est grâce à lui que tout va comme je veux !

Et il me quitta, sur un dernier baiser.

Je suis de nouveau malade. La syphilis est finie, elle a définitivement baissé pavillon. Maintenant que je ne suis plus protégée par la pénicilline, quelques nouveaux microbes se sont remis à la tâche. C'est la blennorragie, dite « chaude-pisse ». On n'est jamais tranquille ! Une perfide brûlure m'a annoncé la chose. Rodwell me fait des reproches véhéments, il menace de me quitter :

— Ça ne m'est jamais arrivé dans ma vie !

Je lui réponds :

— Eh bien, maintenant, tu sais ce que c'est ! Comme ça, tu l'as connue !

Il fait la grimace et avale des pilules qu'on lui a données à l'armée. Quant à moi, je suis allée chez un médecin allemand, il a vu les bestioles au microscope, colorées en bleu, entre deux plaques de verre. Il m'a fait deux piqûres de streptomycine, à deux jours d'intervalle, et j'ai été guérie pour cette fois. Pourtant, je me lave tous les jours dans une cuvette d'eau remplie de poudre de gentiane violette. C'est une habitude qui date du temps de Bill. C'est purement sentimental d'ailleurs, car ça n'a jamais empêché aucune maladie.

Au café Birdland, tous les soirs, en douce, j'écoule des boîtes d'allumettes pleines de marijuana. Il faut une prudence de renard. Les policiers noirs et blancs nous guettent. On est continuellement sur ses gardes. Tout en dansant, en me serrant contre les Noirs, j'échange à mi-voix de mystérieuses paroles :

— Combien en veux-tu ?

— Combien ça coûte ?

— Cinq dollars la boîte.

— Donne-m'en quatre.

— OK. Je t'attends aux toilettes, contre le mur.

Je retourne un moment m'asseoir à ma table. Puis je me lève, je me glisse dans la foule mouvante des soldats noirs et des Allemandes, et je retrouve le Noir accoté dans l'ombre, contre le mur puant qui sépare la salle des toilettes, dont les portes battent sans arrêt, sur l'éclair du néon et la musique des chasses d'eau, dans l'âcre relent des urines.

Les boîtes sont prêtes, enveloppées de papier bleu. Le Noir me tend les dollars, et il glisse les boîtes, invisibles, dans les poches intérieures de sa veste. Il passera toute la nuit dans les toilettes, à se rouler des cigarettes, et à les vendre au double du prix, à ses risques, car la fumée se répand et les flics pissent eux aussi, à leurs heures.

À leur barbe, on vend des boîtes partout, jusque dans la cabine du téléphone, en pleine lumière, le dos tourné. Une fois Sonja m'a aidée, elle avait caché dans la fameuse poche tzigane en étoffe noire tout un nid de boîtes qu'elle ressortait furtivement, aplatie dans l'embrasure d'une porte à l'entrée d'un couloir obscur, pendant que je montais la garde sur le trottoir. On se dissimule aussi hors du café, derrière la palissade d'un terrain vague, on s'accroupit en faisant semblant de pisser, et on échange prestement la marchandise et l'argent.

J'ai rendez-vous certaines nuits vers la gare avec un musicien noir qui joue dans un orchestre brésilien. Pendant que la musique bat son plein sur le podium, j'attends, assise à une table, jusqu'à ce qu'ils viennent me rejoindre, pour boire du thé à la prochaine pause.

Tout se passe alors entre nos genoux, sous la table : je reçois l'argent d'une main, pendant que de l'autre je donne les boîtes. Pendant ce temps, nos visages ne nous trahissent pas, on continue à boire, à rire, on échange quelques paroles, en se regardant à peine, la bouche un peu crispée.

Puis ils se lèvent et retournent à leurs instruments, la musique reprend. Un petit moment après, je me lève à mon tour, et en passant devant eux, dans le tintamarre et la fumée, je leur fais un signe de la main et ils me répondent par un sourire, tout en jouant. Je sors dans la rue et je compte les billets, jamais ils ne m'ont trompée.

Le Brésilien nègre m'a dit une fois que la marijuana l'aidait pour sa musique, sans elle il n'aurait pas le courage de rester en Allemagne, à jouer de la mauvaise musique dans les bars. Mais les cigarettes lui chauffent l'âme, ça le rend gai, sa guitare bondit, et les accords lui pètent entre les doigts comme des fusées. Personne n'a jamais rien remarqué, ni le patron occupé à l'autre bout du comptoir, ni les serveuses pressées.

Je connais aussi un musicien allemand, il vit avec sa femme blonde, un enfant et un chat dans un grand immeuble à Schwabing.

J'y suis allée une fois, accompagnée d'un de mes vendeurs beatniks, un petit gars frisé, pouilleux et pacifique, qui habitait avec Jo avant notre voyage. Au sous-sol d'un immeuble, dans une chambre sale occupée par un lit unique couvert d'étoffes bizarres, ils passent le plus clair de leur temps couchés dans la fumée, devant des murs humides où pendent des dessins déchirés.

Le musicien allemand est atteint au plus haut degré du délire de la persécution. Quand le beatnik frappe à sa porte (la sonnette est hors d'usage), il vient nous ouvrir en pantoufles, l'air égaré. Il se penche, regarde dans la cage de l'escalier si personne ne nous a suivis. Il nous fait entrer sans rien dire, un doigt sur la bouche. On pénètre dans une pièce encombrée de livres, aux volets fermés. Par terre dans le couloir, j'ai vu la caisse du chat et un tricycle d'enfant.

Sa femme vient, silencieuse elle aussi, ses yeux bleus papillonnent d'anxiété, elle a un pâle sourire figé sur sa bouche peinte. L'appartement tout entier est obscur, parcouru par des ondes d'angoisse. Nous aussi, on se sent mal à l'aise. Sans avoir prononcé une parole, le musicien déploie sur la table un papier d'emballage, il y verse la drogue que je lui ai tendue dans un sac en plastique. Il la hume, il la pétrit du bout des doigts. Il en met un peu dans une pipe et l'allume, nous la tend à chacun et aspire à son tour de profondes bouffées.

— *Es ist sehr gut*, dit-il.

Il apporte un pèse-lettres. Il pèse la marijuana, en achète quelques centaines de grammes et promet d'en reprendre quand il n'en aura plus.

— Je ne peux pas travailler sans ça, nous dit-il en rangeant sa pipe dans sa poche, d'un air déjà moins contracté.

Tout en lui paraît mou, vague, comme absent. Les traits de son visage ont fondu, ses gestes sont lents, ils flottent. Il nous raccompagne à la porte, toujours avec la même terreur noyée d'hésitation, il regarde partout à la dérobée, s'il n'y a pas un flic caché quelque part. Finalement il nous pousse dehors et referme la porte à toute vitesse, on l'entend mettre le verrou et donner plusieurs tours de clef.

Au bord du trottoir, près de la Grande Maison Rouge, il y a toujours la carcasse effondrée de mon véhicule en déconfiture. En ces ultimes nuits de novembre, la rouille s'y est mise.

— C'est une honte ! dit Big Mamma Shakespeare. Devant notre maison, cette ordure ! Ça nous enlaidit la rue. De quoi est-ce qu'on a l'air, nous autres, quand les clients nous demandent ce que c'est ? On n'ose pas leur répondre que c'est la voiture de l'une d'entre nous ! Quand on voit les belles voitures qu'elles ont toutes ! À ta place, je la ferais enlever.

Oui, ma guimbarde en loques est une insulte aux Mercedes, aux Triumph, aux gigantesques Chevrolet à ailerons de nickel alignées tout le long du trottoir, fruit patient du labeur de ces dames. C'est une caricature ! À côté d'elle, les poubelles qui débordent ont un air d'utilité honnête !

Tata est venu un matin avec un copain tzigane. Ils ont lié la pauvre ferraille paralysée avec une corde à sa propre voiture asthmatique, qu'on réveille à l'aube, l'hiver, en versant de l'eau chaude sur son capot. On l'a menée à un garage, où on s'est fait délivrer un certificat. Elle est déclarée morte. Un an plus tard, grâce à un avocat astucieux, une assurance me donnera mille marks pour sa carcasse, plus qu'elle ne m'a coûté.

J'ai croisé le vieux Juif qui possède notre immeuble, en bas devant la porte. Il me toise d'un œil d'acier vif. Son bonjour est tranchant :

— Avez-vous déjà payé votre loyer, mademoiselle ?

Big Mamma Shakespeare dit que c'est un vieux fou. Il possède plusieurs immeubles dans Munich, il est riche à ne plus savoir que faire de son fric, et il prend le tram tellement il est avare, pour s'économiser une voiture ! Il a quand même une amie, une pauvre petite de dix-huit ans, qui a la sottise de lui être fidèle. J'espère qu'elle lui bouffera tout son argent.

Un dimanche, Tata, qui est chef de tribu, est venu me chercher pour aller à un enterrement tzigane.

C'est un matin de gel et de tristesse, et pourtant il demeure dans ma mémoire comme une orgie de couleurs, de fleurs et de musique, une pesante musique de deuil à vous pilonner l'âme dans l'exhalaison des chrysanthèmes.

Une foule de Tziganes en noir, silencieux et recueillis, se presse autour de la chapelle ardente. Tata, Sonja et leurs filles aînées tiennent des bouquets de fleurs. C'est un vieux grand-père de quatre-vingts ans qu'on enterre.

La foule muette défile devant les cercueils alignés derrière une paroi de verre. Chaque mort est couché entre ses fleurs dans sa boîte capitonnée d'étoffe, la tête posée sur un oreiller. Des cierges brûlent. C'est la première fois que je vois des morts. Il y a même une petite fille, dans un cercueil minuscule. Tous, ils sont blancs, immobiles, paisibles. Ce n'est pas la mort qui fascine, mais cette parodie inquiétante du sommeil. Il semble que leurs visages nous narguent du fond des bières, nous appellent peut-être d'une voix imperceptible et triomphante. Déjà, nous sommes vaincus par leur éternité. Quel mépris dans leur silence !

Devant la fosse ouverte, une pauvre petite vieille s'effondre en poussant des cris. C'est la veuve. Dans ses gémissements suraigus, on comprend qu'elle voudrait partir en même temps que son vieux, qu'elle lui reproche son abandon. Il ne l'entend plus. Elle a beau crier et pleurer, c'est fini. Elle restera seule. On la soutient, on l'arrache, on l'emmène. Il y a encore une dernière cérémonie dans une sorte d'église.

Des chants puissants, une liturgie retransmise électriquement par des haut-parleurs invisibles déferlent sur nous et nous secouent jusqu'à la moelle. Les gens sont anéantis, ruisselants de larmes, les pieds collés aux dalles. Cette musique sadique me flanque le vertige. Si encore on voyait un orgue, des chœurs ! Mais ce fracas lugubre paraît sortir des murs au revêtement de marbre. C'est toute la voûte qui hurle !

Enfin, on sort de cet étouffement, on se retrouve devant le mur du cimetière, sous le pâle soleil de novembre. Dieu merci, on se dirige vers un bistrot. On se réchauffe à de grandes tablées bruyantes, presque trop gaies. Ça fait du bien. On bouffe, on rit, on plaisante. Personne ne parle plus du mort. On dirait même qu'on fête un événement joyeux, nous-mêmes, nos propres carcasses bien vivantes. On les remplit de nourriture, on les arrose de bière. On chante, on rote, on gueule. De grands rires traversent la salle, mêlés aux valses allemandes du juke-box. C'est dans une épaisse soûlerie enfumée que se termine la cérémonie.

Mes gosses sont toujours en pension dans le home tenu par des religieuses. D'accord avec le *Jugend-Amt* (encore une saloperie officielle qui a la spécialité d'arracher les enfants à leur mère), la Mère supérieure a institué un nouveau règlement.

On n'a plus le droit de prendre ses enfants, ni en vacances, ni en week-end, ni en promenade. Quand je demande à emmener les miens en ville pour leur acheter des habits, on m'adjoint une garde-chiourme en uniforme religieux qui nous suit partout. Non seulement elle colle obstinément à nos talons, mais elle nous donne des conseils, il faut encore lui obéir.

On est obligés d'acheter tel manteau, tels souliers qui sont plus « convenables », qui sentent la pauvreté. Que ce soit moi qui paie n'a aucune importance, nos récriminations ne font qu'envenimer les choses. Elle nous menace, si on ne se tient pas tranquilles, de supprimer toute sortie dans les magasins à l'avenir. Vaincus, minables, on sort la tête basse devant les vendeuses, flanqués de notre cerbère catholique qui arbore un sourire de triomphe.

Je serre les dents. Je ne sais ce qui me retient d'empoigner mes gosses, de lui fausser compagnie au pas de course, en la laissant patauger dans ses voiles et sa grande jupe noire à l'étoffe rigide, cramoisie de colère sous sa visière de sainteté amidonnée !

Nina aux yeux verts, la fille aînée des Tziganes, a été mise dans un home spécial pour jeunes filles, où elle ne se plaît guère. Elle a déjà fait trois fugues, la nuit, en passant par la fenêtre de sa chambre, pour aller retrouver des garçons.

J'ai acheté à Sonja pour son anniversaire une nouvelle roulotte, d'occasion, pour deux cent cinquante marks. Elle est plus grande et plus belle que l'autre, qui sera désormais la mienne, on me la donne. Posséder une roulotte, une vraie ! Ça a toujours été mon rêve.

Les Tziganes sont fous de joie. Ils emménagent dans la grande. Quand tout est prêt, on m'appelle. Tata a décoré la partie arrière, qui est leur chambre à coucher. On me la fait visiter en grande cérémonie. Elle ressemble à une chapelle. Les parois sont recouvertes de papier doré étincelant, ornées d'images saintes, de fleurs en papier, de tapis de dentelles.

Deux petites lampes brûlent sur les tables de nuit. Dans le grand lit, Tata et Sonja dorment chacun à un bout, avec une des petites filles tziganes dans les bras. Yulishka auprès de sa mère, et la blonde Emmi aux yeux bleus près de son père. À toutes les deux, il arrive encore de faire pipi au lit. Mais ces gens s'aiment d'un tel amour, que jamais ils ne grondent les gosses.

— On y est habitués, on supporte, me dit Sonja.

Le dimanche, je viens repeindre la vieille roulotte. Je refais les parois en bleu et blanc. Je l'orne de rideaux, d'un tapis. J'y viendrai en vacances l'été. J'apprends aussi la langue tzigane. Je n'en ai retenu qu'une seule phrase :

— *Tu Narvlo, jovri !* (Toi, imbécile, sors !)

C'est ce qu'on dit à ceux qui viennent nous déranger dans la roulotte.

Tata part tous les jours en expédition dans la neige, le coffre de sa vieille voiture bourré de cigarettes américaines de contrebande et de bouteilles de whisky qu'il va vendre aux familles riches des grands immeubles.

Un jour, il se fait coincer par la police, qui le guettait depuis la rue, dissimulée dans une VW parquée un peu plus loin. Sonja me raconte la scène.

Tata et elle sont conduits au poste après que les flics ont fouillé la voiture. L'heure est grave. On les accuse bel et bien de contrebande. Il est interdit de revendre de la marchandise du grand magasin réservé à l'armée, où tout est meilleur marché, et que des soldats noirs leur apportent à des prix très bas, en cachette.

Tata et Sonja exécutent une pièce de théâtre, longuement préparée à l'avance, qui était réservée en cas de malheur à fourvoyer les flics. Ça marche d'ailleurs magnifiquement. L'âme tzigane, pour eux, c'est du mystère, jamais ils n'en toucheront le fond !

Au premier acte, Tata se met en colère. Il hurle, il menace sa femme de lui aplatir la tête pour l'avoir trompé avec des soldats nègres, et d'avoir reçu en cadeau toutes ces marchandises, qu'elle a cachées dans la voiture sans qu'il le sache.

Sonja se roule par terre devant Tata et les flics, sanglote, demande pardon en suppliant qu'on empêche que Tata ne la tue. Elle avoue avoir fait ça pour ses gosses, en cachette de son mari, elle jure qu'elle ne le fera plus.

Tata bondit, les flics le retiennent et s'efforcent de le calmer, ça dure encore un long moment avant qu'il ne consente à s'apaiser et qu'il promette qu'il ne la touchera pas.

Au dernier acte, Tata prend sa femme dans ses bras en pleurant, elle se jette à genoux et lui demande pardon au nom de ses enfants, les flics tout attendris la relèvent. Et au lieu de les mettre en prison séance tenante, ils les laissent partir, mais ils n'en devront pas moins passer en jugement. Toutefois ça peut durer encore des mois jusqu'à ce qu'on les convoque au tribunal.

— Oui, me dit Sonja, on s'en est pas trop mal tirés. Mais j'ai vu une Tzigane amenée au poste en même temps que nous. On l'a fouillée, on a trouvé sur elle une boîte d'allumettes comme celles que tu as dans ton armoire, pleine de la même substance. Elle a eu beau se défendre, dire que c'était de l'herbe, qu'elle ne savait pas comment elle était venue dans sa poche, on ne l'a pas relâchée. Ils l'ont mise en prison tout de suite.

Ces paroles me font froid dans le dos.

Et pourtant je leur échappe encore une fois, quand ils viennent frapper à ma porte un dimanche matin à onze heures, peu après que j'ai entendu sonner six coups sur le palier. Par miracle je suis seule, il n'y a pas de nègres, pas de parfum de marijuana dans l'air. Simplement j'écoute un disque de jazz un peu trop fort, les voisins du dessus se sont plaints.

Deux flics très polis apparaissent à ma porte, ils s'excusent tout en faisant leur devoir. Dire que mon armoire les nargue, bourrée de drogue à éclater, à deux pas de leurs uniformes ! Et ils n'ont rien vu, rien senti ! Je m'empresse de mettre mon pick-up moins fort. Et ils repartent après avoir accepté mes excuses.

Un Portugais passe une nuit chez moi. Il sort de son portefeuille des billets fabuleux d'une monnaie qui m'est inconnue, mais la longue rangée de zéros qui les orne m'éblouit, accompagnée de splendides enluminures. Ça ne peut être qu'une énorme somme. Le Portugais en jette plusieurs sur ma table d'un geste de grand seigneur et je me sens toute remplie de respect. La nuit se passe sans encombre, le Portugais heureusement est normal, il dort même quelques heures, ce qui me permet de me reposer. Au matin, je lui propose encore avant qu'il ne parte une ou deux de mes petites boîtes. Aussitôt il ouvre son portefeuille, en sort deux de ses magnifiques billets et me les tend avec un sourire.

Je suis allée dans une banque. Au guichet du change, pendant que l'employé s'attarde, penché sur un registre, je ne me sens plus d'impatience. La surprise est dure. Le Portugais a menti. Il m'a roulée, ses grands billets n'ont pas de cœur, leur beauté n'est qu'une funeste supercherie. Il faut bien se rendre à l'évidence : j'ai gagné seize pfennigs pour toute une nuit, encore heureux qu'il ait dormi !

— Ce sont des choses qui arrivent, dit Big Mamma Shakespeare à qui j'ai tout raconté. Il faudra faire plus attention la prochaine fois et exiger des dollars ou de l'argent allemand, ce sont les seuls billets auxquels on peut se fier.

J'ai reçu une gifle, une seule, de Rodwell. Il faut recevoir quelquefois des gifles de ses amants. Une belle claque sauvagement appliquée reste gravée comme la meilleure des marques d'amour, surtout si on la mérite. Rodwell, la tienne, je l'ai reçue d'une de tes grandes mains nègres. Et pour cette gifle magnifique, je te célèbre encore aujourd'hui.

Tu m'avais dit :

— Je viens cette nuit. Tiens-toi prête à me recevoir.

C'est jour de paie, le trente novembre. Les sonnettes sonnent sans arrêt de leur voix aigrelette. Je t'ai laissé attendre, assis sur l'escalier, pendant des heures.

Quand enfin Big Mamma Shakespeare l'a laissé entrer, Rodwell était comme fou. Il s'est croisé de justesse avec un Allemand qui sortait de ma chambre. Il s'est précipité sur moi, la gifle a jailli et je l'ai reçue en silence. Sa face d'Indien et de Noir que j'ai tant aimée étincelait de colère.

Peut-être qu'un jour, dans une ville d'Amérique, je sentirai encore sur ma joue la brûlure d'une grande main noire.

Tout ce qui me reste, maintenant, c'est un morceau de papier déchiré où Rodwell avait écrit une promesse. Et peut-être qu'une fois, par un autre, elle sera tenue.

Je sais bien que quelqu'un m'attend, très loin, dans une rue poudrée de charbon, au cœur brûlant d'un ghetto noir ; derrière la porte d'une de ces chapelles où j'ai entendu hurler Dieu, dans le rythme des pieds déchaînés et des claquements de mains, et la voix écorchée de Son peuple, dans l'océan des sueurs noires ; je sais bien que quelqu'un m'attend, dans une chapelle de nègres ruisselante, tout baigné des larmes de Dieu.

Rodwell a toujours aimé rire, de son grand rire sonore.

— Quand j'étais petit, raconte-t-il, mon père l'Indien me rasait la tête, en me laissant juste une petite tresse sur le sommet du crâne. Ma mère est noire, elle est très foncée. Elle est vieille maintenant, et ridée, et très religieuse. Elle fait partie d'une secte, elle a converti ma sœur et elles vont tous les dimanches chanter dans une chapelle. Nous sommes neuf enfants. Mon père est mort.

J'ai supplié Rodwell pendant des mois d'écrire à sa mère. Il a de la peine à s'y mettre. Finalement, il l'a fait. Juste quelques lignes. Ainsi elle saura que son fils pense à elle.

Le mois de décembre avance. Dans la rue noire, la neige fond en une bouillie gluante et grisâtre. La nuit, quand il neige, la maison prend un air de fête. Ses trous, ses cassures, ses lépreuses façades rongées de vieillesse sont ornés d'une fourrure blanche immaculée.

Il y a chaque semaine des pannes de chauffage. On grelotte dans les chambres. Le vieux Juif se fout bien de nous. Il se venge peut-être d'anciennes privations. Les loyers montent. Les murs se fendent. Les meubles rendent l'âme par morceaux. Les toilettes bouchées vomissent leurs tripes dans le corridor. La baignoire de la salle de bains est un aquarium de sperme nageant dans l'eau de Javel.

Ma voisine Emmi marche à pas de canard, poussant devant elle son énorme ventre sous une jupe de flanelle élimée. Sur son petit crâne fruste, ses cheveux blonds sont comme de la paille coupée au couteau. Elle sort tous les soirs dans sa veste mitée, au bras un vieux sac noir et un parapluie, ses courtes jambes serrées dans de gros bas de laine blanche s'arrêtant au genou, les pieds dans des socques en bois de l'armée.

— On y marche bien, dit-elle.

Elle reste debout, plantée dans la neige, à l'angle d'un trottoir entre deux bars aux environs de la gare, gelée jusqu'à l'os. La plupart du temps elle rentre bredouille, couverte de glaçons, claquant des mâchoires, et on l'entend trifouiller rageusement dans sa serrure en jurant :

— *Scheiße !... Nix... Nix gemacht ! Kein Geld ! God damned !*

Elle secoue son parapluie. Elle n'a même plus de musique dans sa chambre, deux hommes sont venus lui reprendre son poste de télévision parce qu'elle n'avait plus de pièces d'un mark à y mettre.

Maria, la Yougoslave, se débrouille aussi dans les petits bars morveux aux alentours de la gare. Rusée et intelligente, elle en revient à chaque fois avec des billets de cent marks astucieusement pliés à l'intérieur du couvercle d'une boîte de cigarettes en métal doré.

Elle part en expédition au petit matin, à sept heures, quand nous dormons toutes. Elle rôde comme une chatte maigre à l'entrée de ces antres gorgés de fumée refroidie, où l'on a dansé toute la nuit, au son des saxophones asthmatiques.

Elle y trouve encore, avachis sur des chaises, de pauvres vieux imbibés comme des éponges moisies, et qui ne savent plus si c'est le jour ou la nuit.

Bientôt débarquent les gros voyageurs de commerce aux serviettes de cuir matinales, venus boire leur premier café. Ce sont ceux-là qu'elle attaque, qu'elle galvanise de son sourire acidulé.

Dans l'épais humus des cigares à demi consumés, Maria se glisse comme une couleuvre fraîche et lustrée, remontant bien haut sur ses cuisses sa jupe à carreaux d'écolière.

Dans un petit hôtel du voisinage, ni vu ni connu, elle monte à l'étage suivie du monsieur pressé, et elle redescend un quart d'heure après, avec innocence.

— Je n'ai jamais eu d'ennuis, me dit Maria. La patronne me connaît. J'en fais comme ça trois, quatre, à la sauvette chaque matin, à l'heure où il n'y a pas encore de flics. Les voyageurs de commerce sont gentils, faciles, et contents de commencer leur journée par quelques caresses qui les consolent de la sécheresse de leurs épouses.

Mélitta conserve précieusement dans un tiroir des photos pornographiques. Elles sont surannées, tout se passe dans des intérieurs d'une autre époque. Les femmes ont des dessous compliqués, il y en a une surtout qui m'a fascinée : c'est une courtisane célèbre, qui était aussi une espionne. Elle s'appelait Nitribit. Sur une photo jaunie, usée sur les bords, on voit un couple nu s'ébattre sur une bicyclette dans un chemin de campagne. Elle, la fameuse Nitribit, est renversée sur le guidon, à moitié tordue sur la barre, l'homme sous elle, et le miracle c'est que la bicyclette continue d'avancer, quoique penchée, prête à verser dans l'herbe.

Un soir au Birdland, j'ai rencontré un Noir nommé Love. On est tombés d'accord pour dix dollars. Dans ma chambre, nous nous sommes mis nus.

Quelle émotion de le voir tout à coup devant moi, tendant sur la cuvette d'eau tiède, pour le lavage rituel, une verge gigantesque, longue comme trois fois un sexe ordinaire et, dans sa partie la plus large, aussi épaisse que mon poignet !

Il me contemple de ses grands yeux brillants, si désireux de me la planter dans le ventre que j'en ai le souffle coupé. Je fais mentalement une prière pour que ça marche. Je n'ai jamais vu, et ne reverrai jamais plus un instrument de ce calibre. C'est une queue royale, c'est Jupiter fait nègre. Comment puis-je espérer que mon ventre va s'ouvrir à ça ? Je vais peut-être y laisser ma vie !

J'ai bien huilé l'outil somptueux à la crème Nivéa, je m'en suis mis à moi aussi presque une demi-boîte à l'intérieur. Mais je tremble. Je me couche sur le lit. Et le membre jupitérien, petit à petit, tout doux, tout doux, s'est enfilé en moi, il n'y a plus de place entre lui et ma chair, il m'occupe toute.

Je le sens si immense au fond de moi, que même si par miracle il ne me fait pas mal, il ne peut pas non plus me faire du bien, l'angoisse m'étrangle, je n'ai plus de voix.

Quand il a eu terminé son office, et qu'il s'est retiré de moi, à peine molli par la fatigue, je l'ai pris dans mes mains avec un respect infini, j'ai dit tout bas « merci » qu'il ne m'ait pas tuée.

Et quand Love a été rhabillé, qu'il m'a dit *Good bye*, en me tendant la main, je l'ai vu s'en aller comme on voit s'éloigner la foudre, avec une terreur éblouie.

Un autre soldat noir m'a violée à la sortie d'un bar. Je ne me suis pas méfiée, quand, après avoir dansé toute la soirée, il m'a demandé d'une voix douce s'il pouvait m'accompagner jusqu'à la station de bus, sur l'avenue qui mène aux casernes.

Il est tard, minuit déjà, la neige alourdit nos pas sur la route gelée.

— Viens avec moi, me dit-il, je connais un raccourci.

On descend quelques marches, sous une voûte, et tout à coup on se retrouve dans un tunnel qui passe sous la route. Le soldat m'agrippe dans l'obscurité, et me plaque contre le mur. Il me tient ferme d'une main, et de l'autre il m'arrache tout ce que j'ai sur le corps.

Je me débats comme une folle, j'ouvre la bouche, un grand cri en sort aussitôt étouffé par une moufle de cuir sur laquelle mes dents n'ont pas de prise.

Le soldat me saisit aux cheveux, il cogne ma tête contre la pierre, me flanque des coups de pied dans le ventre. Il m'écrase sous son genou, sur le sol caillouteux, presque nue, son poing revêtu d'un gant épais toujours enfoncé dans ma bouche, de l'autre main déboutonnant sa braguette.

Je suis vaincue. La chose est bientôt faite. En me laissant frissonnante sur le sol glacé du tunnel, il me donne en guise d'adieu cette phrase que je n'ai jamais oubliée :

— Je sors de prison, je n'ai pas un sou. Peut-être qu'un jour tu comprendras.

C'est Noël. Toutes les femmes ont un petit sapin romantique garni de bougies et de boules multicolores dans leur chambre. Il y a des aiguilles vertes sur nos lits, et un parfum de forêt embaume le couloir. La nuit, on reçoit nos nègres aux bougies, leur peau noire étincelle. Mon sapin à moi, debout sur ma bibliothèque, a dansé un ballet mystérieux, au cours d'une fête secrète telle qu'on n'en a jamais vu dans les églises.

J'ai échangé trois de mes petites boîtes bleues contre trois sachets de plastique emmaillotés de scotch. Ils contiennent une poudre inconnue, de la mescaline, tirée d'un champignon du Brésil. Je ne sais par quel subterfuge ces poudres ont passé des mains d'un étudiant en psychiatrie dans celles d'un beatnik de Schwabing barbu, qui se promène avec un sac rempli de médaillons en bois peint attachés par des ficelles, figurant des têtes de Christ.

— Moi, je n'achète ni ne vends de la drogue, dit-il. Je fais des échanges. Cela crée une fraternité.

Pour Rodwell et moi, j'ai dissous deux de ces poudres dans deux verres d'eau. Il faut compter une demi-heure pour en sentir les effets. D'abord on éprouve une assez forte nausée. Il faut tenir bon, ne pas vomir, se coucher et attendre que « ça » vienne. Le goût de l'eau est très amer. Couchée sur mon lit, les mains sur le ventre, je me sens malade, mais je ne vois rien. Le beatnik s'est joué de nous !

Et brusquement, là, sur ma bibliothèque, j'aperçois une haute flamme immobile au fond d'une caverne ouverte dans le mur. Je regarde, sans faire un geste, cet incendie inexplicable.

Le sapin de Noël, lui aussi, est transformé. Il s'allonge, ses branches s'élèvent et s'abaissent, il se met à danser. Les boules deviennent immenses, elles brillent comme des soleils, elles frôlent le lit, touchent le sol, rebondissent, s'envolent, et tournent en un carrousel magique jusqu'au plafond. Un chuchotement accompagne la caresse des aiguilles qui s'entrelacent.

À la fenêtre, le rideau agité par un vent intérieur ondule sans cesse, ses plis se font et se défont, se gonflent et se soulèvent, et pourtant la fenêtre est fermée. Un roulis furieux fait trembler la chambre. Le chuchotement se fait grave, menaçant, il devient comme un orgue.

Le poisson japonais en papier peint suspendu au plafond, qui vogue attaché à un fil, lui aussi tout à coup devient fou. Il enfle, il tangue, il descend. Son corps à présent gigantesque touche nos corps, il tourne à toute allure, se redresse, redevient minuscule, disparaît presque, happé par des fumées qui s'enroulent autour de lui. Puis il revient, il fond sur nous, énorme, tout gonflé de vent ; au moment où je crois qu'il va nous écraser, il lève la tête et repart dans les airs, redevient tout petit et se colle au plafond. Mes yeux s'épuisent à le suivre dans ses virevoltes, ses rondes, ses sautes de taille subites. Chaque fois qu'il plonge sur nous, je retiens un cri.

Je me soulève et je regarde sur le lit, à mes côtés, où gît Rodwell. Rodwell ! Ce n'est plus lui. À sa place est étendu un grand Bouddha de porphyre, l'effigie d'un dieu plat, immense, pétrifié. Sa forme immobile brûle d'un feu intérieur. Je voudrais crier. Aucun son ne sort de mes lèvres. Rodwell ! Je suis remplie d'amour et d'épouvante. Il est Dieu maintenant, inaccessible, minéral. Oui, c'est ainsi que je l'ai toujours imaginé. C'est vrai qu'il n'est pas de ce monde. Je vais faire l'amour avec la Divinité !

Je regarde mes mains. Elles sont transparentes. La chair brûle, je vois le squelette à l'intérieur. Mes doigts recourbés aux ongles immenses deviennent des pattes de lion. Je sais que plus jamais je ne pourrai les ouvrir. Je hurle, il ne sort de ma bouche aucun bruit.

Je me soulève, je me traîne, je roule en bas du lit ; je me redresse, je réussis après d'horribles efforts à me mettre debout devant le miroir. Je me regarde. Une gueule de monstre m'apparaît. La moitié de mon visage est tordue, tailladée, elle est tout en facettes torturées qui se disloquent. L'autre moitié se fond dans un brouillard.

Je crois que je vais rester ainsi pour toujours. Je tombe sur le lit, inondée de larmes. Rodwell me serre dans ses bras. Je commence à trembler, saisie d'un grand froid intérieur, la sueur me coule sur le visage. Je claque des dents. Rodwell est très calme. Il ne dit rien. Moi je parle sans arrêt. De violentes secousses m'arrachent presque de ses bras. Il me tient de toutes ses forces.

Couchée sur le lit, tout à coup je suis un oiseau, perché sur la fenêtre. Dehors il y a de grands châteaux de neige silencieux. Je voudrais m'envoler, m'élancer dans l'espace. Je le dis à Rodwell. Il ne me lâche pas. Et toujours la caverne brûle, elle creuse dans le mur une profonde blessure. Je bats des ailes sur le bord de la fenêtre tandis que, derrière moi, le sapin danse sa gigue de lumière.

Et puis au matin, quelque part, à un moment inconnu, car il n'y a plus d'heures, sous mes paupières lourdes et brûlées de larmes, j'ai retrouvé le jour. Tout est redevenu comme d'habitude. Sur la bibliothèque, une bougie fond sur une assiette, elle ne donne plus qu'une flamme minuscule, mourant dans un lac de cire. Le sapin de Noël est éteint.

Le poisson japonais, pâle zeppelin de papier, se tient immobile à quelques pouces du plafond.

Pas un souffle ne l'anime. Les rideaux tombent, rigides, en plis épais.

Rodwell est là, son corps de chair noire n'est plus le Bouddha flamboyant de cette nuit. Je n'en peux plus. Je suis foutue, épuisée par dix heures de veille hallucinée. Enfin je vais pouvoir dormir, me laisser choir dans le sommeil.

La troisième poudre de mescaline, je l'ai vendue plus tard à un soldat noir. Il l'a bue devant moi, puis il s'en est allé je ne sais où. Des heures plus tard, il est revenu frapper à ma porte, claquant des dents, en larmes. Il s'est effondré sur une chaise où il s'est endormi à l'aube en gémissant.

La nuit du trente et un décembre, j'ai gagné plus de mille marks. Les soldats noirs ont défilé dans ma chambre. Big Mamma Shakespeare est venue, elle a transporté dans ses bras puissants un nègre soûl, endormi sur mon lit, que je n'arrivais plus à réveiller. Elle l'a assis sur l'escalier, où il a retrouvé plus tard ses esprits.

Deux jeunes soldats inconnus, un Noir et un Blanc, sont venus dans ma chambre où ils se sont assis à ma table. Le Blanc a dit :

— Fermez votre porte à clef. Et sortez votre marchandise, que je la voie. Si elle est bonne, je vous en achète pour sept cents marks. Mon copain payera la moitié.

Il a sorti de sa poche et posé sur la table un long pistolet. J'ai fait comme si je ne le voyais pas. J'ai répondu avec un sourire :

— D'accord.

J'ai versé devant eux un petit tas de marijuana moulue. Ils se sont roulé deux cigarettes. Le Blanc a dit au Noir :

— Elle me plaît. Et à toi ?

Le Noir a dit :

— Moi aussi.

J'ai sorti mon pèse-lettres. Je leur en ai mis plein un petit sac en plastique bien rebondi. J'ai ajouté deux boîtes comme cadeaux de Noël. Le pistolet a disparu dans le manteau du Blanc. Ils se sont levés pour prendre congé, après m'avoir tendu les sept cents marks, chacun la moitié. Au moment d'ouvrir la porte, je n'ai pas pu m'empêcher de demander :

— Pourquoi aviez-vous posé ce pistolet sur la table ?

Le Blanc a répondu :

— Je fais toujours ça quand je traite une affaire. On ne sait jamais. Des fois que vous auriez voulu me rouler. Devant le pistolet, j'ai remarqué, on me respecte. J'espère que vous me comprenez.

— Bien sûr.

En partant, ils m'ont souhaité la bonne année.

Un dernier Noir est venu, peu avant minuit, m'apporter une parure en métal doré que j'ai toujours, un très beau collier en boules ouvragées et des boucles d'oreilles assorties.

Quand il a eu fini, c'était minuit, les cloches se sont mises à sonner. J'ai ouvert la fenêtre, dehors tout était blanc, les flocons voltigeaient sur les façades de l'avenue. J'ai pris le nègre dans mes bras, et j'ai dansé avec lui, pieds nus, tous deux à moitié habillés. J'ai respiré sa peau noire et luisante au parfum de gingembre, et j'éclatais de joie en pensant à tout l'argent que j'avais gagné, à Rodwell, à sa promesse de m'épouser, et de reprendre les gosses dans un appartement à nous.

Oui, j'ai dansé de joie en cette minute, et j'ai pleuré en me disant :

— Tout est trop beau. Ça ne peut pas durer. Il va arriver un malheur.

Je ne croyais pas si bien dire.

C'est arrivé le deux janvier. Ce soir-là est gravé dans ma tête en lettres de sang. J'ai rendez-vous avec Rodwell au Birdland, à huit heures. Il n'est pas là. Le Birdland est plein comme d'habitude.

Sur le pas de la porte de la cuisine, un grand Noir me fait signe qu'il veut me parler. Il vient vers moi, il sourit. Ses dents en or brillent.

— Vous cherchez Rodwell ?

— Oui.

— Il ne viendra pas. Il a été arrêté. Il est en prison.

Je crie :

— Non !

Il dit d'une voix très basse :

— Si. Avec Brown. Tous les deux.

Alors j'ai vu que c'était vrai. Je me suis durcie brusquement. Je n'ai plus bougé, plus crié. Je lui ai demandé très vite, d'une voix à peine perceptible :

— Pourquoi ?

Il m'a répondu :

— Pour la drogue.

— Pour combien de temps ?

— Je ne sais pas. Quinze ans, peut-être vingt. Ça dépend des charges.

Il s'est détourné et il est parti.

J'ai redressé la tête. Il faut que personne ne s'aperçoive de ce qui vient de se passer. Je marche d'un pas assuré jusqu'à la table où se tiennent les Tziganes. En passant, je souris à Big Mamma Shakespeare, attablée avec des sergents noirs. Je me penche vers Sonja, deux tables plus loin. Je lui chuchote :

— Peux-tu sortir un moment avec moi ? C'est grave.

Elle se lève sans mot dire, fait un signe à Tata, lui dit quelque chose en langage tzigane.

Nous sommes allées dans la neige, à l'écart. Je lui ai demandé :

— Connais-tu un endroit qui soit une cachette sûre ? J'ai une valise à mettre quelque part. Il faut aller la chercher tout de suite. Mon ami a été arrêté.

Sonja n'a posé aucune question. Nous sommes rentrées dans le Birdland. Elle a parlé encore à Tata en tzigane, il s'est levé. Nous sommes allés vers sa voiture, il nous a ouvert les portes. Nous avons traversé la ville à toute allure. Sonja est montée avec moi dans ma chambre. J'ai tout mis dans une grosse valise : les boîtes, les sachets, le moulin à café, le pèse-lettres.

On a de nouveau traversé toute la ville. Tata conduit sa vieille voiture ventre à terre, avec ma valise dans son coffre, on arrive dans un quartier inconnu. Il sonne à une porte d'une maison ancienne.

— Ici, me dit Sonja, ta valise est en sécurité. Ce sont des Tziganes, des amis à nous. Ils te la garderont aussi longtemps que tu le désireras.

Nous sommes entrés dans un appartement rempli d'enfants, de femmes, de jeunes filles. On nous offre du vin. Je ne peux pas boire, j'ai la gorge trop serrée. La valise a été emportée dans une autre pièce. Nous prenons congé de ces gens, et je demande qu'on me reconduise au Birdland.

J'ai dansé et souri toute la nuit. Et j'y suis retournée tous les soirs pendant quinze jours. J'ai interrogé tous ceux qui ont connu Rodwell. Des Noirs, qui étaient peut-être des flics en civil, m'ont questionnée. J'ai fait celle qui ne sait pas. J'ai dansé, j'ai plaisanté avec eux. J'ai appris que Rodwell est au secret, à la prison militaire américaine de Dachau, et qu'il n'a rien dit. C'est Brown qui l'a trahi. Il a vendu une boîte à un flic noir à la caserne. Celui-ci a demandé d'où elle venait. Brown l'a conduit tout droit à l'armoire de Rodwell.

Rodwell, qui se reposait sur son lit, a vu la porte s'ouvrir, et deux flics sont entrés, avec Brown les yeux à terre. L'armoire n'était pas fermée. Les flics y ont trouvé des boîtes d'allumettes vides, qu'ils ont prises, ainsi que les poches de la gabardine de Rodwell, qu'ils ont découpées avec une lame de rasoir, pour les faire analyser dans un laboratoire.

On l'a emmené avec Brown. Il est seul maintenant dans son cachot, sans lumière, sans habits, au pain et à l'eau.

J'ai appris le nom de son avocat américain. Je suis allée le voir. Il m'a demandé :

— Avez-vous dix mille dollars ?

J'ai dit :

— Non.

— C'est dommage, me dit l'avocat qui est un monsieur très distingué assis dans un fauteuil, c'est vraiment dommage. Votre ami est dans une situation difficile, et sans une somme suffisante, je ne peux pas faire grand-chose pour lui. Ce qui complique encore les faits, c'est qu'il a avoué.

Rodwell, avoué ? Non, c'est impossible, il se trompe. Rodwell n'aurait pas fait ça.

Je sors du bureau de l'avocat emplie d'une sombre rage. Tout le long de l'avenue, je couvre Rodwell d'injures. À tort. Comme je l'ai su plus tard, l'avocat s'était trompé de nègre. Il m'a crue l'amante de Brown ! Pour ces grands avocats blancs, ces visages noirs, c'est tout du même !

Je veux me battre encore. Je veux arracher Rodwell à la tôle ! J'ai demandé à Tata de m'y conduire en voiture, je lui ai donné vingt marks pour l'essence.

Nous sommes partis par un après-midi de brouillard. J'ai vu les sinistres baraquements gris allongés dans la boue enneigée, j'ai vu les anciennes façades de mort plantées dans la bourrasque. Partout, des barbelés mordent la terre, solidement accrochés sur le lieu des vieux crimes. C'est comme une anguleuse cendre frigorifiée, aux fenêtres muettes, aux toits bas. La neige silencieuse est la respiration des morts, des Juifs, des Tziganes. Dans le frôlement de ses flocons voltigent d'anciens soupirs, et toute la plaine est un gémissement. Jamais ne seront purifiés ces longs baraquements noirâtres. Le soleil même, au cœur de l'été, ne les réchauffe pas.

On passe sous une voûte surmontée d'une tour de bois. C'est l'entrée du camp militaire. Je n'ai pas peur. Je vais réclamer Rodwell à de sévères militaires américains en uniforme, dans une rangée de petits bureaux. Tout ce qu'on me demande, c'est mon nom. On me donne la permission pour une courte visite, dans la salle d'attente de la prison.

Je me suis faite belle pour ces retrouvailles. Nina m'a coiffée, elle m'a fait un chignon tzigane, une tour de cheveux noirs au bord de laquelle étincelle l'eau argentée de mes plus lourdes boucles d'oreilles en faux diamants. Je porte un grand pull rose, un somptueux pantalon en lamé émeraude qui brille, et des bottes de cuir.

Les Tziganes ont dû rester dehors. Ils m'attendent dans la voiture, tandis que je suis assise dans une salle vide sur un vieux canapé tout rongé recouvert de plastique. J'attends, les mains crispées l'une contre l'autre, la tête tournée du côté de la fenêtre à barreaux.

Au bout d'un long moment j'entends un rire. Je vois passer Rodwell, dehors, dans la clarté de la neige, les mains tendues devant lui, liées par des menottes. Un gardien noir le précède.

Il entre dans la pièce. Ah Rodwell, enchaîné ! Toi mon Indien, mon roi, mon amant des chevauchées du haschisch !

Tes mains de velours et de caresses, liées par une chaîne de fer ! Toi dont j'ai tant baisé la verge, dressée comme un cobra dans l'ombre bleue de tes cuisses, Rodwell dont j'ai bu le suc nègre, te voilà dans ton habit de prison, tout fripé de sommeil !

Je me suis levée. Rodwell a demandé au gardien la permission de m'embrasser. Le garde a dit oui.

Assis sur le divan, la tête un peu penchée à cause des menottes, on s'est perdus dans un immense baiser.

Le garde n'a pas bougé. Il fait semblant de ne pas nous voir, les yeux fixés sur la fenêtre.

Jamais, entends-tu, Rodwell, jamais je n'ai cessé de t'aimer. Le bonheur ça serait vingt ans de tôle avec toi, dans le même cachot.

On n'a pas pu se dire grand-chose. Le garde nous surveille quand même. J'ai trouvé des formules camouflées en caresses et en chuchotements tendres pour lui donner quelques nouvelles et lui demander des siennes.

La visite est terminée. Il s'en va, après un dernier douloureux baiser, pendant que le garde répète :

— *It's finished, now, it's finished.*

J'ai vu passer Rodwell en sens inverse devant les barreaux, il a la tête baissée. Je reviendrai dans une semaine. De retour dans ma chambre, j'écoute le dernier disque que Rodwell m'a donné, celui où Miriam Makeba, la belle Africaine, chante d'une voix douce et comme gantée de bonheur,

Love tastes like strawberries.

L'absence de l'aimé est comme un vitriol qui ronge l'estomac. Et maintenant, ça chauffe, pour moi aussi. J'ai eu ce matin la visite de la vieille du Juif.

— Vous êtes seule ?

Affolée, elle furète partout comme une chauve-souris, elle ose à peine s'asseoir sur le lit, après m'avoir fait jurer sur la tête de mes gosses que je ne répéterai à personne ce qu'elle va me dire.

Elle amenuise sa voix, feutrée par des années de servitude :

— Je suis venue vous dire que vous êtes en danger. Je vous le dis par amitié, parce que vous êtes la seule ici qui m'avez toujours parlé avec douceur et donné de l'argent pour ma petite-fille qui est malade. Si vous saviez combien il y en a qui ne paient pas à temps leur loyer, elles me reçoivent en m'engueulant, et le chef aussi, il m'engueule, c'est un enfer pour moi ici.

Personne n'a de reconnaissance, c'est moi qui suis chargée des plus sales besognes.

Sa voix n'est plus qu'un souffle sur ses vieilles lèvres sèches :

— Il faut que je vous dise : faites attention, au nom du Ciel ! Soyez prudente ! Toutes les filles parlent de vous, elles disent que vous vendez de la drogue. Croyez-moi, il y a des lois. Moi, rien que pour l'avoir entendu, je suis coupable de ne pas vous avoir dénoncée. Je ne veux pas savoir si c'est vrai, non, ne me dites rien. Mais si vous avez quoi que ce soit, jetez-le, et vite. Croyez-moi, c'est un bon conseil. J'ai votre parole ? C'est comme si vous ne m'aviez pas vue.

Je la rassure. Et j'en profite pour donner mon congé. Il ne me reste qu'une seule chose : la fuite. J'ai repris la valise aux Tziganes, mon armoire est à nouveau suspecte, mes bottes regorgent de boîtes. Il ne faut pas que je m'attarde plus longtemps ici. Ça brûle, il me semble déjà voir sortir des flammes du plancher !

Ce prochain dimanche, j'annoncerai à Tata et Sonja mon retour au camp tzigane, dans ma roulotte. J'y serai en sécurité. Personne ne le saura, à part quelques fidèles, des amis noirs, des frères de longue date. Je ne dis rien à Big Mamma Shakespeare.

En grand secret, on prépare mon lit, on déménage déjà une partie de mes affaires. Dans un peu plus d'une semaine, Tata viendra me chercher en voiture.

Aziz, un frère noir africain, étudiant en médecine, vient me voir dans ma chambre. C'est lui qui m'a dit une fois :

— Les Blancs, pour toi, maintenant c'est fini. Tu es à nous.

Il me parle de l'Afrique, de drogues fabuleuses.

— Un jour, en Afrique, avec des amis, on a fumé une herbe. Elle était si puissante qu'assis dans une voiture, en traversant un pont, j'ai pris ma tête dans mes mains et j'ai crié. Il m'a semblé qu'elle était devenue si énorme que le pont était trop étroit pour elle.

Au café Birdland, Aziz danse, souple et mince, comme un serpent noir. Il est toujours vêtu de vestes extraordinaires. Une surtout, à petits carreaux noirs et blancs, l'habille comme un nègre lunaire. Une grande amitié nous lie. Il vient souvent me voir, maintenant que Rodwell n'est plus là. Un soir, on a fumé ensemble de la marijuana. Ensuite on a ri comme des fous, sans pouvoir s'arrêter. Et puis j'ai mis un disque d'Ahmad Jamal.

Aziz a fermé les yeux, il a tangué sur sa chaise, en une sorte de danse, assis, presque immobile, l'arc de ses lèvres noires figé dans un sourire.

Le soir il m'aide à vendre des cigarettes. On va tous les deux dans un dancing sur la Leopoldstraße. Pendant que je surveille le détective planté dans le corridor, qu'Aziz a tout de suite repéré, lui se rend dans les toilettes où il propose des sticks à d'autres Noirs. Quand il a tout vendu, on se taille à toute vitesse, car l'odeur pourrait nous trahir, une fois que la fumée s'est répandue.

Je quitte la grande maison un samedi matin. Big Mamma Shakespeare hoche la tête :

— Je ne sais pas où tu vas, puisque tu ne veux pas me le dire. Dieu veuille que tu ne le regrettes pas. Je reste toujours ton amie. Si tu as besoin de moi, je suis là.

Nous nous embrassons. Je pars avec tout mon fourbi et ma petite chatte arabe Fatima pelotonnée sur mes genoux, dans la voiture des Tziganes.

Je m'installe tant bien que mal dans ma roulotte fendue, ouverte à tous les vents. Sonja m'a allumé du feu dans un fourneau à l'entrée, celui où elle cuisinait autrefois. J'ai fait mon lit avec les couvertures râpeuses en poil de chameau de l'armée américaine, et mon vieux duvet bleu acheté d'occasion, qui perd ses plumes. Dans l'armoire au fond de la roulotte, les souris vont s'en donner à cœur joie dans mes robes. Il neige à travers le toit ; au matin la table est toute blanche et le seau d'eau est lourd de glace.

La valise de drogue, on l'a cachée dans la neige, sous la roulotte des Tziganes.

Le soir, je quitte le camp. Les autobus rouillés, les wagons, l'église russe, les boîtes de conserve habitées, aux cheminées de tôle, dont le coude noirci dressé vers le ciel crachote une maigre fumée, hantent le brouillard glacial.

Je traîne mes bottes percées dans la neige de l'avenue, au cœur de la zone interdite, jusqu'à ce qu'une voiture me ramasse. C'est un miracle à chaque fois de retrouver la chaleur et le ronron du moteur complice qui m'arrachent à la nuit et aux flics. Je m'étire, je soupire de bien-être et je dis à l'homme à mon côté, avant même d'avoir vu sa tête :

— Tout droit. Suivez l'avenue.

Il sera toujours temps de redescendre si les choses tournent à l'aigre et ces quelques minutes volées au trottoir coulent leur douceur dans tous mes os transis.

Je suis si harassée, si moulue, que les paroles gelées sur mes lèvres ne passent plus. Je laisse filer la route devant nous, jusqu'à l'ultime limite, quand le bonhomme, surpris par le silence des plaines blanches, se tourne vers moi, inquiet :

— C'est encore loin ?

— Non, c'est tout près, continuez. Vous verrez, c'est joli chez moi, on sera bien tranquilles.

— Ah bon.

Il reprend confiance.

Une puanteur bien connue commence à frapper nos narines. Même à travers les vitres, le puissant relent des ordures, du haut de la « montagne Chanel », se plante à l'intérieur de nos bronches. Le bonhomme toussote, renifle, lève la tête :

— *Wat ist das ?* Qu'est-ce qu'on sent ici ? D'où vient cette odeur ?

L'immonde effluve prend de l'ampleur, nous envahit, transperce nos cervelles.

— Oh, oh ! Là, quel parfum ! C'est épouvantable ! Insupportable ! Horrible !

Je le laisse parler, j'étouffe mon rire et mon dégoût sous mes mains plaquées sur mon nez, sur ma bouche. L'imposante montagne Chanel, devant nous sur la gauche, élève sous la lune son charnier pelé. Ses flancs ont des fulgurances neigeuses. On baigne en pleine putréfaction. Les mots restent pris dans nos gorges. Nos pensées flageolent, nos estomacs tanguent et se soulèvent. Le bonhomme crispé à son volant fonce sur le chemin cahoteux, possédé par une idée fixe : échapper à ces miasmes au plus vite. Je lui fais signe d'aller à gauche. On longe toute la montagne qui nous soûle de ses gaz. On roule comme des fous, les yeux hagards, on se retient d'aspirer la plus petite gorgée d'air, à s'en faire péter la carcasse, on frôle l'asphyxie !

Sur la route qui s'éloigne enfin, le bonhomme reprend son souffle. Résigné, encore tout suffocant, il n'ose plus rien dire. Le coup de grâce l'attend au détour d'un bosquet enneigé.

Décharnées sur le ciel noir, les toitures hallucinées du camp tzigane dressent leurs voilures et leurs cheminées tordues sous la lune.

— Comment ? Où est-ce ? Vous n'habitez pas là ?

La voiture fait un bond désespéré, les yeux du bonhomme s'accrochent aux roulottes, aux autobus fantômes, aux caravanes bosselées tapies sous leur linceul de givre. Il flaire le coupe-gorge, l'assassinat sous les broderies de neige.

— C'est un endroit pas normal ! Un repaire de repris de justice ! Des tueurs, des voleurs, des pauvres !

Je prends ma voix la plus douce :

— Je suis seule, vous savez, dans une petite roulotte bien propre, j'ai du feu, un bon lit, de l'eau chaude. On y sera bien tous les deux.

Ma main parle, elle aussi, elle l'apprivoise sous son manteau, elle se fait capricieuse, enjôleuse. Le bonhomme faiblit :

— Bon, puisqu'on est déjà là, je vous fais confiance. C'est bien parce que vous avez l'air gentille. Moi, des endroits de ce genre, la nuit, je les évite. Et je déteste les gens sales, ceux qui vivent de cette façon, on ne sait pas de quoi, enfin pas d'un travail honnête.

On descend dans le fossé, on contourne la roulotte des Tziganes, dont les fenêtres sont encore allumées. La voiture se range à côté de celle de Tata, tout encapuchonnée de couvertures. Je monte les marches crissantes de glace et je frappe à la porte. On n'a qu'une clef pour ma roulotte, c'est Sonja qui la garde, puisqu'elle m'a fait du feu et qu'elle l'entretient jusqu'à mon retour. Le bonhomme reste à l'écart dans la neige, tout grelottant, il regrette peut-être sa faiblesse. Je ne le laisse pas attendre longtemps.

J'ouvre la porte de ma roulotte, l'œil rouge du fourneau apparaît, sa chaleur délicieuse nous inonde. J'allume une bougie. C'est un peu Noël chaque fois. À travers les fentes du vieux fourneau noirci, on voit les braises qui s'éveillent, fouettées par les courants d'air. La bouilloire chuchote à petit bruit, en laissant filer un mince jet de vapeur.

Le bonhomme s'épanouit. Il regarde les rideaux fleuris, le lit aux couvertures kaki, le tapis usé, la cuvette en plastique, une serviette propre pliée sur la table. Il sort un billet de cinquante marks de son portefeuille.

Il faut faire vite. Au bout d'un petit moment, le feu n'est plus si chaud, le vent s'insinue et nous glace le dos, des frissons nous saisissent. Je sabote les préliminaires, et le bonhomme qui claque déjà des dents en sourdine n'en demande pas plus. Il se hâte lui aussi vers le moment où il pourra s'enfiler dans la chaude pelure de ses habits, retrouver sa voiture, son appartement, où sa femme lui tiédit son lit, sous la couverture conjugale douillettement capitonnée.

Pas un seul de ceux-là n'est revenu. Ce fut toujours une fête unique. Quelques-uns n'ont même jamais franchi l'entrée du camp tzigane. Pris de panique, ils ont rebroussé chemin en me laissant seule, plantée dans la neige. Ces nuits-là, j'étais si découragée que je n'avais plus la force de recommencer, j'allais me mettre au lit, enfouie sous les couvertures, l'âme gelée autant que le corps, avec la chatte siamoise des Tziganes.

Roulées en boule l'une contre l'autre, on se tient chaud la nuit, pas un cheveu ni une moustache ne dépassent. Il fait si froid par vingt degrés sous zéro que si on a le malheur de mettre le nez ou le museau à l'air, la buée qu'on expire se change en fins cristaux d'argent.

Ces nuits sont terribles. Un vent rauque secoue la roulotte et chasse la neige par les ouvertures du toit. Le matin tout est blanc, à l'intérieur et à l'extérieur, les vitres sont des vitraux de givre aux feuillages étincelants. Toute la nuit on a grelotté.

Le matin, Sonja vient me faire du feu et casser la glace dans mon seau. Je saute dans mes habits et je vais dans la grande roulotte, où toute la famille m'attend pour le petit déjeuner. Il y fait chaud et bon. Je me lave d'abord dans une grande cuvette que Sonja m'apporte, avec un morceau de savon. Au début, je n'osais pas me mettre nue. Mais Sonja m'a dit :

— Tu peux te laver sans crainte. Tata a tellement vu de femmes nues au camp de concentration, des mortes et des vivantes, qu'il y est habitué, ça ne lui fait plus rien.

Je me lave d'abord les seins, puis le reste du corps. La petite Yulishka me suit pensivement du regard.

— N'oublie pas, me dit-elle chaque fois, n'oublie pas de te laver aussi ton chat !

Et elle éclate de rire, en trépignant de ses minuscules pieds nus, sur l'étoffe trouée du divan.

Quand je suis prête, Sonja me verse un bol de café tzigane, du café très noir où fond un morceau de beurre.

— C'est pour te faire du bien, dit-elle.

Elle étend du beurre sur une grande tartine. Il n'y a qu'un bol et qu'une seule assiette. Sonja veut que je sois la première à tout recevoir de ses mains.

— C'est toi d'abord qui manges, dit-elle. Les enfants attendront. Ne te presse pas. On a le temps.

Oui, je suis assise parmi eux comme une princesse, tout enveloppée de leur amour, au chaud dans leur merveilleuse tendresse. Les enfants me regardent avec leurs yeux brillants, ils attendent en silence.

Ah Tziganes ! J'ai honte de ce misérable petit billet rose de dix marks que j'arrache à la nuit et qui vous fait vivre ! Qui vous rendra jamais l'immensité de vos cœurs !

C'est un dur rituel que d'aller chercher de l'eau au camp. Les robinets publics sont enfermés sous une tour de glace ouvragée. Il faut tailler, casser à coups de pioche, verser de l'eau chaude sur la tête du robinet paralysé. Une file de pauvres gens attendent leur tour, un seau vide à la main.

Le Tata, lui, boit un peu d'alcool pour se réchauffer. Tous les matins, je donne un mark à Peppi ou Willy, et Tata dit de sa profonde voix rauque :

— Va me chercher mon Steinhager, va vite !

Ce sont des petites bouteilles vertes qu'on trouve à l'épicerie du camp. Tata les boit d'un trait, ça lui brûle le ventre et ses vieux poumons héroïques. Ses yeux flambent, son grand rire éclate.

— *Das hält mich jung !* dit-il.

Parfois de terribles souvenirs de Dachau et Auschwitz lui remontent à la gorge. Un soir, Nina vient me chercher dans ma roulotte, tout effrayée.

— Viens vite ! Le Tata a une crise de colère, il est fou ! Il bat Sonja !

Je me précipite derrière Nina sur la petite échelle des Tziganes. Tata rugit, il fait trembler la roulotte, toute la vaisselle s'écrase contre les murs. Les enfants sont tapis à l'arrière, la chatte siamoise, ma chatte africaine et le petit chien noir sont pelotonnés sous la table. Sonja lui fait face, tout en larmes, d'une voix faible elle supplie Tata de ne pas la tuer, les mains tendues vers lui, ruisselante de sang.

Tata ne l'écoute pas, ivre d'amertume, de souffrance et d'alcool. Il lui reproche d'être à demi allemande, toute la guerre lui remonte à la tête, les camps, les enfants morts, les corps squelettiques battus dans la neige, toute la saloperie nazie bouillonne dans sa cervelle. Il hurle avec les bombes, avec les coups de canon, avec le crépitement des fours mangeurs de chair humaine.

Tata, oui ! Que jamais ta voix ne s'éteigne ! Que tout le sang versé retombe sur les Allemands, qu'il les brûle !

Je m'élance devant Sonja, je crie et je pleure aussi. Je hurle :

— Sonja est ma sœur ! Tue-moi d'abord !

316

Tata est resté immobile, ses derniers rugissements étranglés dans sa gorge. J'ai emmené Sonja dans ma roulotte pour la panser. Son bras est coupé par un éclat d'assiette. J'ai touché avec un immense respect son sang de Tzigane martyre, ses mains berceuses d'enfants, que Tata baise à genoux quand il l'aime.

J'ai su par Big Mamma Shakespeare que la police est venue dans ma chambre un jour après mon départ, un flic allemand et un américain. Ils ont tout fouillé, ils ont démonté l'armoire, soulevé le plancher, tâté les murs. Ils n'ont rien trouvé. Ils ont interrogé toutes les femmes. Personne heureusement ne sait où je me cache, et que la drogue est dans la neige, enfouie sous une roulotte pleine d'animaux et d'enfants.

Ils sont venus aussi au camp tzigane, un après-midi où je n'y étais pas. C'est Nina qui les a reçus. Elle leur a menti avec son beau sourire.

— Non, il n'y a personne, elle n'habite pas ici.

Et ils sont repartis bredouilles. Il paraît qu'à la caserne on a trouvé ma photo dans les affaires de Rodwell.

Au café Birdland, chez le coiffeur, dans la rue, partout on m'avertit à voix basse qu'on me recherche, que les flics sont revenus. Charlotte, Gigi, merci. Je ne vous ai pas écoutées.

Rodwell aussi me supplie, sur le canapé de la prison, sous l'œil abruti du gardien :

— Jette tout, me dit-il dans un souffle pendant un baiser sur l'oreille. Ne garde rien chez toi, laisse tomber toute cette folie, cherche-toi un travail, n'importe lequel. On va se marier dès que je serai sorti. J'ai payé l'avocat, ma famille a envoyé de l'argent d'Amérique.

Ah si je l'avais écouté !

Dans ma petite roulotte transie, j'ai encore quelques Noirs fidèles, aux pieds gelés, venus en taxi de la ville fumer une cigarette en cachette. Je les enferme à clef dans la roulotte, pendant que je vais en douce gratter la neige sous la roulotte voisine, déterrer la précieuse valise et en sortir juste ce qu'il faut. Elle est à l'abri sous de vieux chiffons couverts de neige. Personne ne m'a vue. Il n'y a que Tata et Sonja qui le savent.

Ici personne n'est sûr de personne. Ce sont tous de la graine de Judas. Ils se casseraient bras et jambes pour aller plus vite dénoncer tout ce qu'ils peuvent à la police. Il ne se passe pas de jour sans qu'on voie étinceler dans la neige une de leurs VW policières, venue ramasser quelqu'un trahi par sa famille.

Un après-midi de soleil, après la visite à Rodwell à la prison militaire, Tata m'emmène à Dachau pour voir les restes de l'ancien camp de concentration transformé en musée. J'ai vu le long d'un canal à l'entrée le petit chemin creux où les déportés attendaient, nus dans la neige, qu'on les appelle par leur nom.

— Oui, c'est ici, dit Tata, qu'on attendait debout pendant des heures. Il y en avait qui suppliaient qu'on les achève, qu'on les tue. Nous étions tous violets de froid, affamés et maigres. Certains sont tombés à cette place.

De chaque côté de ce chemin riant de neige blanche au soleil, on voit encore les vieux barbelés enfoncés dans la terre, et de puants fossés noirs recouverts de planches pourries.

On visite Dachau par petits groupes. Les gens se taisent tout à coup dans certaines salles. Tata d'un geste tranquille a étendu le bras vers les anciens fours rouillés, il a dit avec un sourire :

— C'est dans les mêmes qu'on a brûlé à Auschwitz ma première femme et mes huit enfants.

Personne ne répond. Je regarde ces vieilles gueules de fer effondrées qui grimacent par terre.

On passe à l'intérieur des chambres à gaz en brique rose, on regarde les griffures imperceptibles laissées par les ongles des condamnés. Les ultimes gravures : des noms, des croix, des dates. Les murs pleurent des larmes de poussière. La pierre se tait.

Le ciel est trop bleu, dehors, bleu comme les yeux trop brillants du Tata.

Il a fait si froid, ces dernières nuits, que je suis obligée d'émigrer de ma roulotte dans celle des Tziganes, où je dors serrée dans un lit sous un duvet humide avec Nina, le chien et les deux chats.

Je décide de retourner en ville. Je loue un appartement à Schwabing dans un grand immeuble, un studio ensoleillé, plein de meubles fatigués. Je m'y installe au sixième étage ; il y a un balcon et une salle de bains. Malgré le confort, on y respire cette tristesse anonyme des lieux sans âme, où des inconnus se sont succédé sans rien laisser d'eux-mêmes, sinon une usure sordide.

À l'entrée, un réchaud caché derrière un rideau à fleurs distille de vieux relents de cuisine refroidie. Je sors toutes les nuits, la tête enveloppée d'une écharpe. Par les grands froids les bonshommes se font rares. Les voitures alourdies de neige rasent le trottoir comme de grands oiseaux calmes, portés par un ronron assourdi, leurs occupants invisibles masqués par des rideaux de givre.

La Sperrgrenze est déserte, je vacille dans la neige jusqu'aux cuisses, et sous les réverbères descendent en tourbillonnant des essaims de flocons silencieux, qui mordent mon visage de leurs aigrettes glacées.

La drogue habite une nouvelle cachette, connue de moi seule. C'est dans la salle de bains, au fond d'une niche grillagée qui s'ouvre très haut dans le mur au-dessus du lavabo. Debout sur une chaise, je descelle le grillage et je plante des clous à l'intérieur, le long d'un boyau qui descend dans les profondeurs de la maison. Je laisse glisser les sachets de drogue attachés par une ficelle le plus bas possible, à l'intérieur de cette cheminée. Une fois le grillage remis en place, personne ne peut se douter de rien. En cas d'alerte, je peux toujours couper la ficelle et les sacs de drogue disparaîtront dans le ventre de l'immeuble.

Un capitaine noir est venu un matin m'acheter une boîte qu'il a payée cinq dollars. Il s'est roulé une cigarette, l'a fumée avec recueillement, et m'a tendu la boîte en disant :

— Gardez-la-moi ici et je reviendrai fumer de temps en temps. Je ne peux pas prendre le risque de la cacher dans ma voiture.

Je ne l'ai pas revu. C'est cette petite boîte ensuite qui m'a perdue, et que j'ai payée de sept mois de prison.

J'ai eu des ennuis avec un grand Noir étrangleur rencontré au Birdland. Au matin, il refuse de se lever, une flamme cruelle allumée au fond des yeux, en me saisissant de ses durs bras noirs. La veille, on avait convenu d'une seule étreinte. S'il le faut, je vais me battre à mort, je ne céderai pas. Tout d'abord, je lui demande d'une voix douce la permission d'aller aux toilettes. Il me regarde, soupçonneux :

— Bon, mais vas-y vite, et ne reste pas trop longtemps. Je t'attends.

Je me lève, toute nue, et sans prendre le temps d'enfiler mon peignoir, je me précipite à la salle de bains. Pendant que d'une main je tire la chaîne, de l'autre je décroche à toute vitesse la ceinture de cuir de mon manteau suspendu à la porte. Je tremble de tout mon corps, en revenant dans la chambre, la ceinture enroulée dans ma main droite, cachée derrière mon dos.

Le Noir couché dans mon lit n'a rien vu. Je saute sur lui, je déplie la ceinture et la lui passe autour du cou, je la croise sous son menton et je tire de toutes mes forces avant qu'il soit revenu de sa surprise.

Le nègre est si étonné qu'il n'a pas le temps de dire un mot. Il me jette ses deux mains aux doigts puissants autour de la gorge et il serre, lui aussi, tant qu'il peut. J'ai l'avantage sur lui parce qu'il est couché et que j'écrase sa poitrine sous mes genoux. Je m'arc-boute, la ceinture mord sa chair, la langue lui sort de la bouche, ses yeux deviennent troubles, il suffoque. Je le lâche d'un coup, j'arrache la ceinture et la lance sous le lit.

Il se lève, sans un mot il enfile ses habits.

Quand il est prêt, les souliers attachés, son manteau mis, il se retourne lentement et marche sur moi, les mains levées, dans ses yeux une lueur impitoyable. Cette fois, c'est moi qui suis prise au piège. Il ouvre la bouche, il en sort une voix basse, encore un peu étranglée :

— *Now, I should beat you to death.*

Ses poings approchent de mon visage. Je n'ai pas réfléchi, j'ai fait peut-être la seule chose qu'il fallait faire. Je l'ai regardé, un sourire très doux est venu sur mes lèvres, j'ai mis mes mains sur ses épaules et j'ai dit :

— Non, tu n'as pas besoin de me battre. La seule chose qu'il te faut, c'est l'amour.

— Tu as raison.

Il me prend dans ses bras. Dieu sait ce qui serait encore arrivé, si on n'avait pas sonné à la porte. Je vais ouvrir. C'est Sonja. Le Noir a l'air gêné et furieux à la fois. Je lui fais quand même une tasse de café. Enfin, il s'en va et je ne l'ai jamais revu.

Big Mamma Shakespeare est venue me rendre visite, un matin à dix heures. Elle s'est faite belle, son gros visage est tout enfariné de poudre de riz, elle a serré sur son vaste corps sa robe de laine bleue si douce fleurant la lavande, une petite chaîne d'or sautille sur son poitrail éléphantesque.

— Ma petite amie, me dit-elle en se laissant tomber sur un des fauteuils qui répond par des craquements souffreteux, je suis contente de te voir ici. Mais je m'ennuie de toi dans notre baraque. Il n'y a plus personne de bien depuis que tu es partie. Toutes les nuits, c'est le cirque habituel, les bagarres, et tous les jours les descentes de flics. Moi aussi, j'en ai marre. Angelika m'a proposé d'aller vivre à la campagne avec elle. J'ai bien hésité, et puis finalement je lui ai dit non. Vois-tu, à mon âge, la liberté, c'est tout ce qui me reste.

Une carte de Jo est arrivée de Tanger. J'ai eu la présence d'esprit de la détruire.

Et puis, un jour, un grand soleil s'est levé sur la ville. Rodwell est sorti de prison. Il vient me voir, en cachette, car il n'a pas la permission de quitter la caserne. Sa tête est rasée. Il porte encore sur lui le froid des murs. Il est gauche, silencieux. Mais il est là, dans ma chambre, on s'étreint avec une joie douloureuse. On croit que tout est sauvé, qu'on va pouvoir être enfin heureux.

Ce soir-là, au Birdland c'est la fête. Dans le bruit, la fumée, les lampions oscillent au plafond brumeux, nous sommes tous assis à une grande tablée de nègres serrés l'un contre l'autre qui célèbrent la sortie de tôle de Brown et Rodwell. Jamais il n'y a eu autant de bouteilles de gin et de cognac sur la table, une telle abondance de victuailles, assaisonnées de rires, de poignées de main, de joie nègre violente.

Collée au long corps de Rodwell, vacillante dans la foule des Noirs, je suis fondue à ses cuisses, à son torse, dévorée par ses lèvres épaisses et soyeuses. On boit, on rit, on danse.

Brown le Judas, assis en face de nous, a un sourire un peu fêlé sur sa face camuse. Je refuse de lui serrer la main. Rodwell, en un geste d'une suprême ironie, lui tend une boîte d'allumettes, toute pareille à celles où on vendait la drogue, et lui demande en souriant de ses belles dents blanches :

— Tiens, homme, veux-tu du feu ? Sers-toi, n'aie pas peur ! Elle contient vraiment des allumettes !

Brown s'est raidi, il a eu un petit rire faux. Il s'est levé et il est parti.

Ce soir-là, c'est un dimanche. Rodwell m'a donné rendez-vous pour mercredi. Ce rendez-vous, je n'y suis jamais allée.

J'ai ton visage maintenant sur mes murs. Le souvenir de ton odeur, l'orchis vanillé de ta peau. Perdue. Tes baisers nègres. Jamais plus. Ton corps noir satiné, ton front, tes lèvres bleues d'orchidées. Perdus. Ton rire comme un cyclone. La tempête entre tes cuisses. Tes yeux. La marijuana dans ta tête. Ton nom, RODWELL. L'Amérique a tout dévoré. À Chicago, au quartier noir, dans un sous-sol pauvre et nu, tout au fond du brouillard.

Je t'ai perdu.

Oui c'est lundi, mon dernier lundi. Le soleil étincelle sur Munich blanc de neige. Je marche dans la grande avenue, un lourd filet à la main, plein de drogue. Je vais vendre mon dernier kilo au musicien allemand, toujours le même, terré dans son appartement obscur.

Je vais dans une banque, déposer la somme : mille marks. La première fois que je vois un billet de cette envergure. Je crois qu'il va m'attendre là, bien au chaud, jusqu'au jour de mon mariage avec Rodwell.

Depuis sa sortie de prison, je n'ai plus peur, j'ai tiré la marijuana de sa cachette à la salle de bains, je l'ai mise dans mon armoire, à portée de main, dans une trousse de toilette à fleurs. Elle contient aussi un porte-monnaie blanc où sont cachées des adresses, celle de l'Arabe du Maroc, et celles des capitaines et des sergents noirs avec leurs numéros de téléphone. Il me reste une seule boîte pleine, celle que je garde en dépôt.

À minuit, ce même lundi, un Noir est venu, il m'a suppliée de lui en vendre une boîte à n'importe quel prix. J'ai refusé.

— Reviens dans une semaine, j'en aurai de nouveau.

J'ai décidé d'aller à Tanger, en avion, tout est paré : une housse de plastique sur l'armoire, prête à être cousue dans mon sac de couchage. La couverture écossaise est enroulée bien serrée, je l'ai posée dessus. J'ai commandé ce matin mon billet dans une agence de voyage.

Mardi. Les Tziganes sont venus. Tata est assis dans un fauteuil, Nina et Sonja font chauffer du lait et préparent la table du petit déjeuner. Je m'empare de la caisse où Fatima fait ses besoins et je m'apprête à aller la vider dans le vide-ordures, dehors à côté de la porte de l'ascenseur.

— Laisse, me dit Sonja, je vais y aller à ta place.

— Non, j'y vais, je reviens tout de suite.

J'ouvre la porte. Je suis en tablier et en pantoufles, des mules dorées à talons dans lesquelles je ne peux pas marcher vite, elles sont un peu trop grandes pour mon pied.

Je sors, la caisse dans les mains, et je referme la porte derrière moi. Je marche dans le couloir. Au moment où j'atteins l'ascenseur, il s'ouvre, et deux messieurs en sortent. Ils viennent vers moi, l'un d'eux me demande :

— Vous êtes bien Madame R... ?

— Oui.

L'autre se penche sur la caisse du chat :

— Qu'avez-vous là-dedans ?

J'ai compris. La voilà la minute tant attendue, tant haïe. Il faudrait pouvoir tout à coup se rendre invisible, ou alors sauter par la fenêtre – six étages – ou courir vers l'escalier, mais ces vaches de pantoufles m'en empêchent. C'est trop tard, je suis coincée. Alors avec un sourire, très calme, je dis :

— C'est la caisse du chat. Je vais la vider parce qu'elle est sale.

Un des flics fouille, renifle. Elle sent le pipi de chat, la sciure est mouillée, agglutinée en petites boules jaunes.

— Bon, ça va.

Il m'ouvre la porte du vide-ordures. J'ai tout balancé, avec une rage muette. On me prend par le bras.

— Laquelle est-ce, votre porte ?

— Celle-là.

Leurs gros corps mous se collent au mien. Je sens leurs souffles proches, leurs yeux de rats qui vrillent ma nuque. Ils sont armés sans doute. C'est pourquoi leur cruauté est fardée d'un sourire. Le poids caché quelque part, sous l'aisselle, d'un acier protecteur, leur confère cette suffisance de valets justiciers.

Nous sommes devant ma porte. Il a fallu que je me décide à crier en allemand :

— Sonja, ouvre, c'est moi ! J'ai des visites !

Ah si j'avais su la langue tzigane ! Tout aurait pu encore être sauvé. J'aurais crié, très vite, avant qu'on ne me mette la main sur la bouche :

— Va à l'armoire, vite, et jette les trousses de toilette par la fenêtre !

Si je ne m'étais pas trouvée dehors ! Ils auraient sonné, à grands coups comme ils font toujours. J'aurais eu le temps de tout vider, de tout cacher. Et je suis là, devant ma porte, et je demande moi-même qu'on leur ouvre. Je les amène, quoi, je les introduis chez moi !

C'est trop tard maintenant, ils sont entrés, ils sont lourdement amarrés au plancher, le dos au mur. Il y en a un qui dit d'une grosse voix plate, avec un sourire qui retrousse ses babines humides :

— *Schluss mit dem süssen Leben !*

On sent la jalousie de ces vieux culs aplatis tout le jour sur des sièges de bureau, pour une maigre paie arrosée de la morgue des chefs, les soirées conjugales en pantoufles devant la télévision, aux côtés de leurs grosses épouses glaciales, puant l'encaustique, et d'un pot de bière.

La voix dit encore, suavement accablante :

— Nous savons tout : votre voyage au Maroc, votre commerce de drogue. Monsieur P., qui vous a servi de chauffeur, nous a déjà tout raconté.

Le Judas ! Notre chauffeur à gueule de rongeur nous a trahis ! Eh bien, puisqu'ils savent tout, moi je ne leur dirai rien. Pas un mot. Et je serai sourde, innocente, bête, muette. On arbore triomphalement un mandat de perquisition. Et la fameuse phrase :

— Vous êtes arrêtée !

La vie douce !

Un des flics est sorti avec Tata, pour aller passer au crible sa voiture. L'autre a fouillé Sonja. Il nous garde, planté sur le seuil de la chambre. Sonja et moi, on se regarde, d'un long regard marbré de détresse. Elle est blanche comme le mur. Des pensées aiguës comme des lames se croisent dans ma tête. Saisir une de ces bouteilles vides, là sur le sol, l'abattre à toute volée sur la nuque de ce gros bœuf placide. Ou lui en flanquer un bon coup au bas du ventre. Et puis la fuite, hein, pour retrouver au bas de l'escalier l'autre qui remonte ! Et Sonja, et Tata complices !

Non, plus rien n'est possible. Je ne bouge pas. Et on frappe à la porte. C'est l'autre qui est déjà là. Il n'a rien trouvé, Dieu merci, dans la voiture de Tata. Il parle de nouveau, il ouvre sa lourde gueule carrée :

— Dites-nous où vous avez caché la drogue. Ça sera plus vite fait.

— Je ne sais pas de quoi vous parlez.

En soupirant ils se mettent à la besogne. Ils fouillent tout, objet par objet, meuble par meuble. Ils ont cisaillé mon duvet, des nuées de plumes leur jaillissent au nez, ils toussent, éternuent. Assise dans un fauteuil, la chatte Fatima sur les genoux, je m'efforce de ne pas trembler. Je me répète mentalement, à chacun de leurs mouvements : « Chaud. Froid. Glacé », selon qu'ils se rapprochent plus ou moins de l'endroit où la drogue est cachée. Tout doucement, ils viennent à l'armoire.

« Ça brûle ! »

Je l'ai crié dans ma tête, j'ai serré mes mains de toutes mes forces, j'ai vu dans les yeux de Sonja qu'elle a compris. Encore un instant et plus rien ni personne ne pourra détourner leurs mains, ne pourra empêcher ce cri de victoire :

— Regardez ce que j'ai trouvé !

Ils tiennent à bout de bras les sacoches de toilette à fleurs, ils en sortent avec des grimaces de dégoût la boîte, l'unique boîte, et les sachets de plastique vides où tremblote une infime poussière jaune trop odorante ; et l'enveloppe aux dollars, et mon petit carnet rouge, et le porte-monnaie blanc des adresses. Ça y est, tout est là, ils ont tout dépecé. Leur ventre en tressaute de joie !

Ils font une pyramide de ces trouvailles navrantes, que je n'ai pas voulu reconnaître, ils la posent sur le lit, en un pauvre tas vacillant, *les preuves*. Oui, ces traîtres petites choses de rien vont m'envoyer en prison :

— Et pour longtemps, disent-ils, on ne sait pas quand vous en ressortirez !

Je regarde fixement le paquet mal posé, sur le lit…

Pendant qu'à la cuisine, dans l'étroit couloir d'entrée, au-dessus du réchaud à gaz, un des flics est en train de tout vider, pêle-mêle, les cornets de riz, de sucre, de flocons d'avoine, dans l'espoir sans cesse déçu d'y prendre au gîte quelque substance défendue, son collègue, avec peine et force halètements, dévisse mon pick-up et les deux haut-parleurs fixés au mur par des ficelles.

Je me lève, sans hâte, je traverse la chambre et m'assieds sur le lit. Un coup d'œil à gauche et à droite. Personne ne me regarde, à part Sonja toujours immobile, debout contre le mur. Ses yeux ne me quittent pas. D'un geste rapide j'ai saisi le petit porte-monnaie aux adresses, le seul qu'ils n'ont pas pris le temps d'examiner. Je le glisse sous un pan de ma veste, je le tiens bien serré sous mon bras collé à mon ventre. Sonja n'a pas bougé. Je respire un grand coup. Je dis d'une voix forcée, un peu haletante :

— Qu'il fait chaud ! On étouffe ici ! Il faut que j'aille un peu à l'air !

Celui du pick-up a relevé la tête. Il me fixe, soupçonneux, mais il n'a rien vu. J'enfile mes bottes, maladroitement, de la main gauche. Je me lève, un peu chancelante, je me dirige vers le balcon, j'ouvre la porte, toujours d'une seule main, l'autre soudée au corps. Je me penche dehors.

De la main gauche, rapide comme une flèche, j'ai happé sous ma veste le porte-monnaie aux adresses, je l'ai flanqué par-dessus bord, il est tombé verticalement dans la neige, cinq étages plus bas, sur un avant-toit en verre.

Instantanément le flic est sorti, il se penche, il a beau scruter, le petit porte-monnaie blanc est invisible dans la neige. Sauvés les sergents, les capitaines noirs, l'Arabe ! Bénie soit leur liberté ! Je vais rentrer dans l'ombre.

Ils ont fini. Tout est désossé, décortiqué, mis en pièces.

— *Gut. Wir können gehen.*

Je prends ma brosse à dents, une photo de Rodwell, une des gosses. J'enfile mon manteau, mes gants. Je vais une dernière fois aux toilettes. Assise sur le siège, porte fermée, je savoure mes dernières secondes de liberté.

C'est bien, je suis prête. J'embrasse Fatima, la traîtresse aux yeux jaunes, ma chatte africaine que je n'ai jamais revue. Déjà mon studio n'existe plus. La porte s'est refermée, j'ai donné ma clef au Tata. Je ne serai plus chez moi nulle part. Les policiers me suivent pas à pas. En sortant de l'immeuble, pour la dernière fois je vois le soleil, la neige sans barreaux. Avec quelle grâce les flocons dansent devant nos visages !

La voilà, la pustule verte, le luisant cancrelat du dernier voyage ! Férocement collé au trottoir, il s'ouvre, il m'attend ! On me pousse :

— *Schnell ! Schnell !*

Je tombe sur les sièges flétris par la crasse de tant de malheurs, et tout disparaît derrière une vitre sale.

Un grand cri qui n'en finit pas inonde mes oreilles. C'est Sonja. Elle lève les bras, elle hurle comme une pleureuse tzigane. Son cri ne me quittera plus. Il m'accompagne, désormais, dans tous mes voyages. Il a vengé en une fois toutes mes souffrances.

Je les vois encore, Tata et Sonja, disparaître au fond de l'avenue. Je n'ai pas une larme. Je m'installe dans le malheur comme une chenille dans son cocon. Je garde mes forces pour l'interrogatoire.

Ah si la ville pouvait brûler ! Que la VW s'écrase contre un mur ! Qu'ils tombent raides, foudroyés ! Et que j'en sorte, même mutilée, même morte !

Non, elle avance, rien ne se passe, sinon qu'au bout d'un mur, déjà des fenêtres à barreaux et des grilles apparaissent.

Une cour abrupte qui descend vers une cave, un garage à porte coulissante, un des flics a saisi un petit téléphone. Il articule :

— *Alles fertig. Elf Uhr.*

Je suis un colis qu'on trimballe, qu'on pousse dans l'ascenseur, le long des couloirs, qu'on amarre à une chaise, dans un petit bureau qui sent la poussière et la sueur, devant une femelle sèche entre deux âges. Un gras bouledogue policier se pourlèche, à la table voisine, en plissant les yeux de plaisir.

— Que faisiez-vous dans la rue la nuit, à Schwabing ? Voulez-vous que j'appelle un collègue, qui pourra témoigner qu'il vous a vue ? Debout sur le trottoir ?

Comme par hasard, l'autre n'est pas là. La vieille renifle sa vengeance. « Ta liberté, tu nous la payeras ! À nous autres, enfermés tout le jour ! Asphyxiés dans nos paperasses, dans nos bureaux moisis ! »

Je nie avec douceur, avec persévérance. Le bouledogue a soulevé du bout des doigts la petite boîte de marijuana, il se force à tousser.

— Notez, *Fräulein* : cinq grammes d'une drogue nommée kif. Plus quelques particules indubitablement de la même substance, restées dans des sachets de plastique.

Et se tournant vers moi :

— Pour vous, je vous avertis, ce sera six mois de préventive au minimum si vous ne parlez pas.

La porte s'ouvre. On introduit le Judas, notre ancien chauffeur. Pâle, courbaturé par sa première nuit de tôle, tremblant de ses fesses pointues ! Scolopendre phtisique ! Ses yeux rampent ! Sa voix n'est plus qu'un susurrement chitineux au ras du sol !

— Vous reconnaissez madame ?

— *Ja.*

— Vous maintenez votre déposition ?

— *Jawohl.*

Je ne dis rien. Je le pile du regard.

Comme je l'ai su plus tard, Monsieur est venu hier dans la Grande Maison Rouge, dans l'espoir obstiné, vorace, de m'extorquer ces fameux cinquante marks auxquels il n'a pas droit, puisqu'il a bouffé sur mon compte tout le long du voyage au Maroc. Big Mamma Shakespeare et ces dames lui ont dit que je n'étais plus là. On lui a dit aussi que la police me recherchait.

Tout ratatiné de détresse, la trouille au cul, tout gazeux déjà d'épouvante, il a couru les couilles à ras de terre jusqu'au palace de la police. Il a tout dégueulé, effondré sur sa chaise, les fesses concaves à force de peur. Il a signé sa propre arrestation avec la mienne.

Et le voilà tout flageolant dans sa petite carapace de traître, les dents serrées sur ses fameux aveux. On le remmène. En cellule, chacun la sienne ! Il y a droit, lui aussi, comme moi !

Bien sûr, hier après-midi, pendant sa belle déposition volontaire, il avait à peine fini qu'on a dû lui dire : « *Danke schön !* » Et puis : « Signez là, au bas de la page ! »

Et hop ! Un poing a dû s'abattre sur son épaule, et on l'embarque, lui le complice ! Merci monsieur le chauffeur, vous nous avez rendu service ! Vous serez *Vorbestraft*, comme les autres !

Jugé, condamné. Tu dégusteras ton pain moisi et ta soupe à la soude la conscience tranquille. Que la justice te récure les tripes !

La porte se rouvre, et les Tziganes surgissent. Tata, Nina, et Sonja qui tient à bout de bras un gigantesque cornet de victuailles : du chocolat, des fruits, du beurre, un poulet rôti, des gâteaux. De toute ma vie je n'ai autant regretté de ne pas avoir faim. J'ai une barre de fer, un grand barreau sur l'estomac. Plus rien n'y passe. Il a fallu tout donner aux gardiennes le lendemain, en quittant cette première geôle.

Mais ce cornet, il a parfumé ma cellule. Quand j'y repense, il est toujours là, dans ma tête, et je n'aurai plus jamais faim. Au Paradis, j'en suis sûre, les anges me le gardent, et j'aurai toute l'éternité pour sentir le goût dans ma bouche de son contenu merveilleux.

— *Das ist für dich. Von uns.*

Tata est debout près de moi, il me met la main sur l'épaule, il dit de sa voix rauque :

— *Das ist meine Tochter.* Je suis son père.

Le flic-bouledogue épluche mon passeport :

— C'est impossible ! Le nom n'est pas le même !

— Si, c'est vrai. J'ai rencontré sa mère, je me suis bien amusé avec elle à Paris, autrefois !

Incrédule, le bouledogue en bave de surprise. Il ne comprend pas cette paternité fictive, jaillie à la porte des tôles. Un autre m'aurait maudite, reniée ! Mais celui-là, ce Tzigane, il s'invente mon père ! Ça le dépasse !

Oui, cherche, fouille dans mon passeport. Vous ne trouverez jamais. L'amour, ce n'est pas là qu'il niche ! Il bat ailleurs, dans les endroits qui vous échappent. Rescapé de Dachau, d'Auschwitz ! En roulotte, au pied des ordures ! Dans tous vos gaz, fosses communes, fours crématoires, vous n'avez pu le détruire, le cœur tzigane !

Nina me murmure en français, à l'oreille :

— Dis tout ! Dis la vérité ! Parle du beatnik !

Et puis elle m'embrasse. Elle tremble toute. Qu'elle est belle, dans la fleur de ses seize ans, avec ses yeux verts humides, ses cheveux noirs, sa bouche de rose ! Comme elle illumine ce bureau de flics !

— *Schluss jetzt, fertig !* La visite est terminée. *Hinaus* toute la famille !

On les chasse. On sait que c'est fini, on ne se reverra plus. Les murs me dévorent déjà, la porte se referme. Les Tziganes ont disparu.

Maintenant, plus d'une année a passé. Les ombres des barreaux sur les murs, les bruits de clefs et de ferraille dans les vieilles serrures, maniées par les doigts des cerbères germaniques, se sont tus, se sont effacés.

J'ai voulu revoir mes Tziganes.

Sans rien dire à personne, j'ai emprunté un passeport à quelqu'un de sûr, qui me ressemble un peu, et je suis partie en voiture avec un homme.

Nous avons roulé toute la nuit. Aux frontières, couchée à l'arrière, enroulée dans une immense écharpe, je fais semblant de dormir. Une seule fois, un douanier zélé braque sur moi sa lampe de poche. Dans un sursaut, je me redresse, je bafouille quelque chose, la bouche tordue dans une sorte de grimace, qui est censée me faire ressembler à une femme beaucoup plus jeune que moi, dont les yeux sont verts alors que les miens sont bruns, et qui porte un autre nom sur un passeport qu'il épluche soigneusement en m'éclairant. Je n'ai pas bronché. Je sais qu'au moindre geste, au moindre soupir, il peut découvrir la supercherie. Il n'a rien vu, et j'entre en Allemagne, pays désormais interdit, où l'aube a pris une clarté si menaçante que je ne peux me montrer nulle part.

Voici à nouveau les casernes, leurs grands murs muets, recouverts de neige.

Devant un HLM à la façade anonyme, on laisse la voiture. Les Tziganes, relogés par la ville depuis que la mère tzigane travaille à l'usine, ont vendu leurs roulottes, quitté les ordures du camp, les robinets gelés, la forêt des tuyaux de cheminées sortant des autobus et des caravanes, et ils sont là bien au chaud dans un appartement au troisième étage, avec un balcon et une salle de bains.

Je sonne à la porte. Sonja m'ouvre. Elle pousse un cri aigu et une grappe de Tziganes m'agrippe, s'accroche à moi, hurle de joie. Ils se battent pour m'embrasser, me prendre dans leurs bras sur le palier. Nous pleurons tous.

Ah Tziganes !

Dans leur chambre, à table, on m'étouffe de questions, de baisers, de caresses. Tata me montre avec fierté un bocal de piments au vinaigre, comme ceux que j'aimais, qu'il a gardé exprès pour moi, fermé et caché dans une armoire de la cuisine et qu'il fait apporter par ses filles, et ouvre lui-même devant moi ; il m'en sert une énorme ration sur une assiette, avec des œufs, du lard, du poulet, et du vin, de la bière, de grandes tranches de pain, du gâteau. Je suis submergée de nourritures.

Ils n'ont presque pas de meubles. Dans leur chambre, un petit berceau pour l'enfant que

Sonja attend, et si c'est une fille, ils l'appelleront comme moi. Plus tard, au deuxième ou au troisième garçon, ils arrêteront de faire des gosses, car Sonja sera trop fatiguée. Mais ils essaieront longtemps, dans l'espoir de me donner une filleule.

Dans une chambre vide, un troupeau d'enfants en bas âge joue avec des chiffons et s'invente un monde merveilleux, car ils n'ont pas de jouets. Les filles aînées lavent la vaisselle et récurent la cuisine jusqu'à ce que tout brille comme du diamant.

Je passe la nuit chez eux sur un divan dans le « salon ». Tata tousse un peu, mais c'est une toux heureuse, puissante, la toux d'un homme qui a chaud et qui mange à sa faim.

Je repars au matin. J'ai trop peur de la police. Munich est devenue comme une immense gueule de requin prête à se refermer sur moi, dont je suis expulsée à tout jamais.

En passant en voiture, avec l'ami qui m'a accompagnée, devant l'ancien bar où le Judas vendait notre marchandise en fraude, je ne peux résister à l'envie d'y retourner, ne serait-ce que quelques secondes. Le visage enroulé dans ma grande écharpe jusqu'aux yeux, je suis méconnaissable. Mais j'oublie de regarder à terre, et comme ils ont transformé la salle, je n'ai pas vu un nouvel escalier. Alors, comme entrée incognito, c'est raté ! Je m'étale de tout mon long aux pieds des gens, l'écharpe se défait, tout le monde me regarde et éclate de rire ! Je n'ai que le temps de me relever à toute vitesse, d'empoigner mon sac, l'écharpe, mes lunettes noires, et de filer avant qu'on ne me reconnaisse.

Quelqu'un sans doute m'a vue, puisque le lendemain déjà, à la première heure, deux flics de la *Geheim-Polizei* viennent sonner à la porte des Tziganes pour me demander. Sonja, radieuse, les laisse fouiller partout. Elle sait bien que je suis déjà loin, sur les routes glacées d'Allemagne, hors de leur portée.

Sept ans après, j'y retournerai encore une fois, seule, en train, en première classe comme une dame, habillée superbement d'un petit manteau blanc, un chignon d'apparat bien lisse derrière la tête, et l'estomac à zéro au passage des douanes.

Heureusement, le douanier allemand qui passe dans les wagons, un petit livre vert sous le bras, le fameux *Fahndungsbuch*, la liste des maudits par ordre alphabétique, n'aura pas l'idée de l'ouvrir en me voyant bien tranquille dans mon coin, un livre sur les genoux et lui tendant mon passeport avec un charmant sourire, le plus français possible. Jamais il ne se doutera qu'il a vu devant lui une proscrite, une ancienne prisonnière qui parle l'allemand aussi bien que lui.

Pendant dix jours, je reste cachée dans ma famille tzigane. De temps en temps, le père tzigane me laisse prendre l'air sur le balcon, « pas trop longtemps, dit-il, pour ne pas te faire remarquer des voisins ».

Emmi et Yulishka devenues grandes, pomponnées comme des princesses avec leurs longs cheveux noirs tressés, me tiennent compagnie et gardent leurs petits frères à la maison, pendant que Sonja et sa fille aînée Joséphine, une tendre jeune fille de vingt ans que le *Jugend-Amt* a enfin laissée sortir du home où elle a été enfermée toute son enfance, vont travailler comme *Putz-frau* dans une usine dès cinq heures du matin.

Sur le balcon, au soleil, une poule trempe dans l'huile dans une bassine avec de grosses gousses d'ail. Un vieux frigorifique branlant regorge de bouteilles de bière, de champagne rustique et de vraies bouteilles de vin rouge « français » qui me sont destinées, et qui, servies glacées contre toute raison, n'en ont pas moins un goût extraordinaire.

Dès le matin, la fête commence. À peine levée, encore en chemise de nuit, enveloppée d'un peignoir japonais, je suis amenée de force sur le grand canapé familial, assise devant une assiette qui se remplit aussitôt des nourritures les plus succulentes, arrosées de bière, de vin blanc, de café au lait.

Dans un coin de la chambre, à l'intérieur d'un lit-cage, la toute petite Ninoushka, une nouvelle Nina aux yeux bleus en miniature, blonde avec une peau de nacre rose et de fines mains de poupée, danse sur ses jouets en poussant des cris de ravissement. Elle est la fille de Joséphine et d'un ami qui a disparu. On la dévore de baisers toute la journée, elle passe de main en main, on l'embrasse partout, sur son visage d'ange et sur son petit derrière nu, sur les adorables fossettes qui couvrent son corps.

La vraie Nina, celle aux yeux verts, a disparu en emportant son fils, un petit garçon « français ». Tata furieux l'a cherchée dans toute l'Allemagne avec un fusil, mais il ne l'a pas trouvée.

À chaque coup de sonnette, je tressaille et mon cœur ne fait qu'un bond dans ma poitrine. Je crois toujours que c'est la police qui vient m'arrêter, me remettre en prison. Le jour de l'anniversaire du Tata, il y a eu au moins cent coups de sonnette. À partir du vingtième, j'ai cessé d'avoir peur, je n'en ai plus eu la force.

Des tribus entières de Tziganes débarquent, des hommes bruns aux cheveux noirs, aux yeux de feu, des femmes et des jeunes filles superbement vêtues de longues robes de satin bleu ou vert, de velours et de soie brillante, couvertes de bijoux en or, et des nuées d'enfants potelés, vifs, éclatants, qui courent partout, crient, se roulent par terre, se battent.

La bière et le champagne coulent à flots, il y en a de pleines caisses sur le balcon. Un vieux pick-up éraillé tourne sans arrêt. Sur la commode au fond de la chambre, entre une déesse japonaise en ivoire et des crucifix, des bougies brûlent, entourant une petite veilleuse de cire rouge de cimetière, destinée à honorer l'âme des morts. Elle rappelle que Peppi, l'enfant bien-aimé, est couché dans sa tombe sous des fleurs, mort un soir de printemps pour avoir traversé la rue, un bidon de lait à la main, tout près des casernes, renversé par un camion.

Le Tata rit, tonne, danse, chante de puissantes et nostalgiques chansons tchèques, et trinque avec les Tziganes.

Sur le balcon au clair de lune, un vrai fils de roi gitan me tient enlacée et me supplie de partir avec lui. Mais il est marié ! Si sa femme l'apprend, elle me tuera. Et aussi, comme je suis la fille du Tata, ça sera un grand déshonneur pour lui.

Je me suis faufilée dans une chambre avec le prince. Mais tout à coup, Tata, très ivre (je le suis encore plus que lui), s'aperçoit que j'ai disparu. Il me cherche partout, et gueule terriblement. Le prince gitan est aussitôt arraché de mes bras, et jeté dehors. Moi on m'enferme à clef. Je me réveille le lendemain, encore tout habillée, dans la chambre d'Emmi qui dort au milieu d'une montagne de linge et de souliers, sa chevelure noire répandue autour d'elle.

À force de supplications, je réussis à obtenir du Tata la permission de me promener en ville. Je n'y vais pas seule. Il me donne Emmi comme ange gardien et nous octroie une heure, pas plus.

Le cœur tremblant, je pénètre dans Schwabing, et je marche avec Emmi dans la longue avenue interdite, jusqu'à la Grande Maison Rouge qui m'attire comme un aimant.

Non, ce n'est plus le vieux navire démantibulé d'autrefois. Une porte neuve, anonyme, la clôt désormais aux regards, et nul Noir, nul

Allemand titubant ne stationne plus sur son trottoir. L'escalier est propre. Pour entrer, on doit
sonner et s'annoncer depuis la rue dans un
appareil.

La vétuste carcasse a pris un air bourgeois et
glacial qui ne la distingue plus en rien des autres
immeubles de l'avenue. Seul vestige du passé, et
qui pourrait laisser croire que la Grande Maison
Rouge n'est pas morte, ce sont, à côté d'une VW
verte garée tout près, deux flics en uniforme qui
se tiennent en sentinelles.

Il y a aussi abondance de policiers sur l'avenue
aux pelouses, le long des terrasses de café pleines
de monde. Ils défilent par troupeaux, la main
posée sur l'étui du pistolet, protégés par des cars
qui roulent au ralenti. Cette vigilance s'explique
par les tas de loqueteux vautrés à même la rue,
qui cuvent leur drogue au soleil.

Je me paie le luxe inouï de boire avec Emmi,
sous le nez des flics, un Coca-Cola à la terrasse
du petit café d'artistes où se tenait Jo autrefois.
J'ai les genoux qui s'entrechoquent et le cœur me
bat à grands coups dans la gorge. C'est trop tard
pour aller au Birdland.

Au retour, de la fenêtre de l'autobus, je vois
une chose navrante : à la place de l'ancien bar
aux lanternes de couleur, que j'aimais tant, près
des casernes, j'aperçois un terrain vague couvert
de piles de bois et de ferraille. Ils ont tout en-
levé, il n'y a plus de Noirs, plus de danses, plus
de musique. Que des arrière-cours d'usine, des
hangars, et des déchets industriels.

J'ai supplié encore le Tata jusqu'à ce qu'il m'emmène au camp tzigane. Mais je dois rester accroupie à l'arrière de la voiture, la tête le plus bas possible, et je ne dois en aucun cas me montrer ni descendre.

— Les femmes d'ici sont trop méchantes, elles te dénonceraient tout de suite, dit Tata.

Nous faisons lentement le tour du camp. Je revois avec émotion les roulottes, les vieux autobus, « l'église russe » couverte de petites croix et d'inscriptions. Il paraît que Big Mamma Shakespeare a émigré ici et qu'elle vit seule, à la dure, dans une roulotte à elle. Elle est obligée de travailler honnêtement pour vivre. Mais de temps en temps, en douce, elle « fait » un Allemand pour cinquante marks, puisqu'il n'y a plus de Noirs.

Lucy, paraît-il, est devenue chauve et porte une perruque. Maria aux cheveux rouges s'est mise en ménage avec un Turc très méchant, qui l'oblige à suivre un régime et l'a convertie à la religion musulmane.

Tata conduit sa belle voiture neuve, toute blanche, qui a même un poste de radio. Dans une rue de Munich, tout à coup, au son d'un fox-trot, il lâche le volant et se met à danser assis, en chantant de sa vieille voix de basse magnifique, les yeux pleins de larmes, en me regardant.

— *Ich bin glücklich*, dit-il.

Oui, Tata, chante ! Que les vieilles douleurs foutent le camp !

Ah TZIGANES ! Vous êtes vivants !
Un jour nous serons tous réunis et la fête n'aura pas de fin.

Le Vaud et Genève, 1972-1973

Postface

Aujourd'hui, trente années ont passé depuis mon départ en Allemagne, en paria fugitive, avec mes gosses volés.

Je n'ai plus d'amant nègre, mes enfants sont adultes. Le père tzigane, le fabuleux Tata du camp de nomades, est mort, usé par trop d'amour, de douleur et d'alcool. Je n'ai rien oublié.

Tout est vivant, incrusté dans mon âme et ma chair : la peur, les coups, les Noirs, la musique, la danse, les murs de la prison. Comme une profonde fraternité invisible qui me lie à jamais à ceux que j'ai aimés.

Le temps a passé comme de l'eau. Les traces sont intactes, lavées et ciselées dans ma mémoire.

Aujourd'hui, d'autres rues m'habitent, et comme autrefois, des hommes solitaires, étrangers presque tous, viennent la nuit frapper à ma porte, et repartent apaisés et furtifs.

Je ne me cache plus. Les temps ont changé, nous nous sommes révoltées. Il a fallu, à la face du monde, que des milliers de femmes sortent de la nuit et parlent, écrivent, se rassemblent, sous des masques parfois mais aussi à visage découvert, et crient leur vérité, leur vie. On les a écoutées, muselées, contestées. On a voulu les faire taire, mais leur voix a été la plus forte. Il a fallu qu'on les voie, qu'on sache qu'elles existent, qu'elles ne soient plus écrasées comme des cafards dans l'ombre.

C'est à Paris, il y a quatorze ans, dans une chapelle à Montparnasse, que je suis entrée en révolution, avec mes sœurs damnées. Depuis, je ne les ai jamais quittées. La révolution nous a prises, elle ne nous lâchera plus jusqu'à notre dernier souffle. Elle embrase le monde entier.

Plus jamais, on ne nous volera nos enfants. Nous ne serons plus méprisées, chassées, enfermées, tuées. On ne jettera plus nos amants en prison. Le respect s'étendra devant nous comme un tapis de velours sur lequel nous marcherons pieds nus sans nous blesser, heureuses, triomphantes.

Même s'il faut encore se battre, à en crever, encore payer, toujours payer, de notre sang, de notre vie. Cet argent qu'on nous prend est très dur à gagner, et plus encore à sacrifier.

La liberté n'a pas de prix. Nous le savons, c'est notre force et notre espoir.

À pas de louves, à pas de tigresses et d'oiseaux, nous marcherons sur la lune s'il le faut, nous gagnerons l'espace qui nous revient, à nous qui sommes le baume sur les blessures, et l'eau dans le désert, parfumées, étincelantes, offertes et blessées, douces et violentes, femmes et magiciennes, princesses de nos sens et du désir des hommes.

À Paris, à la chapelle Saint-Bernard, à Montparnasse, en ce début du mois de juin 1975, cinq cents femmes étaient réunies, pâles, résolues, certaines n'avaient plus de voix à force de parler, de crier. Les prêtres qui les avaient accueillies avaient recouvert d'une étoffe les statues de la Vierge et des saints. La quatrième nuit, la police les a jetées dehors à coups de matraque.

Nous ne nous rendrons pas. La lutte continue, elle traverse les océans, elle brûle le papier, les écrans, les murs. Plus jamais, nous ne marcherons dans les rues comme des bêtes traquées, on ne nous violera plus, ni en voiture ni nulle part.

À tant d'amies disparues, mortes de solitude, de trop d'amour donné, jamais reçu : à leur mémoire, il faudra que je dise comment le quotidien les a assassinées, et le mépris des gens. Et comme elles étaient belles, généreuses, pleines de talent et de mystère, entourées de tous ceux qui avaient tellement besoin d'elles, qui avaient faim de leurs caresses, de leur tendresse, de leur infinie patience, de leur savoir, de leur pouvoir.

Devant leur mort, il n'y avait personne. Quelques amis, et nous les sœurs perdues, à pleurer sans un geste, devant leur corps retourné à l'oubli. Dérobé pour l'éternité à ces milliers de mains qui l'avaient parcouru.

Quel silence, sous les fleurs. Et comme l'enfance remontait d'elles à nous, tissée d'orgue et d'encens, à travers d'anciennes prières, et des vies trop vécues.

Et quelle immense délivrance, qu'enfin elles ne souffrent plus, à jamais évadées de ce monde trop dur.

Dormez en paix, constellations brisées.

Genève, le 24 août 1989

DU MÊME AUTEUR

COLLECTION FOLIO

Dernières parutions

Composition Facompo.
Impression Maury-Imprimeur
à Malesherbes, le 2 février 2008
Dépôt légal : février 2008
1ᵉʳ dépôt légal dans la collection : novembre 2007 .
N° d'imprimeur : 135631.
ISBN 978-2-07-034827-5 / Imprimé en France.